Fuckin' your closet!!

砂原糖子

幻冬舎ルチル文庫

CONTENTS ✦目次✦

✦カバーデザイン＝齊藤陽子（CoCo.Design）
✦ブックデザイン＝まるか工房

イラスト・金ひかる✦

Fuckin' your closet!!

1

出会いは西暦二〇〇五年の秋だった。

その年も、振り返ればいつもと大して変わらぬ一年で、幸不幸はより合わせた縄だか紐《ひも》だかのように代わる代わるに訪れ、まるで帳尻《ちょうじり》でも合わせるかのごとく世界のどこかで大きな不幸が起こっては、誰かが大小様々な幸福を手に入れていた。

そんな一年も終盤が見えてきた十月、市居瞳也《いちいとうや》はある面倒な男に出会った。

極ありふれた一日の延長線上に過ぎない夜。星が綺麗《きれい》というには空は重く曇っていて月すら見えず、かといって雨が降っているわけでもないという、どうにも中途半端な夜だった。

この後の厄介事《やっかいごと》など知る由《よし》もない市居は、宵の口に入ったバーのカウンターで、知り合ったばかりの女性相手にいつもの会話を繰り広げていた。

「危ないからさぁ、弄《いじ》ったらダメだよ？」

「うわ、すご～い！　あたし、本物触ったのって初めて～」

市居の軽口がいつもどおりなら、頭の悪そうな女の反応もまた普段どおりだ。女が煌《きら》びやかな長いネイルの指先で突っついているのは、市居がスーツの下のホルスターからそっと覗《のぞ》かせて見せた拳銃だ。黒い銃身は、バーの照明に照らされて鈍く光っている。

「ねぇこの銃、なんていうの？」

「Ｓ＆Ｗ《スミスアンドウェッソン》だよ」

「あ、それ映画とかでなんか聞いたことある！　有名な銃なんでしょ⁉」

「はは、声が大きいよ、本当は一般市民に見せていいものじゃないんだからさ」

自分から得意気にチラつかせておきながら、市居は苦笑する。

本当のところ、この銃の名称はニューナンブ式三十八口径なのだが、冴《さ》えないことこの上ないネーミングなので市居はＳ＆Ｗで通している。それをモデルに開発された国産がニューナンブなのだから、あながち嘘《うそ》でもない。

「もっと近くで見てみたい？　ここじゃ大っぴらに出すわけにはいかないけど」

カウンターに片肘《かたひじ》をついたまま微笑《ほほえ》みかけると、女はふふっと笑った。

「どこなら見せても構わないっていうの？」

バーで出会った男と女が拳銃を話の種に口説《くど》き口説かれ。なんとも薄ら寒い光景だが、市居はエアガンを手に講釈をかますオタクでもなければ、模造拳銃を手に粋《いき》がるチンピラでもない。

れっきとした警察官である。

あろうことか、と付け加えておくのが正しいのかもしれないが。

実直、勤勉、が世間の警察官に抱《いだ》くイメージ……いや、それもそこかしこで崩れつつある昨今、軟派すぎる市居は崩壊の先駆けを担っていた。

そのうえ、借り出した銃を私服のスーツ姿でホルスターに引っ提げて歩く市居は、お巡りさんこと制服警官ではなく刑事である。しかも二十七歳にして階級は警視のキャリア、国家試験I種取得の有資格者様ときた。所属は警察庁だが現在は警視庁へ出向中の身で、一般に人気の捜一こと捜査第一課とくれば向かうところ敵なし。信じる信じないはともかくナンパのネタにはことかかない。

胡散臭《うさんくさ》いが、市居は女性に邪険にされることはなかった。身長も百八十センチ近い長身だし、スレンダーな体つきにバランスの取れた小さな頭部は顔立ちも整っている。母親譲りの色白の涼やかな顔は子供の頃からアイドルばりに女受けがよく、大人になった今は判《わか》りやすいエリート職も加わり、不真面目《ふまじめ》な内面とは反比例して評価は上がりまくりだ。

これがドラマやら漫画の中の刑事ならまだしも、現実の産物。

世紀末が過ぎ去って早幾年のはずが、相変わらず世は末《つや》ってな状況である。

過酷なはずの職務のストレスも感じてなさそうな艶のある髪を、市居がさらりと揺らしてグラスを手に取ると、隣から女が不思議そうな声を発した。

「あれ、それってもしかしてウーロン茶？　お酒、飲まないんだ？」

グラスの中身は琥珀色《こはくいろ》だが、ウイスキーなどではない。女の言うとおり、ただのウーロン茶だ。市居はカラカラとグラスの氷を鳴らしながら、甘く微笑んでみせた。

「一応、まだ勤務中だからさ」

「ふうん……悪い刑事さんね」

「それに君を介抱する予定の男が酔ってちゃ困るだろ？」

女は微《かす》かな含み笑いを寄越《よこ》した。

「私を介抱してくれるんだ？　じゃあ銃を見せてもらうのはやめて、ここで酔い潰《つぶ》れるまで飲んじゃおっかな〜」

「意地悪だなぁ、酔うのはべつにここじゃなくてもできると思うけど？」

勤務中が聞いて呆《あき》れる。口説き中の間違いだろうと誰もがツッコミを覚える会話だったが、静かなバーにそのような無粋《ぶすい》な輩《やから》はいない。

市居の気分は上々だったが、店は許しても天は職務怠慢を見逃そうとしなかった。

今夜の神様は意地が悪い。水を差すには絶妙なタイミングで割り入り、スーツの胸ポケットの携帯電話が鳴る。

着信音に市居は眉を顰《ひそ》めた。

嫌な予感だ。

『市居さん!!　今どこにいるんですかっ!?』

通話ボタンを押し、そろりと耳元に押し当てた途端に大声に劈《つんざ》かれる。

切羽詰まった感の声は、このところ捜査一課の十三係でパートナーのように行動を共にしている男にほかならない。うんざりするほど耳慣れた丸谷進《まるやすすむ》の声だ。

悪い予感は大的中といったところか。

「ああ、丸谷か。悪いが、俺はとてもいそが……」

『早く来てくださいっ！　田島《たじま》が動き出したんです！　い、今、奴《やつ》は家を出たところですっ!!』

忙しいっつってるだろうが！

正確にはみなまで言わせてもらってないが。

「なんのために張り込んでるんだよ、おまえは。尾行なら所轄の人間と……」

『市居さんっ!!』

臨機応変に対処してくれと命じたいところだが、言い終えもしないうちから遮《さえぎ》られる。

泣きの入った男の声は、二の句を継ぐ隙《すき》を与えなかった。


市居は階級に合わない職に就いている。

警視庁刑事部捜査第一課第十三係係長。本来警視庁へ出向するなら警備部や公安部や、刑事部であれば捜査第二課などのキャリア向きの部署があるが、捜一に新たに設置されたばかりの十三係を任された。強行犯捜査の係の一つだが、多様化する事件に対応するため、殺人に限らず複合的な犯罪捜査をほかの係と連携しつつすることになっている。人数は現在僅《わず》か五名。どうにも実験的な係を押しつけられている気がするものの、ベテランのノンキャリアが幅を利かせる捜一で面倒な役職が回ってくるより気楽なので、市居はまぁ満足している。

どのみちすぐに警察庁に戻る身だ。腰かけ的な気分もなきにしもあらず。

とはいえ、いかに市居であろうとも捜査に大きな動きがあったと知らされては、係を纏《まと》める身として馳《は》せ参じないわけにはいかない。

丸谷が連絡してきた『田島』とは、担当中の事件の被疑者だ。侵入窃盗の常習犯で、十日前に発生した銀行強盗傷害事件の容疑者である。すでに令状も出ている男を泳がせているのは、所在の摑《つか》めぬ共犯の男を誘《おび》き出すためだった。

仲間と密会する兆《きざ》しあり。

無視できない情報に、市居は渋々……いや、颯爽《さっそう》と丸谷の元に向かった。

金曜の夜だ。辿《たど》り着いた繁華街の飲食店の多い通りは賑《にぎ》わい、道路の一車線はタクシーや路上駐車中の車が我がもの顔で停《と》まっている。尾行にパトランプを回しているはずもなく、丸谷の乗った覆面パトカーを探し出すのに市居は手間取った。

——こいつら全部、駐車違反でレッカーだ、まとめてレッカー！

一台確認するごとに機嫌は下降する。ようやく車を見つけ、開いた運転席の窓越しに丸谷に話しかける頃には、市居の目はすでに据わりきっていた。

「で？　奴はどこに行ったんだ？」

こちらを仰ぐ丸谷の視線が泳ぐ。

まさか人を呼びつけておきながら見失ったとでもいうのか。

絶対に逃してはならない被疑者だ。捜査には強盗犯捜査の第五係に所轄も加わっており、尾行は複数態勢で取られている。ほかの車両が傍《そば》にいないかと視線を巡らせる市居に、丸谷はどことなくおずおずとした素振りでビルの一階の店を指差した。

「そ、それが、田島はあの店に……所轄の車は裏口を張ってるんですが……」

なんとも歯切れが悪い。

丸谷は部下だが年齢は二十八歳と年上だ。にもかかわらず階級は三つも下の巡査部長で、いわゆるノンキャリア。公務員試験で人生を振り分けられ、警察内の古臭くも特殊なヒエラルキーにのっとった結果、尊大なだけの上司に振り回されている。

丸谷が萎縮《いしゅく》しがちなのは、歴然と優劣のついた階級だけでなく、容姿へのコンプレックスも加味されているのかもしれなかった。冴えない丸ぶちメガネがすっかり顔の一部と化している小柄な男は、お世辞にもイケメンとは言いがたい。しいて属性を挙げるならオタクか。休日の私服姿が容易に想像できる地味な男だ。

市居は丸谷の顔から、車中より指で示された先に視線を移した。

眩《まばゆ》い店内を覗かせているのは、一目でそれと判るレンタルビデオ店である。

総ガラス張りの開放的な店構え。密会の場にしては、どうにも健康的すぎる空間だ。

「レンタルビデオ屋？」

「そ、そうなんです。田島の奴、黒い袋を手に家を出たんですけど……」

「それって……まさか借りたDVDの返却にきただけってんじゃないだろうな？」

ひくりと市居の頰《ほお》は引《ひ》き攣《つ》る。

「く、暗くてよく見えなかったんです。犯行に使った拳銃か、奪った現金でも持って出たものと……て、てっきり」

てっきり、ですまされるか！

「どこが密会なんだ⁉　いいかげんな予測で俺を呼びつけやがって。こっちは取り込み中だったんだ、あと一息だったんだよ！　あともう一息！」

思わず立場も忘れて声を荒らげる。

「なにがですか？　もしかして別件でも捜査して……いるわけないですよね、市居さんに限って。僕が知ってるだけでも今月に入っての市居係長の『やむを得ない事情』による現場の委任は九回、先月と比べてもかなりのハイペースで推移して……」

やむを得ない事情ではなく私事、委任ではなく職務怠慢。ようするに『サボり』を嫌味《いやみ》ったらしくやんわりとした言葉に置き換える男は、捜一で『グラフ係』のあだ名を持つだけあってなにかと数字を挙げ連ねる。

よもや自分のサボリまでカウントしていたとはだ。

「丸谷、証拠でもあるのか？　俺がサボってた証拠でもあるのか⁉」

「サボってるなどと、僕は言っていませんが」

それは自分の胸に手を当てればよく判ること。後ろ暗いところのある人間ほど鼻息は荒くなる。

「じゃあ今の数はなんだ？　おまえはなにを数えてたって言うんだ？」

「だから『やむを得ない事情』でしょう。正当な理由はなかったと言うんですか？」

「あ、ある。あったに決まってるだろう、今夜だってな……」

市居は身を屈《かが》め、負けじと丸谷の丸ぶちメガネも曇るほどの距離で捲《まく》し立てた。力を入れれば入れるほど言い訳がましい反論。それでも足りずに車のボンネットを叩《たた》きつける。

ボコリと鳴ったボンネットの音は聞こえなかった。

その瞬間、代わりに聞こえたのはなにかが弾《はじ》ける不快な音だった。

誰もが硬直し、意識を奪われずにはいられない乾いた炸裂音《さくれつおん》。反射的に振り返り、市居は我が目を疑った。

キラキラと店の照明を反射しながら崩れゆくガラスが目に映る。

それは、まるで映画のワンシーンのような非日常的な光景だった。割れ落ちたレンタルビデオ店の窓ガラスを前に、市居は一瞬なにが起こったのか判らなかった。

店内で蹲《うずくま》り、苦しむ男の姿が目に飛び込んできた。

「い、市居さん……」

「あ、ああ」

頭がよく回らない。鈍い反応を返したものの、体だけは勝手に動いていた。

市居は店に飛び込んだ。信じられないが、今のは銃声だった。

自分の目と鼻の先で人が撃たれたのだ。

被害者は恰幅《かっぷく》のいい中年男性だった。背を丸めた男の肩の辺りから床に広がる赤い輪。勢いよく溢《あふ》れ出す血液。市居は駆け寄り、男の両手の上から傷口を押さえ込んだ。

血の気も失《う》せ、言葉にならない呻《うめ》きを上げる中年男の顔に覚えはない。

傍《かたわ》らで竦《すく》み上がってる若い男の顔を仰ぐ。こちらはこの数日、マークし続けている男だ。

「田島、おまえか!? おまえがやったのかっ!?」

「ち、ちがっ……」

「田島っっ! おまえがやったんだなっ!!」

「し、知らねぇよ、か、か、関係ねぇ……俺はっ、俺はなにも知ら……うわっ!」

市居は血に染まった手で田島のブルゾンの裾《すそ》を引っ掴み、強引に身を屈めさせると、その両手を探った。

なにもない。手にも服のポケットにも。ない。凶器が、拳銃がない。

——外？　外からの発砲なのか？

「丸谷、センターだ！」

後から追ってきた丸谷は、呼びかけの意味を察して車に戻って行く。

通報して応援が必要だった。市居はついでレジカウンターの中で硬直しているエプロン姿の男に目を向けた。

「おい、おまえ、救急車を呼べっ！　それから止血しろ！　ここだ、ここ押さえろ！」

「え、えっ、俺が？」

「なにやってんだ、ボケッとすんなっ！」

若い店員をどやしつけて救急車を手配させると、有無を言わさず止血の役目を任せた。

呆然《ぼうぜん》としたまま田島の手首を捉《とら》え、抗《あらが》う隙を与えず手錠をかける。

「ちょ、ちょっとなにすんだよ！　お、おまえっ、刑事……」

「うるさい、つべこべ言うな。理由は判ってんだろうが！」

関係あろうとなかろうと、この機に乗じて逃げ出されでもしたら困る。手錠の反対側は床にビス止めされた棚にかけ、確保すると市居は表に出た。

歩道には、甘い砂糖に群がるがごとく、他人の不幸に野次馬が集まっている。

市居は人垣を掻《か》き分け、顔もなりも判らぬ犯人の姿を捜した。目立つ不審者はいない。むしろ誰も彼もが怪しいといえば怪しく、すでに逃げた可能性も高い。

「なにかあったんですか？　なんですか、この騒ぎは……たっ、田島おまえ……」

スーツ姿の男が二人、人垣の間から寄ってきた。

尾行で店の裏手を張っていた所轄の刑事たちだ。

「発砲がありました。表からです、マルモクお願いします」

市居はすかさず、マルモクこと目撃者を当たるよう頼んだ。野次馬への事情聴取は、その場でなくてはできない。

まずい。非常にまずい事態だ。発砲は予測不可能だったとはいえ、刑事が二人も付近にいながら人が撃たれ、不審者すら挙げられず――

最悪の事態だ。

店に戻りながら、市居は二重に溜《た》め息《いき》をつくこととなった。無意識に手を拭《ぬぐ》ったのか、おろし立てのスーツの裾を、うっかりべったりと血で染めてしまっていた。

――ついてないな。

ふっと冷静になった頭で市居が思ったのは、そんな言葉だ。

一夜にして台なしになったライトグレーのスーツに気を取られた。

ポケットから取り出したハンカチで、手を指の股《また》まで拭いながら店に戻る。すっかり汗ばんで額《ひたい》に貼りついてしまった髪を煩《わずら》わしげに掻き上げようとして、市居は手を止めた。

レジカウンターにふらりと近づく男と目が合ったからだ。

「ああ、ちょうどよかった。あんた、暇？」

まるで大騒動が目に入っていないかのような男は、市居の顔を見るなり言った。

この場にそぐわぬのん気な口調。薄い唇の口元には笑みを湛《たた》えてすらいる。けして低くはない身長の市居ですらやや仰ぐ位置にあるその目は、下りた黒髪の間から動じもせずに真《ま》っ直《す》ぐこちらを見据えていた。

「暇って……お、おまえそこでなにをやってるんだ？　勝手にレジに近づくな！」

「近づくなって言われてもねぇ。金払わずに持ち出したら犯罪でしょ」

市居の厳しい口調にも臆《おく》さず、手にしたレンタルビデオのテープを掲げ見せる。

紛れ込んだ野次馬ではなく、最初から店内にいたらしい。

「ど、どこから出てきたんだ!?」

「あ・そ・こ。いやあ、もう少しで死ぬとこだったね、俺」

長身の男は長い腕を伸ばし、奥の陳列棚の裏を指し示す。

ポスターの貼られた壁には、放たれた凶弾の痕《あと》が生々しく残っていた。

弾痕《だんこん》だ。被害者を貫通した弾に違いない。下手《へた》すれば二人まとめて浴びるところだったろう。

「店員さん、ほら忙しそうだからさ。あんた、代わりにレジ打ってよ」

こいつ、どうかしてんじゃないか、この状況で——

市居が呆気《あっけ》に取られるのも無理はなかった。一寸違いで死ぬ目にあったかもしれない状況で、さして恐怖も驚きも覚えていなさそうなその態度。脂汗《あぶらあせ》を浮かべて市居の指示どおりに止血を続ける店員と被害者の男を顎《あご》で指し、この言葉だ。

「なっ、なに考えてるんだ、おまえは……人が撃たれてるんだぞ、人が！」

「俺にどうしろっての？　止血なら人手は充分間に合ってるだろ。この上どこを締めろってんだ？　怪我人《けがにん》の首でも絞めろってか？」

男はニヤと笑い、質《たち》の悪い冗談に市居は言葉を失う。不謹慎にもほどがある。

緊張感の抜けきった態度に相応《ふさわ》しく、男の姿もまただらけていた。黒いニットの襟元《えりもと》はよれてはだけ、色の落ちたジーンズは膝《ひざ》や腿《もも》が破れている。ビンテージだか安物だか知らないが、自分とは対極的な世界で暮らす部類の男だった。

若ければ学生かもしれないが、どう見ても年上。フリーターか自由業といったところか。これまた洒落《しゃれ》ているのか単にルーズなのか判らない、ぼさりとした髪型から見ても、まともな職業についているようには見えない。締まりのない暮らしぶりが窺《うかが》えるばかりだ。

「とにかく、勝手に動き回るなと言ってるんだ。じっとしてろ」

市居の真っ当な言葉も、男は真剣に取り合うどころか茶化《ちゃか》した。

「動くな、ねぇ。息もするなとか言い出すんじゃないだろうな」

だらしない服装にそぐわない精悍《せいかん》な顔に、皮肉っぽい笑みを浮かべる。

「だいたいあんたさ、何者なわけ？　偉そうに仕切ってんなぁ」

市居にとっては、ある意味『待ってました』な質問だ。

聞こえよがしにフンと鼻を鳴らしつつ、スーツの内ポケットを探った。

警察手帳を開いて鼻先に突き出してやった。

黒い革地は未《いま》だ新品に等しい艶を放っている。手帳の内には輝ける金の日章、桜の代紋。そこに明記されるは『警視庁』の三文字——時代劇に登場する印籠《いんろう》とまではいかないが、これだけで一般市民は大抵舌を巻く。

しかし、さして興味を覚えた様子もない目の前の男は、顔色一つ変えなかった。市居の手から奪い取ると、閉じてしまった手帳を無造作に指先ではね上げるようにして捲《めく》る。まるでアドレス帳でも開くかのようなぞんざいな扱い。

「おまえ、オモチャだとでも思ってるんじゃないだろうな？」

そう疑うのも無理はない仕草だった。収められた身分証を確認して、ようやく男は反応らしい反応を見せた。貼りつけられた写真と市居を見比べると僅かに目を瞠《みは》らせ、黒いくっきりとした眉《まゆ》を上げる。

「へぇ、驚いた。あんた、キャリアなんだ」

無知ではないらしい。記された階級に市居の年齢は一見釣り合わない。

けれど市居が溜飲《りゅういん》を下げたのは束《つか》の間《ま》だった。

男は笑ったのだ。媚《こ》びた笑いではなく、一笑しくさった。

「最近のI種はついに顔で受かるようになったか。時代も変わったもんだ。こりゃ日本の未来は明るいね」

「なっ……」

権威を振りかざすつもりが、逆に小馬鹿にされ――悠然《ゆうぜん》と髪を掻き上げようとしていた市居の手は、ピタリと止まった。

「まぁいいや。それより早くレジ打ってくれよ、ピイポくん」

「ピイポ……くん？」

「そんな名前じゃなかったか？　警察のアイドルキャラクター。似たようなもんだろ、お飾りの警視さんじゃな」

屈辱だ。市居は『ほれ』と返された警察手帳を手に身を震わせる。

「ふざけたことを抜かしやがって……」

「あ、ビデオはこれね」

怒り心頭の市居に構おうともせず、棚に並んだケースから借りる気満々で抜き取ってきたらしいビデオテープを男は差し出してくる。二巻の分厚いカセットだ。今時ビデオテープを借りるとは珍しい。数年前からレンタルビデオ店は急速にＤＶＤに品揃《しなぞろ》えを変え、扱いづらいテープは姿を消しつつあるところだった。

なんでわざわざ――ささやかな興味を引かれて何気なく目を向けたラベルに、市居は『うっ』となった。いかがわしさ溢れる代物《しろもの》だ。タイトルからして判りやすくもお色気たっぷりな、アダルトビデオのそれだった。

「おまえ、身分証を出せ」

職質だ。この変態不審者が！

市居は有無を言わさず男の体を探った。

「なんだよ、警察のセクハラは大問題だぞ？　あっ、やめて、そこは弱いの！　二十歳《はたち》は超えてまーす。逮捕しないでね、刑事さん」

つくづくふざけた男だ。くねくねと身を捩《よじ》る男のジーンズの尻ポケットから財布を抜き取ると、市居は免許証を探り出した。

「……汐見《しおみ》……征二《せいじ》？　二十九歳か」

「いいから、さっさとレジ打ってくれよ。『女教師麗華《れいか》シリーズ』、知ってるか？　名作なんだけど、DVD化してなくてさぁ。ビデオでいいから全巻制覇してやろうと思って。人気なんだ、やっと空《あ》いてるとこ見つけたんだぜ？」

「知るか、そんなこと」

「いいのか？　んなこと言って。新聞に投書するぞ？　ネットに書き込むのもいいな。庶民の娯楽すら奪う国家権力の狂信者、警視庁刑事。不祥事は絶えないは市民に優しくないは、反警察感情が盛り上がりそうだな。ご愁傷様……」

つまらぬ御託《ごたく》を並べる男の顔を睨《ね》めつける。

冗談とも本気とも取れない。男は相変わらず嫌な薄笑いを浮かべたままだった。

「貸せ」

市居はついに折れてビデオテープを奪った。

要領の判らぬままカウンター内に入り、黒いカセットテープの隅に貼られたバーコードシールとレジを交互に見る。傍に転がったバーコードリーダーを渋々手に取った。

なにが哀《かな》しくて、警視庁のキャリア刑事がレンタルビデオ屋のレジ打ち。

被害者の止血を続けている店員の指示を仰ぎつつ、覚束《おぼつか》ない手つきで入力する。望みどおりの展開に、満足げに見つめてくる男の視線が煩わしいったらない。

それでなくとも非日常的な事態に、シュールな光景だ。バーコードリーダーの気の抜ける読み取り音を鳴らせていると、表ではサイレン音が響き始めた。

近づいてくる救急車とパトカーの二重奏だ。

「来ましたよ、市居さん！　やっと今、応援がっ……」

丸谷が店内に駆け込んでくる。

市居は無言で応じた。

「い、市居さん……な、なにやってるんですか？」

不審がる丸谷は正しかった。自分だってどうしてこんなことをやらされているのか判らない。

ありふれた夜のはずが、無茶苦茶な夜に変わった。

そして、それが……汐見征二との出会いだった。

むろん、最悪のである。

◇◇◇

翌日、市居が現場のレンタルビデオ店を訪れたのは午後も遅くになってからだった。

大挙して押しかけた鑑識課の連中の姿もとうに失せ、店は営業再開に向けて店員が割れたガラスを片づけたりと掃除をして回っていた。

鑑識に弾丸を抜き去られ、壁の穴はぽっかりと空いた刺し傷のような痕となっている。市居の身長に合わせると胸の辺り。被害者の身長なら、ちょうど貫通した肩の高さだ。

死亡者が出なかったのは救いだった。幸運にも被害者は重症ではあったが命に別状はなく、搬送された病院に入院している。

「犯人の目撃者、皆無だそうですね」

弾痕をぼんやり眠たげな目で見つめる市居は欠伸《あくび》を一つ。背後の煩わしい声を聞き流す。

「そうですか、皆無ですか……本店の刑事さん方がいながら残念ですねぇ」

初老の男は聞こえよがしに繰り返した。所轄の刑事課長だ。

随分と判りやすい嫌味に、市居は振り返ると微笑みつつ慇懃《いんぎん》無礼《ぶれい》に言い放った。

「ご迷惑おかけします。追っていた事件絡みの疑いが濃厚ですが、捜査協力していただけるそうで助かりますよ」

「協力ですか。そうですね、なんなりとうちの署員に指示してやってください」

どうせ自ら足を使う気などないくせしやがって――そんな本音がありありと含められた言葉だ。見るからに経験の浅そうな、その上やる気のなさそうなキャリアに現場をしたり顔でうろつかれるのは、いい気がしないといったところか。

それにしても腹が立つ。

市居は我が身に起こった不幸を呪《のろ》った。これでまた余計な事件を背負う羽目になってしまった。自然と眉根も寄っていく中、ドアを開けて入ってきた男が高らかな声で言った。

「目撃者、やっぱりいないそうです！」

「何度も言うな、鬱陶《うっとう》しい」

市居は寄ってきた丸谷を一喝する。

「何度もって、僕は今初めて……」

聞き込みから店に戻った丸谷は、タイミングを悪くしたばかりにこの扱い。いつ寝首を掻かれてもおかしくない暴挙ぶりの市居は苛々《いらいら》と捲し立てた。

「通りから撃ってるのは間違いないんだ。表を見ろ、ここは片田舎《かたいなか》か？　外は牧場か？　牛や馬しかいなかったならともかく、目撃者がただの一人もいないなんてあり得るか」

「く、車から隙をついて撃ったのかもしれません」

「だったらセンターに連絡してこの付近のカメラの情報をもらえ。不審な車を洗うんだ」

交通監視カメラの情報は捜査の役に立つ。Nシステムに引っかかってくれていれば、ナンバープレートも読み取れ、一気に犯人を追い込める。

「そんなことしなくても、じきに捕まりますよ。田島の奴、五係の取り調べでペラペラ喋《しゃべ》ってるそうです」

「田島が？」

「ええ。そりゃあもう調書取るのが追いつかないくらいに」

成り行きで即刻の逮捕になった容疑者の田島は、今は取調室の中だ。市居の十三係と合同で捜査をしている五係が取り調べに当たっている。

「仲間割れってやつですよ。田島の奴、相当ビビってるらしくて、共犯の男の情報を流してます。河田《かわだ》って男らしいんですが……居所は知らないらしくて、今A号照会かけてるところです」

「ふーん」

市居は興味なさげに返す。A号照会は、容疑者の身元、犯罪経歴を探る作業だ。手順としては正しいものの、犯罪経歴が割れたところで、所在が摑めなくては話にならない。

狙《ねら》われたのは被害者ではなく、田島なのか。

口封じのために仲間を手にかける。ありがち、かつ短絡的な犯行だ。

銃器事件の横行している欧米ならまだしも、日本では犯罪とは無縁の一般市民が私怨《しえん》で凶弾の的になるのは極めて稀《まれ》だ。撃たれた男の経歴は綺麗なもので、このすぐ近くの病院の経営者だった。

つまり院長。大病院なら黒い裏事情も匂《にお》うが、病床数二十あまりの個人病院だ。被害者は無関係を主張するばかりか、『人に恨みを買う覚えはない』と質問した刑事に食ってかかったらしい。

強盗事件のとばっちり、なんて知られた日には、早く被疑者を確保しておかなかった警察の責任だと言われかねない。

面倒くさいことになってしまったものだ。

市居は深々と溜め息をついた。

「とにかく早くこっちの件も犯人を特定するんだ。その河田とかいう奴の所在をなにがなんでも摑め」

「へぇ、市居さん、珍しくやる気ですね」

感心してみせる丸谷に、市居は耳打ちした。

店内にまだ残っている刑事課長に聞こえぬよう、声を潜《ひそ》める。

「発砲事件で新しい捜査本部ができてみろ、絶対うちにくるぞ？　また家に帰れなくなるだろうが」

事件発生から数日内の初動捜査で犯人を特定できなければ、捜査本部が作られる。テレビでもお馴染《なじ》みのアレだ。部屋の入り口にご大層な看板を掲げ、見るからに『捜査頑張ってます！』と言いたげな、あの集まりだ。

捜査本部こそ、警視庁刑事の活躍の場。管轄の警察署に派遣されて合同捜査を始めるのだが……そこはそれ、捜査本部ができるのはいわゆる難事件と認定されたものだ。最低でも一週間、どうかすると一カ月でも家に帰れない苦行の場になる。

当然、女とのデートは遠のく。市居にとっては憂慮すべき事態だ。ようやく強盗傷害事件のほうの片がつきそうなときに、それだけはなんとしても避けたい。一緒くたに解決に持ち込んでしまいたい。

「家にって、市居さん……」

呆れきった丸谷の視線もなんのその、市居はナンパな日々を得るべく……いや、事件をスピード解決すべく、小脇に挟んでいた付近の地図をばっと広げた。

「聞き込みの範囲を広げる。うちは駅側中心で、住宅地側は地域に詳しい所轄に協力してもらう。河田が犯人なら、一人でも河田を見たって人間を引っ張って来い」

一見やる気に映るが、丸谷は疑わしげな目で見ていた。

「市居係長はなにをなさるおつもりで？」

「俺は……ああ、昨日付近に居合わせた奴の調書取ってくる。まだ全部取れてないんだろう？」

「調書って、ちょっと！　少しは聞き込みの手伝いもしてくださいよ！」

「俺は足使うのは得意じゃないんだ」

得意じゃないのは足を使う聞き込みだけではない。そもそもそれ以前の問題だろうと丸谷が問い詰めたげに見るのをかわし、市居はすばやく店を後にした。

警察内で憂慮すべきは、未解決事件が増えることよりも、これで刑事が務まる男がいることかもしれなかった。


丸谷に恨まれつつ調書を取りに向かった市居は、とりあえずサボることなく近隣の対象者の自宅や職場を回った。

最後に訪れたのは、店からそう遠くないビルだ。

店に居合わせた、あの不品行極まりない男の職場である。気乗りはしないが、腐っても鯛……クズでも貴重な店内の目撃者。調書を取らないわけにもいかないだろう。出頭要請に応じる男とも思えない。

幸い住所に氏名、勤務先と最低限の情報は得ている。まんまとビデオを借り出し、店を後にしようとした男を引き留め、無理矢理聞き出しておいたのだ。

汐見征二、二十九歳。職業は調査会社経営。いわゆる探偵業だ。無職やフリーターよりはいい響きだが、警察の目から見れば五十歩百歩で『探偵』なんて名乗る奴にはロクなのがいない。

――やっぱり、こいつは丸谷にでも任せるべきだったかな。

市居がそう思ったのは、住所を頼りに目的の場所に着いてからだった。

うらぶれた感じのする通りに建つ、茶系のタイル張りの雑居ビル。傾きかけた日差しが古ぼけたビルを照らし、余計に黄昏《たそがれ》た雰囲気を醸し出している。

見るからに築うん十年のビルに足を踏み入れた市居は、階段を上るにつれて後悔した。長い階段に息が上がったからではない。なにやら怪しげな声が、薄暗い階段の先から聞こえてくるからだ。

目当ての五階に辿り着く頃には、それは紛《まが》いようもない大きさになった。

階段の脇に間口を開けた事務所の中から響いてきている。大音響で出迎えるは女の声。いかがわしげな喘《あえ》ぎ声だ。

市居は眉を顰めた。昨夜レンタルしたあのアダルトビデオに違いない。ほの暗い部屋の中には、年季を感じる小さなブラウン管テレビの明かりが声に合わせて舞っており、こちらに背を向けたソファからは、だらっと寝そべってご鑑賞中の男の足が見えた。

——こんな事務所に仕事の依頼をする人間がいるか？　いたら奇跡もいいところだな。

毒づきたくもなる。今更引き返すわけにもいかず、市居は開け放たれた事務所のドアをノックした。『汐見探偵事務所』とくすんだドアの磨《す》りガラスには書かれている。

遠慮なしに叩いたにもかかわらず反応はない。けれど、ソファから飛び出た革靴の足先がピクリと動いたのを見逃さなかった。

「おい、聞こえてんだろうが！」

「……おや、誰かと思えば昨日のピイポくんか。なんだ？　捜査に行き詰まって調査依頼か？」

ソファの肘掛に預けた頭を、汐見は身を伸び上がらせるようにして覗かせ、近づいた市居を確認する。好戦的なのか単にからかっているのか、どちらにせよ苛つかせてくる。

「なわけあるか」

「だったらなんの用だよ？　あ、もしかして俺のことが忘れられずに訪ねてきたとかか？　健気《けなげ》なもんだな」

「調書を取りにきたに決まってるだろうが。昨日の事件が起こったときの状況を知りたい。証言を得たいんだ」

「ふーん」

ふーんって、人の話をまともに聞く気はあるのか。

起き上がる素振りもなく、目線は乳房を揺らして喘いでいる女に戻ったまま。楽しんで興奮している様子はまるでない。ようやく見つけたレアなシリーズだとかなんだとか言っていたくせして、テレビを眺める顔はただただ虚《うつ》ろで、だらりと投げ出した手の指の間では、長くなった煙草《たばこ》の灰が今にも崩れそうになっている。

「おい、灰。灰が落ちる！」

市居は見かねて傍のテーブルの上の灰皿を引っ摑んだ。

「ああ」

ああじゃない、自分はこんな世話を焼きにきたのではない。

「おまえ、協力する気あるのか？」

「ない」

「……ないですまされるか。捜査に協力するのは国民の義務なんだよ」

「その国民の税金で給料もらっときながら、随分と偉ぶってんなぁ」

偉そうなのはどっちだ。

吹かした煙草の煙を吐きつけられ、市居は顔を歪《ゆが》める。吸いさしを奪い取ると、吸い殻が山盛りになった灰皿に埋《うず》めて揉《も》み消した。

「こっちはおまえの屁理屈《へりくつ》を聞きにきたんじゃない。昨日はなにも見てないのか？　店に入る前とか……入ってからでもいい、近くに怪しい人物はいなかったか？　店の中の様子を窺ってるような男とか……」

「いたねぇ」

面倒くさそうに応《こた》える汐見の言葉に、市居は色めきたった。

「ほ、本当か？　どんな奴だ？」

「グレーのスーツ着てたっけなぁ。なんかお高そうなやつ。背はたぶん俺よりちょい低いぐらいで、歩道でぎゃんぎゃん喚《わめ》き立ててたっけ。車叩いたりもしてさぁ、感じ悪いのなんのって」

「スーツ姿？　喚いてたってケンカか……顔は覚えてるか？　もう一度会ったら確認できるか？」

「まぁ、できるだろうな」

『ほら』と汐見は指を差した。向かっている先は、きっちりと市居のスーツの胸元だ。

一瞬たじろいだ市居だが、すぐに合点《がてん》はいった。店外の不審者はおまえだと言いたいらしい。

のらりくらり、のほほんな態度で応じた挙句《あげく》、それが答えか。市居の眉間《みけん》の皺《しわ》もきつくなろうってなものだ。

出会って十二時間、やってきて数分あまり。短期間かつ短時間で、こうまで人をムカつかせられるのは、ある意味才能といえる。

「ふざけるな。こっちは遊びにきてるんじゃない、暇じゃないんだ！」

まともに応じる気のない男の肩を揺すれば、すぐさま手を振り落とされる。

「生憎《あいにく》、俺も暇じゃないんでね」

汐見は気だるい仕草で起き上がると、背伸びをかました。

「思いっきり暇じゃないかよ、こんなもん見る時間があるんだろうが！」

どうやらフィニッシュに辿り着く気配の、アダルトビデオの再生画面を市居はビシリと指差す。これで忙しいってんなら、木の上のナマケモノとてご多忙だ。

「嘘じゃねぇよ？　これから出かけるんだ。俺にも調査ってもんがあんでね」

「調査？」

汐見は昨夜に比べればまともな格好をしていた。黒っぽいスラックスに、白いワイシャツ。ノーネクタイだが仕事着っぽい。

けれどそれも昨日のなりと比較すればのことで、皺だらけのシャツは市居のネクタイも歪みなく整ったスーツ姿とはけして同列ではない。

「ふん、どうせ迷いネコ捜しとかそういう依頼だろう。忙しいが聞いて呆れる……」

鼻を鳴らして嘲《あざけ》ると、汐見は目線を向けてきた。スーツの上着を羽織る手を止め、じっと自分を見つめてくる。

視線が頭の上から足元にまで行き交う。斜めに見ようが真っ直ぐ見ようが、自分の容姿が完璧《かんぺき》で、服にも粗《あら》などないのは判っているものの、あまり気持ちよくはない。

「な、なんだよ?」

怪しむ市居の声は上擦り、汐見の返事は虚を衝《つ》いた。

「おまえさ……昨日も思ったけど、いい面《つら》してんな」

「は……?」

「美人だって言ってんだよ。ちょうどいいや、俺と今からデートしねぇ?」

唐突に訳の判らぬ調子のいいセリフを口にする男に、市居はクラリとした。

もちろん心奪われてクラリではない。頭痛に眩暈《めまい》、ようするに呆れきったのだ。

「デートっておまえ、なに考えてんだ」

「バーカ、デートは冗談だよ。んなジョークも判らないお堅い頭で刑事って務まるもんなのかねぇ。話がてらさ、ちょっとついてきてくれればいいだけだから」

「ちょっとって?」

「今から行くとこ、一人じゃ入りづらい場所なんだよな。着けば話す時間はたっぷりあるしさ、調書でも身上書でもなんでも応えてやるよ」

どうだか怪しい。こいつは十の内、八も九もいいかげんなことしか言わない男だ。不穏な雲行きを察知するセンサーは、市居の頭の中で感度も良好に働いていたが汐見は強引だった。

「行くぞ」

『すぐ済むから』と腕を引っ摑まれる。

市居は数分後には来たばかりのビルを後にする羽目になっていた。


「だから、サボってんじゃないって言ってるだろうが！」

携帯電話を耳に押し当てた市居は喚いた。先に戻っていろと連絡した丸谷に、あの嫌味ったらしい婉曲《えんきょく》な言い草でサボりと決めつけられたからだ。

「やむを得ない私事なんかじゃない。捜査だ、捜査。すぐ戻るから、待ってろ」

通話を終えた携帯をカウンターに叩きつけるようにして置くと、隣から忍び笑いが聞こえてくる。

「こういうときは日頃の行いがものをいうねぇ」

おまえのせいだろうが、おまえの！

「誰のせいで疑われる羽目になったと思ってんだ。だいたいなんだ、この店は？」

座面の高いスツールに腰を掛け、カウンターに肘を乗せた市居は、胡散くさげに店内を見回した。

照明を暗く落とした店はバーだ。磨き上げられた黒いカウンターに、壁際に並ぶいくつかのボックス席。市居が通うバーと大差ない内装だが、漂う雰囲気の違いは一歩足を踏み入れた瞬間から伝わってきた。

繁華街に存在しつつも、息を潜めて営業している類《たぐい》の店だった。入り口には看板の一つもなく、入る人間を選ぶかのように重い黒塗りのドアが店と外界とを遮断していた。店内は複数階に跨《また》るようだが、奥の階段の手前には黒服の従業員が構えている。

市居が瞬時に思い浮かべたのは、違法の賭博《とばく》行為を行うカジノバーだったが、そうでないのは客層で判った。

性別が偏っている。男女のカップルの姿はなく、そのくせ過度のスキンシップがボックス席で見うけられる。自然の摂理に反して、男同士で腰に手が回るとはいかに。

「見てのとおりだよ」

頬をひくつかせている市居を横目に、汐見は面白可笑《おか》しそうに言った。

「……ホモの巣窟《そうくつ》か」

「ただの巣窟じゃないぜ？　地下にはＳＭクラブもあるって話さ。あ、なんなら後で遊んでいくか？」

「悪いが、その気は全くこれっぽっちもない。ＳＭやる奴なんざ、変態の中でも最低のクズだ」

胸糞《むなくそ》悪いと唾《つば》を吐きたい気分で付け加える。

「そうか？　ＳＭって愛がなきゃできないと思うけどなぁ」

「人をいたぶるのに愛もクソもあるか」

「はは、言ってくれるねぇ」

ひしゃげたソフトケースから煙草を一本取り出しながら、汐見は楽しげに笑った。

市居は不貞腐《ふてくさ》れるばかりだ。どうせ丸谷にサボりを疑われるぐらいなら、いつものバーがよかった。隣には馬が合うはずもない男、女の影すら望めぬゲイの溜まり場では楽しみようもない。

「で、こんなところになんの調査なんだ、おまえは。単なる趣味かよ？」

「趣味と言いたいとこだけどな、浮気の調査だ。ターゲットがな、毎晩通いつめてんだ。俺も今日で一週間かな……用心深い奴でさ、なかなか証拠撮らせてくれねぇのよ」

汐見はスーツの上着ポケットから、チラリと光るものを抜き出して見せた。小型のデジタルカメラだ。

「ターゲットはアレ」

と言って目線で指したのは、奥のボックス席で一人静かに酒を嗜《たしな》んでいる身なりのいい男だった。

「そろそろお相手も来る頃だな」

カウンターに置いた携帯電話を見ると、まだ時刻は七時を回ったばかり。客が増えるのはこれからだ。

「男相手に浮気か。そりゃあ用心深くもなるだろうさ」

浮気調査など興味もない。ただ早く終わってくれと願うばかりで応える市居に、汐見は言った。

「そこでだ。まぁ、飲めよ」

「は？」

「酒も飲まずに二人でボケっとしてたんじゃ怪しまれるだろ？　俺の調書取りたいなら、乾杯がてらいこうじゃないか」

顔見知りになったのか、汐見は馴染んだ調子でカウンター内のバーテンに声をかける。

戸惑う市居の前に出てきたのは、ロックグラスだった。それもアルコール度数の高いテキーラだ。

「ほれ、乾杯」

グラスを鳴らし合わせて勧める男を前に市居は硬直した。

「勤務中だしな、酒は……」

「品行方正な刑事さんでもないんだろ？　ああ、もしかしてお嬢さんにはソフトドリンクのほうがよかったか？　コーラ？　ジンジャーエール？　メロンソーダまでは置いてなかったかなぁ」

この男に特技があるとするなら、それは人の神経を逆撫《さかな》でするテクニックだ。見事なまでに逆目を狙ってくる。

市居はグラスを引っ摑んだ。

「おいおい、無理しなくてもいいんだぜ？　酒が嗜めないぐらい恥じゃないさ」

だったら何故《なぜ》目が笑っている。

馬鹿にされてたまるかと、グラスに鼻先を近づけた市居は息を止めた。

景気づけとばかりに勢いよくも呷《あお》り、そしてグラスが空《から》になる頃には——バタリ。カウンターに突っ伏した。アルコールの焼けるような熱さを、胸の辺りに感じたときにはもう訳が判らなくなっていた。

一瞬にして前後不覚。これもまた特技といえるほどに器用だ。

警視庁のエリート刑事、市居瞳也二十七歳。サボり癖を除いた短所は、無駄に高い自尊心からくる負けん気の強さと、そして、桁外《けたはず》れなまでに酒に弱いことだった。

市居が決定的に自分が酒に弱いと知ったのは、高校に入って間もない頃。父親の秘蔵のウイスキーをこっそり飲んだときだった。

手を出した理由なんてよく覚えちゃいない。興味本位と、それから多少の反抗心があったのだろう。

父も刑事だった。親戚縁者エリートの多い家柄で、当然のように父親もキャリアだったが、階級は警視長、警察庁の課長どまりで定年退職した。派閥争いにでも巻き込まれてそれ以上は上がれなかったのだろう。よほど悔しかったのか、父は息子にも刑事になることを強要してきた。

市居は父が四十過ぎのときに生まれた子供だ。威厳のある父親に幼い頃から教え込まれては敷かれたレールに乗らざるをえなかったものの、大人になるに連れ違和感も覚え始め、反抗期に試したのが飲酒だった。

しかしグラス一杯で酔い潰れ、居間で泥酔していた市居は、帰宅して発見した母親に告げ口され父から大目玉をくらった。

その後成人してからも何度か試してみたが、その度《たび》に酔い潰れ、恥をかくことはあってもいい思いをした記憶はない。以来、ナンパ目的にバーへ出向いても、仕事を理由にアルコールは避けてきた。

「……まさか、下戸《げこ》とはな。手間が省けてちょうどいいか」

間近に聞こえる男の声に、市居は嫌がる重い目蓋《まぶた》を開いた。このまま眠っていてはまずい事態に陥《おちい》るような不安が、市居を揺り起こした。

ぼんやりした視界には、真上から自分を覗き込む男の顔がいっぱいに広がる。

「……おま……え……誰だ……？」

誰だっけ、コイツ。ああ、アイツだ……あのいけ好かない男、汐見……なんだっけか？

「ご挨拶《あいさつ》だなぁ。まさかテキーラ一杯で記憶喪失になったってんじゃないだろ？　汐見征二だよ。そんなに簡単に忘れられるほどの存在なのか、俺って。ショックだな」

「……征二……そうか、そんな名前だったな。どこだ、ここは？」

首を捻《ひね》った市居の視界に飛び込んできた景色は、居たはずのバーではない。そう広くもないが小綺麗な内装の部屋で、すぐ傍には二脚のアームチェアを備えたお飾りに等しいテーブルセット。市居の目には、どこかのホテルの一室のように映った。

「店の上のＶＩＰルームだよ。お泊まりもできる部屋が何室かあるんだ」

「店の上？　俺、眠り込んで……悪い、迷惑かけたな。今何時だ？　そんなに眠って……」

市居は自分がどっしりとしたキングサイズのベッドに、身を横たえているのに気がつく。慌てて重い体を起こそうとすると、ベッドが弾《はず》んで揺れた。覆《おお》い被《かぶ》さるようにして見下ろしてきた汐見の手が、動きを制した。

「迷惑なんかじゃないさ。寝顔に見とれてポーッとなってたとこ。俺にとっちゃ、これ以上の幸運はないかな」

ボケた頭でも感じる違和感。汐見は様子がおかしかった。態度が、どこか変わったように感じる。声も、自分の動きをやんわりと封じる手の動きも――

「幸運？」

「そう、狭い密室で二人きり……もってこいだろ？　口説くにはさ」

「口説く？　俺を、おまえがか？」

いちいち言葉尻をとって繰り返す市居を、汐見は見つめて笑った。

市居はドキリとなった。うっかりにもほどがある。

初めて目にした、嫌味でも皮肉を込めたものでもない極自然な微笑み。見つめてくる汐見のその眸《ひとみ》と、優しげな笑顔に目を奪われてしまった。

「一目見たときから……本当は刑事にしておくのはもったいないって思ってた。キャリア刑事もいいけど……この綺麗な顔に傷でもついたら日本の……いや、世界規模の損失だと思わないか？」

静かに響くテノールの声が、耳をくすぐる。

賛辞の言葉は、市居が好む類のものだった。

男でも誉《ほ》められれば気分がいい。自分の見栄えがいいのを市居は誰より知っている。『いやいやそんな』と謙遜《けんそん》するのが普通の人間だろうが、子供の頃から言われ慣れており、疑いもせず額面どおりに受け取る市居はかなりの自惚《うぬぼ》れ屋だった。

それが仇《あだ》になる局面に立たされた経験がないのだから仕方がない。

「昨日は……いや、今日もだけどからかうようなことばかり言って、すまない。俺も自分が相当な天《あま》の邪鬼《じゃく》なのは判ってるんだ。直したくても、そう簡単には直らなくてな。心奪われる相手が眩《まぶ》しければ眩しいほどに歪んでしまう」

「眩しい……」

「そう、君のことだ。太陽を直視しているみたいに眩し過ぎて苦しい」

「本気で言ってんのか？」

「本気さ。信じてもらえねぇのは判るけど……一夜にして夢中ってやつさ。迷惑か？」

極端な男だ。歯の浮くセリフを汐見は大真面目な顔をして語ってくる。

同性に口説かれるのは、これが初めてではなかった。

高校時代には、両手で余るほどに本気の告白とやらを受けた。当時はもっと華奢《きゃしゃ》で背も低かった市居は、むさ苦しい男子校で惑わせるには充分な存在で、多くの純粋な青少年に道を軽く踏み外させた。一度も相手にしたことはなかったけれど、持てはやされるのは悪い気分じゃなかった。

口説くのではなく、口説かれる。なかなか気持ちがいい——などと今も考える自分は、やはりまだ酔いから醒《さ》めてなかったのだと思う。

「もう俺はおまえしか考えられない」

こんな言葉を鵜呑《うの》みにしてしまうぐらいだ。

まともに受け止めてしまった自分は、相当にイカレていたのだ。

頬に触れてきた汐見の指は長かった。節張ってはいたが、男の指にしては美しく、だらしなさのわりに爪《つめ》は綺麗に切り揃えられていた。

蹲るように背を丸めた男は、自分の顔色を窺い覗き込んでくる。懇願する仕草は市居に優越感をもたらし、間近に見る眸に惹《ひ》きつけられた。

ベッドサイドのウォールライトのオレンジ色の明かりが、汐見の顔を照らす。

よくよく見れば整った顔立ちだった。長めの前髪に見え隠れしてよく判らなかった眉は男らしくくっきりとしており、視線になんともいえない力強さがある。軽薄そうなイケメン顔ではなく、真顔の汐見の精悍な顔は誰よりも誠実であるようにすら見えた。

少しきつい印象の双眸《そうぼう》。その奥は深く、暗いと感じるほどの漆黒だ。

なにもかもをさらい込んでしまいそうな黒い眸を、市居は愚かにも綺麗だと感じた。

見つめ合うだけで、射すくめられたように動けなかった。けして誘ったつもりも、同意したわけでもない。ただ動けぬままぼんやりしているうちに、そうするのが至極自然なことのように思えた。

ふらりと男の顔が近づき、唇が触れ合う。

自覚する間もなく、キスはすぐに深い口づけに変わった。あっと思ったときには、市居の舌はからめとられていて、汐見の口腔《こうこう》の中へと招かれた。ゆるゆると唾液《だえき》に濡《ぬ》れた舌を擦《こす》り合わせ、舌の根まで食《は》むようにやんわり歯を立てられると、ベッドの上の体はびくびく揺れる。

「……んっ……」

思わず漏らした鼻にかかった自分の声に『げっ』となったが、それも一瞬にしてどうでもよくなった。もっともっと、この痺《しび》れるような感覚を味わいたいと望んでしまう。

口づけを、こんなに心地いいと思ったのは久しぶりだった。一言で言えば巧《うま》い。そう、汐見のキスはとてつもなく技巧的だ。

長い長い口づけを終える頃には、唇どころか身も心も奪われたようになって、市居は放心状態だった。重ねて言い訳しておくと、酔っていたからこそだ。キスにも確かに乱されたが、体に残ったアルコールがすべての元凶だったのだ。

「汐……見……？」

ねだりがましく名を呼ぶ。

唇を離した男はうっすらと笑った気がした。

キス一つでぐったりしてしまった体を起こされ、抱え上げられる。

訳の判らぬまま、半ば引《ひ》き摺《ず》るようにして連れられたのは傍のアームチェアだった。

「な、なに？　なんだよ、一体……」

場を移してどうしようというのか。少しばかり乱暴に椅子《いす》に沈められても、不平不満すら述べない市居はどうかしていた。

はっきり言えば、間抜けだった。

——ガチャリ。

金属質のあってはならない音が響いたのは、市居の背後だ。後ろ手に回された手首になにかがかけられたと思ったときには、もう遅かった。

「は？　はぁっ⁉　おまえ、なっ、なんの真似《まね》だっ⁉」

問うまでもない。それは聞き馴染んだ音。手錠の音、だった。

強引な口説きの延長線と思えなくもないが、こんな倒錯的な方法でやられるつもりはない。

いや、違う。どんな真っ当な形であっても、この男とそんな仲になる気はない。

ようやく我に返った頭で思い直し、市居はかけられた手錠をガチャガチャ揺すった。

「こういう趣味はないって言ってるだろうが！」

「まぁまぁ、何事も経験だ。やっぱいいねぇ、本物の手錠は。あ、コレ、おまえの手錠な」

嫌な感じのする汐見の口調。嬉《うれ》しくもない元の調子が返ってきた気配だ。

汐見は市居の恐れを肯定するように、怪しく笑った。

「おとなしくしねぇと、犯しちゃうぞ？　あ、ここは『逮捕しちゃうぞ～』とでも言っておくとこか？」

余裕いっぱいじゃねぇか！

元凶はアルコール、助長したのは手慣れたキス——そして、行き着く不幸はこれなのか。

男が他人のズボンやスカートに手をかけてしたがることといったら、ほかにはないだろう。

「ちょっと、おい！　わっ、なにすんだ、テメっ……」

あれよあれよという間にズボンを寛《くつろ》げられ、あろうことか下着ごと脱がされて、市居は焦《あせ》った。

「やめっ、やめろっつってるだろうがっ！」

暴れるのも無駄なら、喚くのも虚《むな》しい。

手は自由にならずとも、両足は全身全霊かけて抗っているにもかかわらず、汐見はびくともしなかった。そればかりか、唯一の頼みの綱の両足すら不自由になっていく。

「俺、あんまこういうの詳しくないんだよなぁ。まぁいいか、適当に縛っときゃ」

あくまでのんびりな声が恐ろしい。

どこから取り出したのか、たぶん椅子の下に忍ばせておいたものだろう。ロープとしか呼べないものが、市居の足を肘掛に固定していく。口にするのも……自覚するのもおぞましい、大股開きにだ。

「いい眺めだな。『警視庁キャリア刑事、濡れ場の夜』って感じか？　俺のタイトルセンスどうだ？」

ロクなセンスではないが罵《ののし》る余裕はない。無防備にも男の弱点とも言える部分が晒《さら》されているのだ、それどころではない。

羞恥《しゅうち》のあまり、顔も頬もカッと熱くなった。

「おお、顔赤らめちゃって可愛《かわい》いねぇ」

「外せ！　外せって言ってんだろうが、このクソったれがっ！」

「……前言撤回。可愛くないな。ここは一つ、可憐《かれん》に『やめて』とか『許して』とか言ってくれたら俺も考えなくもねぇのに」

「言うか、このボケ……」

椅子を倒れんばかりに揺らし、頭にも顔にも血を上らせた市居は、前触れもなく訪れた展開に身を強張《こわば》らせた。

部屋のドアが、短いノックとともに開く。見知らぬ第三者の男が入ってきたのだ。

「もういいか？」

この修羅場に驚くでもなく、むしろ共犯の匂いを漂わせる男に、汐見はにっこり笑顔を向けた。

「ああ、お待たせ。準備万端だ。こんなんでよかったら、さぁどうぞ」

「こんなんでってなんだよ？　どうぞってなんだよ、おい⁉」

市居の剣幕に、入ってきた男は一瞬引いた気がした。不安げな声で、汐見に伺いを立てる。

「本当にいいのか？　コイツ、大丈夫なのか？」

「大丈夫なわけあるかっ……お、あっ……」

喚こうとする口を汐見に手で素早く塞《ふさ》がれ、市居はもがいた。

「ちょっと口が悪いけどな、気にしないでくれ。こう見えてマゾっ気あってさ、嫌だ嫌だって言いながら気分を高めてんのね」

違うわ、アホ!!

声にならない呻きを上げまくる市居の口を暫《しば》し押さえ込んだのち、汐見は立ち上がる。

「ほんじゃま、そういうことで」

「ってどういうことだよ、おい!?」

怒りも顕《あら》わな眼差《まなざ》しだ。けして縋《すが》りつく目で見たわけではないけれど、汐見は一瞬動きを止めた。急に表情のない顔で見るものだから、なけなしの良心でも痛んだかと思わされた。

男は椅子の前にしゃがみ込むと、子供にでもそうするみたいに市居と目線を合わせ、顔を覗き込んでくる。

「汐見っ、おまえこんなこと許されると思って……」

ふらっと顔が近づいてきて、またキスでもされるのかと息を飲んだ。

あと少しで触れ合うというところで汐見は動きを止めた。唇だけが動いて言葉を紡《つむ》ぎ、温かな息が唇を撫でる。

「……刑事なら口で丸め込むのもお手のものだろ?」

「え……？」

「せっかくだ、この機会に被疑者を自白に追い込むテクニック、磨いとけよ。カツ丼なしでも人一人ぐらい説得できねぇとな」

ふざけているのか、励ましのつもりなのか判らない。ただ唇を掠《かす》める息遣《いきづか》いだけが優しげで、言い終えた男は唐突に笑い声を上げた。

「じゃ、せいぜい頑張れ。期待してるぞ？」

「汐見っ、おまえ、どこ行くんだっ！」

くるりと踵《きびす》を返した男は部屋を出て行く。呼び止める市居の声も虚しく、それきり戻ってくる気配はなかった。

後に残されるは、椅子に括《くく》られて据《す》え膳《ぜん》状態の自分と、よからぬ期待に胸膨《ふく》らませた感のある男のみ。年齢は四十代と見える中年親父《おやじ》だ。生理的嫌悪を催すほどの醜悪さはないが、期待に添うわけにはいかない。

「ま、待て、早まるな！」

迫ってきた男は左手を市居の肩に置いた。色欲に息を荒くした顔を近づけ、右手を——

ギャーっっ!!

心の叫びはマックスに達した。男の無骨な指が自分のナニを、さらにアソコを……説明するのもおぞましい事態が現在進行形で繰り広げられる。両手両足を意のままに動かせない市居に、唯一残された自由は発言のみだった。

不本意でも、汐見の残した助言どおり必死の説得にかかるしかない。

「や、やめろっ、なっ？　おまえは間違ってる。俺なんか食っても美味《うま》くない！　腹壊すぞっ！」

説得のレベルの低さといったらなかった。市居は取り調べが不得意だった。被疑者を泣かせて落とすどころか、意固地にさせるばかりで、いつも取調官の役目はベテラン刑事や丸谷に押しつけ……いや、任せていた。

因果応報、身から出た錆《さび》ともいえる。よもやこんなところで、日頃の怠業が己の身に災いとなって跳ね返ってこようとはだ。今日だって、丸谷と共に聞き込みに励んでもいればこんな目には遭わなかったかもしれない。

まるで死期でも迫ったかのように、市居は後悔の念を頭に過《よ》ぎらせつつ捲し立てた。

「えっとな、ああ、そう！　俺痔《じ》持ちなんだ！」

「痔……持ち？」

「そ、そう、ウイルス性の！　触っただけで感染するんだ。今大学病院通ってて、もうすぐ学会に発表されるみたいでな、先生に名前だけは匿名《とくめい》にしてくれって頼み込んでるんだ。そりゃもう凄《すさ》まじい感染力で、医学会もびっくり！」

なにゆえ、人として隠しておきたい類の病気を、かかってもいないのに公言しなくてはならないのか。

「感染……」

いささか支離滅裂だが熱弁は効力を発揮したようで、男は僅かに怯《ひる》んだ。汐見より遥《はる》かに素直で良識がある。

「そ、そういうわけで、残念だが俺のことは諦《あきら》めてくれ」

「諦めろって言われてもな、あいつが代わりにおまえを用意したんだし」

なんの身代わりだ。一体どんな取引をしたんだか。

市居が疑問を覚える間も、男は諦めがつかない様子でそわそわしている。

「そっちがダメなら、こっちが……」

おい、なにズボンのジッパー下ろしてんだよ。

なにを取り出してるんだ。引っ込めろ、今すぐ、即刻！

「おまえっ、猥褻罪《わいせつざい》で逮捕すっ……！」

市居は皆まで言えなかった。男が指で唇を撫でたかと思うと、いきり立ったモノをぬるりとそこへ押しつけてきたからだ。

市居は言葉にならない悲鳴を上げ、受難の夜は今まさにクライマックスを迎えようとしていた。

名も知らぬ男の去った部屋に再びドアの開く音が響いたのは、数十分が経《た》った頃だ。

「なんだ、手錠外してもらえたのか」

その男の顔を見た途端、市居は膝上の手で硬く拳《こぶし》をつくった。わなわなと手は震え、一目散に殴りかかりたいところだが、まだ両足のほうは椅子に括られたままで自由が利かない。

ぐったりやつれ果て見る影もない様の市居に、汐見は哀れんだ表情を向けてきた。

「酷《ひど》いもんだな、誰がこんな目に……」

「お、おまえじゃねぇかっ！」

舌を縺《もつ》れさせながらも、間も入れずに市居は喚き、汐見はポンと手を打つ。

「ああ、そうだったかもしれない」

反応に拳に力も籠《こも》る。両手は思い出したくもないもので濡れており、身につけたままのシャツやら腿に飛び散った白濁は、この部屋で行われたことをまざまざと表わしている。

「おまえ、結構口達者なのな。ちゃんと上手《うま》いこと丸め込んだみたいじゃないか」

「これがそう見えるか？　そう思えんのか⁉」

実際、口から出まかせで逃げおおせ、ウイルス性の痔は口でも移るとかなんとか言って手錠を外させて手淫《しゅいん》で男を納得させた市居だが、問題はそこではない。

「いや、刑事さんのおかげで助かったよ。どうやって浮気の証拠写真撮ろうかと思ってたんだけどね。ここのオーナーが一発やらせてくれるなら、個室の中の様子を撮らせてくれるっていうから」

隣の部屋との境の壁を、汐見は指で差す。

例のターゲットは隣室でお盛んだったらしい。

「けど俺、バージンじゃん？　困ったなぁ、そんなに安売りできねぇしって悩んでたんだよな」

さっきの男は、この店のオーナーなのか。

そんなことはどうでもいい。オーナーだろうが、店の皿洗いだろうが知ったことか。

「俺だって初めてだ！　安かねぇよ！　そんな理由か!?　俺をこんな目に遭わせやがったのは、そんなくだらない理由なのかよっ！」

市居のもっともな怒りは爆発した。

「くだらなくはないだろ。生活かかってんだ、これでも。それに俺と比べても見劣りしない、美形のおまえにしかできなかった大役だよ、これは」

市居は身を震わせた。この世に生を受けて二十七年、感じたこともない怒りと屈辱に、ぶるぶると全身がわななく。

「……おまえ、俺を……この俺を、こんな目に遭わせて、ただですむと思うなよ？」

怨念《おんねん》を込めた市居の低い声にも、汐見は肩を竦めてみせるのみだった。

なにがこうまでこの男に余裕を抱かせるのか、人生投げてるとしか思えない。

「はいはい、お縄でもなんでも頂戴《ちょうだい》しましょうかね。なんでも素直に吐きますよ。おまえがどんな状態でやられたとか、あられもない格好してたとか……ペラペラとね。こんな楽な捜査ってないよな」

「なっ……」

「調書取り慣れてんだから、取られるのもお手のもんだろ？　事細かに話さなきゃならないだろうなぁ、それこそどんな風にあいつを満足させたとか、事細かに。ああ、そうだ、逮捕ならパトカーも呼ばねぇとな」

汐見は携帯電話を上着のポケットから取り出すと、躊躇《ちゅうちょ》なくボタンをプッシュし始めた。

「や、やめろバカ、本気で呼ぶ気か？」

この男のことだ、猥褻罪だろうが猥褻ほう助罪だろうが、平然と取り調べに応じるのかもしれないが、市居には堪えられるはずもなかった。

舌を嚙《か》んで死んだほうがなんぼかマシだ。いや、この程度じゃ死ねないが、末代までの恥だ。キャリアのエリート刑事が、ホモバーで猥褻行為を受けたとあっては一躍時の人。駆けつけた所轄の刑事にこんな様《ざま》で救い出されては、死んでも死に切れない。

「あれ、いいのか、逮捕しなくて？　せっかく犯罪者を検挙するいい機会だってのにな。どうせお嬢さんは自分の力で犯人を挙げた経験なんかないんだろ？　遠慮することないって、この機会に逮捕しときな……」

「いいから、携帯をしまえ！　それから、この……ろ、ロープを解《ほど》け。もう、用は済んだんだろ」

思わず気弱になってしまった。汐見が笑って見えたのは、たぶん気のせいじゃないだろう。

「可哀相《かわいそう》に、こんな萎《しお》れちまって。あいつ、自分だけいい思いしやがったのか」

屈んだ汐見は、無遠慮に市居の晒されたままのものを見つめてくる。今更、見るなと恥じらう余力もなかった。

「……男相手に勃《た》つか！」

「そうか？　キスしたときは気持ちよさげな顔してたけどなぁ。俺の記憶違いでなければ。おまえがもうちょっと初心《うぶ》だったら、俺も遠慮したかもな」

「男とやった経験なんかない」

「なくても遊んでるだろ、おまえ？　ちゃんと判るぞ」

「判るって……なっ、なにすんだよ、もう……触んな、バカ、やめっ……」

汐見の指先が、まるで毛並みでも確かめるような調子で撫でた。どこの毛並みって……普通お目にはかかれない場所だ。晒して歩こうものなら、即刻手が後ろに回る部分だ。

「鑑識が目をつけるのは髪の毛や指紋だけじゃないってね。おまえも刑事なら知ってんだろう？　これは相当遊んでるね」

市居は絶句した。人の体毛はさまざまなことを教えてくれるものだ。汐見が目をつけているアンダーヘアは、特に年齢と性生活。本来毛先というのは尖《とが》っているものだが、ときとして丸くなる。セックスの頻度によっては毛先が磨耗するからだ。

市居に鑑識経験はないが、知識の上では知っている。

けれど、こいつはなんだってそんなマニアックともいえることを知っているのか。

「あーあ、こんなに丸くなっちまって、よっぽど摩擦行為がお盛んってか。さすがに誰彼と構わずおっ立ててるわけじゃないよな？」

「あ、当たり前だ！」

「まぁそう怒りなさんな。上手いことバージンのほうは守れたんだろ？　俺の助言のおかげか、感謝してくれてもいいぞ？」

諸悪の根源を憎みはしても、感謝せねばならない謂《いわ》れはない。

涼しい顔してようやく椅子から足を自由にし始めた男に、市居は声を振り絞って叫んだ。

「俺の努力のおかげだ!!」

翌朝の市居の気分は、むろん最悪だった。

日頃から上機嫌で職務に臨むほうではないが、今朝はまた格別に不機嫌だった。捜査に向かう車の中でも、尋常でないどす黒いオーラを放ちまくり、運転席の丸谷はすっかり沈黙だ。

それでなくとも小柄な体を丸め気味にハンドルを握り締め、密室の中に充満する不穏な空気から逃れようと懸命である。

市居は不満を晴らすべく、鋭い声で言った。

「くそっ、令状を取れ、あの男を逮捕しろ！」

フロントガラスを見据えたままの一言に、丸谷は竦み上がる。

「あ、あの男って誰です？　河田ですか？　それならまだ居場所が……」

「汐見だ。汐見征二」

「って、現場の目撃者の？　罪状はなんですか？」

「なんでもいい、百年ぐらい奴をムショにぶちこんどけ。一生日の目を見られないようにしてやるんだ！」

無茶を言うだけでは飽き足りず、丸谷がビクつくのも構わずに、市居は車のグローブボックスを裏から蹴《け》り上げた。

「な、なんでもって、容疑が判らないことには……」

所詮《しょせん》、現実的ではない鬱憤《うっぷん》晴らしだ。極当たり前の反論に、市居は口を閉ざす。

容疑ならある。強《し》いられた行為は犯罪に等しいというか、犯罪そのものだ。

けれど汐見の言うとおり、とても人に話せたものではなかった。自分がエリートゆえに口にできないと高を括られたのなら、泣き所は高すぎるプライドなのか。

こうしてセクハラを受けた女性は泣き寝入りするのかもしれない。胸のうちに秘めておこうと思うも、腹立たしさは膨れるばかり。

「市居さん、着きましたよ？」

車は白い建物の裏手の駐車場に入ったところだった。眩しくも爽《さわ》やかな朝日を受けながら、普段であれば颯爽と降り立つはずの市居は、ドアを開けるとよろりと車から出た。

この胸のムカつきをどうしてくれよう。

あのクソ男のせいで、野郎に口にイチモツを押しつけられ、この手でイカせ……イカせる羽目に！

ぬるぬると滑る剛直の感触が唇やら手のひらに戻ってきて、ギャーッと悲鳴を上げて走り回りたい気分に陥る。しかしながら、駆け出したところでケツについた火からは逃れられない。記憶をすっぱり抹消できるものでもなかった。

――吐きそうだ。

好きでもない男の醜悪なイチモツに触れることのできる風俗嬢はもっと評価されるべきだ。妙なところに感心しつつ『うっ』と口元を押さえる市居は、嘔吐感《おうとかん》に苛《さいな》まれる胃を抱えてよろよろと歩き出す。

「市居さん、どうかしたんですか？」

昨夜の顚末《てんまつ》を知らない丸谷は、不思議そうに市居の顔を仰いだ。

「もしかして、あの汐見とかいう男になにかされたんですか？　暴力行為でも……」

「……うるさい。それ以上あの男の名前を口にしてみろ、代わりにおまえをムショにぶちこんでやる」

自分から話を振っておきながら無茶苦茶だ。理不尽な言葉を浴びせられた丸谷は、ただただ唖然《あぜん》としている。

『どうせお嬢さんは自分の力で犯人を挙げた経験なんかないんだろ？』

頭に残った汐見のセリフの一つ一つも、市居を憤怒《ふんぬ》させる要因だった。

あのときはそれどころではなく流してしまったが、実際いつ言われようと自分は言い返すことができなかっただろう。

現場で指揮をとり、班や係が手柄を上げることはこれまでも当然あった。けれど、書類上がどうであれ、実際に自分自身が犯人を追いつめたわけではない。市居が人を動かす席に座っているのは、ノンキャリアでのし上がったベテランのように経験を積んでいるからではなく、試験の結果に過ぎない。

頭から離れないのは、図星だからだとでもいうのか。

自省する必要などどこにもない。自堕落な野放図男に言われる筋合いはなかった。自分も真面目とは言い難《がた》いが、あの男に比べれば遥かにまともだ。

「丸谷、行くぞ」

むすりと言って顎をしゃくった市居は、歪んでもいないネクタイの結び目を正しつつ向かう建物を見据えた。

その気になれば、犯人の一人や二人速攻逮捕だ。

息巻いて向かうは、被害者の入院している病院だった。


「見覚えがありませんね」

あまり期待はしていなかったが、即座に写真を突き返され、市居は出鼻を挫《くじ》かれた。

「八十島《やそじま》さん、もっとよく見てもらえませんか？　だいぶ昔の写真なんで、今は雰囲気が変わってるかもしれませんし」

「何度見ても同じですよ。だいたい撃たれる覚えもないのに、私が犯人の顔を知るわけがない」

写真には二十代前半の男が収まっている。市居が取り出して見せたのは、強盗傷害事件の共犯として容疑者リストに上っている河田の写真だった。

半年で辞めたという運送会社の集合写真。緑色の制服を身につけた河田は、一見すると地味で真面目そうな男だ。あまり特徴的な顔ではないから、服装などで今は雰囲気も大きく変わっている可能性が高い。

「それはそうですが、現場付近で見かけませんでしたか？　事件の前に店の傍とかで……」

「しつこいですね。知らないと言ってるでしょうが」

「八十島さん！」

すでに男の視線は写真を離れ、病室内のテレビに向かっている。なかなかにリッチな個室で、テレビは天井から吊《つ》り下げられた大型のもので、八十島はリクライニングしたベッドでそれを見ていた。

不自由しているようには見えないが、普段は人を診る側の医者にとって入院生活はよほど苦痛なのだろう。病室を訪ねたときから男が不機嫌で、警察を煙たがっているのは見て取れた。

「だいたいねぇ、何度もしつこいんですよ、あんたらは」

初めは協力的だが、入れ替わり立ち替わり訪れる刑事の相手をするうちに辟易《へきえき》し、うんざりし始める。被害者のよくあるパターンだ。

「それでは……もしなにか思い出されたらご連絡ください」

市居は無駄に等しい言葉をかけつつ、傍らに立つ丸谷の肩を押しやった。

病室を出ると、短時間で用をなくした病院を後にすべく廊下を歩く。

「あ……も、もう帰るんですか？」

エレベーターに向かおうとした二人は、廊下の途中で一人の男に声をかけられた。

男と呼ぶのもまだ相応しくない、背ばかりがひょろりと高い子供だ。

「ああ、八十島さんの……」

病室を訪れた際に、入れ替わりで部屋を出て行った少年だ。息子なのだろう。手には花瓶を抱えていた。見舞いにもらったらしい鮮やかな色の花が、中には生けられている。

「朝から看病？　感心だなぁ、お母さんは？」

脇から声をかけたのは丸谷だ。

少年は気後れするのか、視線を落ち着きなく彷徨《さまよ》わせながら応えた。

「……母はいません。一年前に交通事故で……」

市居は丸谷の腕の辺りを小突いた。丸谷はしまったという顔で頭を掻いている。

今日は週末で日曜だ。学校の休みを利用して、本来なら世話を焼くはずの母親の代わりに、朝から見舞いに訪れているに違いなかった。

「そうか、君も大変だな。中学……いや、高校生かな」

「高校一年です」

「じゃあ、高校生活はこれからって感じかな。受験の時期じゃなくてよかったね。八十島さんも、看病してくれる優しい息子がいるなら……」

「あ、あのっ！」

市居のかける言葉を唐突に遮り、花瓶を強く抱いた少年は、おどおどと目を泳がせながら言った。

「け、刑事さん、捜査はどうなってるんですか？　はっ、犯人は？」

「ああ、逮捕にはまだ至ってないけど、順調に進んでいるよ。容疑者も浮かんできてる」

「えっ、犯人捕まりそうなんですか？　誰が父をっ⁉」

捜査の進展具合が気になるのか。家族なら当たり前だ。やや大げさな反応にも思えたけれど、母を失い残された大事な父親を傷つけられたとあっては、夜も眠れぬ思いをしたのかもしれない。

痩《や》せた体に、バランスは取れているが骨ばった小顔。生白い手や首筋は明朗快活のイメージからはほど遠く、神経質そうな子供だった。医者の息子だ。部活動をするより塾通いの毎日か。市居もキャリアに拘《こだわ》る父親のせいで、放課後の自由などなかったからなんとなく想像がつく。

少し顔色も悪い子供の顔を見つめ、市居はスーツのポケットを探った。病室で八十島に見せた河田の写真を取り出す。子供に見せたところで情報を得られる可能性は低いが、家族に捜査の進展を印象づけられるのなら無駄ではないだろう。

「この男を君は見たことがあるかな？」

少年は写真を手に取ると、市居の示した男を凝視した。

「この男が父を……」

「まだ犯人と決まったわけじゃないけどね。重要な参考人として行方を追ってる」

単なる集合写真の一部だが、刺激が強すぎたのか少年はぶるぶると手を震わせ始めた。顔面も蒼白《そうはく》になっていく。抱いた花瓶がずり落ちそうになり、市居は慌てて手を伸ばして支えてやった。

隣で見ていた丸谷が、うろたえて宥《なだ》めにかかる。

「そ、そんなに怖がる必要はないよ。この男がここに来るようなことは絶対ないから！　安心していいんだよ、君のお父さんもすぐに無事に退院できるはずだ。よかったね、命に別状のない怪我で。罪もない一般の人が銃で亡くなるなんてことにならなくて、僕たちもホッとして……」

必死で落ち着かせようとする丸谷の顔を、少年は白くなった唇を嚙み締めて見据えた。怯《おび》えているとは思えない、キツい眼差しだった。

「罪がない？　ないわけないだろ！　あんな親父……そうだよ、死んでくれたらよかったんだ。だって、あいつは……あいつはっ……！」

少年は面食らう丸谷から視線を外すと、唇を震わせた。

写真を市居の胸に押しつけ、バッと踵を返す。

「ちょっと、君っ！　君、待って！」

呼び止める丸谷も無視して、廊下を駆け出していく。

「な、なんなんすかね、アレ」

「さぁな。多感なお年頃だからいろいろあるんだろう。あの年頃は反抗期だからな」

市居は肩を竦めた。ちょうど自分も父親に反発して飲酒をした年頃だ。一度は通った道だと思えば判らないでもない。

今も父親との仲はけして良好とは言いがたいけれど——

「とにかく行こう。こんなところでぼんやりしてる時間はないんだ」

「……市居さんにそんなこと言われたかないですね」

「なんか言ったか？」

「いえ、なんでもないっす！」

一身上の都合により捜査に意欲を燃やす市居は、ぼそりと不満を漏らす丸谷を一睨《ひとにら》みすると、エレベーターに向かって歩き始めた。

2

警視庁内の捜査一課のフロアは、昼間は人が出払っていてがらんとしていることも多い。事件が多ければ多いほど、捜査員は各所の現場に集結して部屋は静かになる。戻ってくるのは大抵夕方遅くになってから。それでも、すべての机が埋まることはまずなかった。所轄の捜査本部に派遣されている捜査員は直行直帰が基本だからだ。

その夕方も室内は閑散としていた。軽く数十人は戻っているのだが、俗に大部屋なんていわれている強行犯の係のほとんどが押し込められた部屋は、机が優に百は並ぶ巨大な部屋で、一部が戻ってきたところで満員御礼にはほど遠い。

ぴりっとしない空気は、人が少ないせいばかりでもなかった。

本気で忙しいものは所轄に詰めて戻ってこない。戻ってきたのは比較的余裕のある刑事であるから、部屋のそこかしこで「今日も無駄足だったよ」なんて雑談が始まる。以前は、一日の終わりは茶碗酒で一杯なんて習慣すらあったらしい。気の抜けた会話の中から捜査のアイデアが生まれることもあり、あながち無駄とも言いきれないが、酒の飲めない市居には受け入れがたい話だ。

今ではそんな悪習もなくなったとはいえ、暇そうにしていては酒好きの管理官に飲みに誘われないとも限らないため、この時間は特に忙しそうに振る舞っている。

「市居係長」

机で捜査報告書を作成していた市居は呼ばれて顔を上げた。

「電話です、三番」

身構える市居に声をかけてきたのは隣の係の男だ。外部からの電話なのか、直通で来ない電話なんて珍しい。

「あ、ああ、どうも」

訝《いぶか》りつつ目の前の電話を取った市居は、すぐに表情を険しくした。目つきが剣呑《けんのん》になるのも無理はない。この世でもっとも聞きたくない男の声だ。

『よぉ、ピイポくん。元気に捜査頑張ってるか？』

ちょっとばかり艶っぽい声。多分に戯《おど》けた男の声は、この数日自分の頭を怒りで占めさせている汐見のものにほかならなかった。


——調書、いらないのか？　まだ取ってなかったと思うけど？

すっかり忘却の彼方《かなた》だった調書を餌《えさ》に、市居は汐見に誘い出された。

悪びれた様子すらない男は、『こないだの礼にメシでも奢《おご》ろうか？』などと、呆れた言葉まで添えてくる。『厚顔』という言葉は、きっとこの男のために存在するのだろう。

渋々出向いて顔を突き合わせた市居は、にこりともせずに相手を見据えた。

待ち合わせた場所は、汐見の事務所近くのファミリーレストランだ。万が一にもこないだの二の舞になっては困る。市居は人気《ひとけ》も多い安全そうな場所を選んだ。ここなら、雰囲気に流されて酒を口にすることもまずない。

「ここなら男に襲われやしないってか。懸命だなぁ、お嬢さん」

開口一番、汐見は市居の警戒を逆手にとって揶揄《からか》う。

無視を決め込むと苦笑し、寄ってきたウエイトレスに注文を始めた。

「俺はこのセットと、あとビールを。おまえは？　ビールは？」

「いるわけないだろ」

「あ、やっぱり？」

汐見はくすりと笑った。ようやく返ってきた反応を存分に楽しんでいる様子だ。

「今日は車だ。酒は飲まない」

胸がムカムカするも、ペースに巻き込まれてなるものかと市居は淡々と応えてテーブルに書類を広げた。ここで仕上げてしまえば、この男ともおさらばである。一生涯会う必要もない。刑務所にぶち込み損ねたのは無念だが、せいせいできる。

けれど、意気込みに反して調書は遅々として進まなかった。

この男と上手く渡り合える人間がこの世にいるなら、是非ともお会いしたい。

そう思ってしまうほどに、汐見は相変わらずのらりくらり。話を逸《そ》らしまくる上、そもそもまともに応じる気があるのか甚《はなは》だ怪しい。それどころか、余計な口出しまでしてくる。

「感心しないねぇ、そんなもん使うのは」

「はぁ？」

そんなものと、ボックスから抜き取ったばかりの煙草の先で示されたのは、ただの手帳だ。

「聞き込みのときも手帳なんていちいち取り出してんのか？　目撃者が萎縮しちまうだろ。どうせ難しい話する奴なんていないんだから、おばちゃんが世間話するみたいに話しかければいいんだよ。そうすれば噂《うわさ》好きのおばちゃんは、ポロポロ喋ってくれる」

知った風なことをと思ったが、そういえばベテランの捜査員も以前同じような話をしていた。当時、今以上に自惚れ屋で生意気だった市居は、ノンキャリの言うことと高を括り、アドバイスに耳を貸そうともしなかったが。

「おまえはどうせ俺が手帳を開こうと開くまいと、ろくな情報出さないいんだろ」

「はは、まぁそれもそうだ。言えるような情報持ってないんでね」

汐見は煙草の先にライターで火を点《とも》すと、一息吸う。

「なぁ、それで捜査はどうなってるんだ？　犯人捕まりそうなのか？」

「おまえには関係ない」

「関係なくはないだろ、こうして協力してやってる善良な民間人に向かってさ」

「協力？　どの面下げて俺にそんなことが言えるんだ、おまえは」

「この面。生憎一つしか面は持ってないもんでね」

いけしゃあしゃあと、よくそんな口がきけるものだ。汐見のせいで散々な目に遭ったのは、つい三日前だった。

握っているだけで一向に書き出せないペン。確かに無駄だと手帳を閉じた市居は、チラとテーブル越しの汐見を窺う。

認めたくはないが、汐見はいい面をしている。気づいてしまった事実は、ファミレスの色気も素っ気もない照明の下でも変わりなかった。

煙草の似合う男らしい顔だ。底意地の悪さが滲《にじ》み出ているような薄い唇も、よくいえばクール、人によっては魅力的と映るだろう。

もちろん一般論だ。自分は魅力など微塵《みじん》も感じていない。

市居は目の前の男の像を振り払うように、煙たげに手を振った。

「煙草の煙、苦手なのか？」

「酒も煙草も嫌いだ」

「健康的なもんだな。酒と煙草ときたら……ついでに女もやめたらどうだ？」

微かな笑い声が聞こえる。睨《ね》めつけようとした市居は、汐見の指先に視線を留めた。火を点したばかりの吸い差しを、汐見は揉《も》み消していた。まだ二度くらいしか吸っていないだろうに、長く伸びたままの煙草は灰皿に押しつけられてボキリと折れた。

——まさか気を使っているのだろうか。

そんな思慮深さが、この男の頭に備わってるはずがない。けれど、急に煙草を消す理由がほかに思い当たらない。

訝しんでじっとその手を見つめる市居は、目を瞬《しばた》かせた。もっと目に見えて不相応なものを、引き寄せた灰皿の上の左手に発見したからだ。

それは、指輪だった。今まで気づかずにいたのも不思議だが、艶もなく古びたそれはまるで存在を殺したように男の薬指に馴染んでいた。

「おまえ……結婚してるのか？」

意外すぎた。『物好きな女もいるもんだ』と呆れる以前に、汐見からは結婚生活の匂いが全く感じられない。いつまでも独り身でフラフラしていそうなタイプの男だ。

汐見の視線が泳いだ。煙草の煙のようにふらりと揺らぎ、表情には動揺の色が浮かんで見えた気がした。

マズイことを言ったのかもしれない。破天荒な男に愛想を尽かし、嫁はとうの昔に逃げて男やもめ状態、それなら汐見にもしっくりくる。

「残念か？」

フォローすべきか否か、思わず迷う市居に汐見は返してきた。

「……は？」

「心配しなくても大丈夫だぞ？　俺は懐《ふところ》も広くてデカけりゃ、アレもデカくて立派な男だからさ。愛人は二人でも三人でも常時緩く募集中だ」

市居は一瞬なんのことやら理解できなかった。

「そうだなぁ……おまえが愛人が嫌だってんなら本妻にしてやるよ。嫁はちょうど死んだところなんだ。昨日が通夜で、今日は葬式」

ニタリと笑われ、ようやくからかわれていると悟る。

真面目に話を聞いた自分が愚かだった。心の傷なんてものが、こいつの鋼《はがね》でできていてもなんら不思議でない胸にあるはずがない。たとえ嫁が荷物纏めて出て行ってようともだ。

どこまでも性根の腐った男。シャレにならない冗談に市居は渋っ面になる。

「寝言は寝てから言いやがれ……」

忌々《いまいま》しさに折れよとばかりにペンを握り締め、言い放とうとして出鼻を挫かれた。

横入りしてきた邪魔な音に、市居は眉根を寄せたまま自分の胸元を見た。スーツの胸ポケットで、けたたましく鳴り始めた携帯電話だ。

「お呼び、みたいだけど？」

「言われなくても判ってる」

汐見に一瞥《いちべつ》をくれてから電話を取り出す。

『市居さん？　今どこにいるんですか⁉』

通話ボタンを押した途端飛び込んできたのは、警視庁に残っているはずの丸谷の声だった。

「……丸谷か。どこってファミレス……」

『夕飯ですか？　時間潰しはやめてくださいよ、こんなときに！』

「時間潰しってなんだ？　言っとくが、サボってるんじゃないからな。なんだ？　つまらない用件なら切るぞ？」

信頼度ゼロなのは素行のせい。今までの自分の行いのせいなのだが、疑われっぱなしで面白いはずがない。返事を聞くまでもなく電話を切ってしまいたかったが、続いた言葉にピクリと肩を弾ませる。

『河田の居所が判ったんです！』

「え？」

『容疑者の河田浩二《こうじ》ですよ！　昔の女のところに転がり込んでるのを、安井《やすい》さんが確認したそうなんです！』

「河田を見つけたって……？」

思いもよらない情報だった。

河田の過去の交友関係を洗う調査は、市居の数少ない十三係の部下が担当していた。

金融機関相手の強盗によって手に入れた金は足がつきやすい。大金を手にしたものの、案外逃走資金に困っているんではないかというのが大方の予想だったが、河田もとんだヘマをやらかしたもんだ。

「そ、それで、押さえたのか⁉」

全身ににわかに緊張が走る。市居は携帯電話を強く握り締めた。

『逃走中です。女の車で逃げたそうで、今緊急配備かけてます。ナンバーは……』

丸谷が告げるナンバーを、開き戻した手帳に書き留める。放《ほう》っておいても網にかかる可能性はあるが、ここでぼやぼやしているわけにもいかない。

市居は通話を終えるのももどかしく、手帳と携帯電話をスーツのポケットに押し込みながら立ち上がった。

「悪いが、おまえとのんびりしている暇はなくなった。飯は一人で食ってくれ」

汐見をテーブルに置き去りに店を飛び出した。

ファミレスの入り口から歩道に延びる階段を駆け下り、裏手の道に向かう。フルスピードで出すつもりの車を目にした市居は、そこで舌を打つ羽目になった。

頼みの綱の車が出せない。短時間で汐見との話を終える予定だった市居は、満車の駐車場を避けて裏道に路上駐車していたのだ。一台きりだったはずの自分の車の前後には、充分な車間距離も取らずに新たな車が駐車している。

嫌がらせのように密接した縦列駐車、これでは車は動かせない。

「くそっ！」

車の横っ腹を蹴りかけ、どうにか理性で押し留《とど》める。

「クラブハウスサンドは食ってかなくてよかったのか〜？」

背後から聞こえてきたのは、緊迫感のない声だ。

振り返り見ると、店に残してきたはずの汐見が立っていた。

「あーあ、おまえのせいでビール飲み損ねちまった。ま、ちょうどいいか、車の運転できるし。どけ、俺が出してやる」

「え……？」

「ぼうっとすんな。車を出してやると言ってるんだ、さっさと乗れ」

市居の手から汐見は車の鍵《かぎ》を奪い取り、押し退《の》ける。強引に運転席に乗り込んだ。

「だ、出してやるって、おまえ一般人……」

「四の五の言ってる場合なのか？　なんか知らねぇけど、犯人逃がしちまいそうなんだろ？任せろって、俺のドライビングテクニックにはレーサーも舌を巻く」

藁《わら》をも掴みたい状況だ。背に腹はかえられない。とりあえず、この縦列状態から抜け出せさえすればいい。

市居は言われるまま助手席に乗り込み、ドアを閉め——そして、後悔した。

エンジン音が唸《うな》ったかと思うと、車は加速する。勢いのいいスタートダッシュ、快調な走り出し、前後の車の存在もなんのその――になるはずがなかった。

ガンッ。聞き逃しようもない派手なクラッシュ音に、市居は蒼褪《あおざ》めた。

「ガンって……おい！　ぶっ、ぶつけたじゃないかっ！」

振り返れば、見事なまでにウインカーを割られ、バンパーの歪んだ一般車の姿。

「そうか？　気づかなかったな」

「惚《とぼ》けんな！　どうすんだよ！」

「バンパーは車を守るためにあんだろ？　本領発揮できてよかったじゃないか。いや、めでたい」

「めでたくねぇっ！」

「約束どおり車を出してやっただろうが。『ぶつけない』とは俺は言ってないぞ」

「屁理屈言うな、おまえが今やったのは器物損壊罪だ！　こんな出し方なら俺だってできるっ！」

「そうか？　できないよ、おまえには」

ハンドルを握り締め、前を見据えた男は笑うでもなく言った。

確かに、こんな後先考えないやり方は普通の人間にはできない。汐見みたいなクソ男に出会ったことがないと思うのはそのせいだ。まるでフィクションの中ででも生きているみたいに現実感のない男。なにも恐れていないかのような、予測不能な行動はどこからくるのか。

「もういいから、おまえ車降りろ。早く停めろって……」

「うだうだ言ってる場合か？　犯人捕まえたいんだろう？」

シフトレバーを操作する傍ら、汐見はコンソールに手を伸ばした。

覆面パトカーには標準装備のデジタル無線だ。といっても通常の無線機とそう仕様は変わらないためか、汐見は勝手知ったる電子レンジでも操作するみたいにスイッチを押し、スピーカーから車内に情報が流れ始めた。

『……車両は環七《かんなな》通りを板橋《いたばし》方面から野方《のがた》方面へ向けて逃走中の模様……車種は……』

「すぐそこじゃないか」

中野《なかの》を走る市居の車とは、目と鼻の距離だ。市居は息を飲み、すぐさまべつの意味でまた『ひっ』となった。タイヤが軋《きし》むほどの急カーブ。車は勢いよく交差点に躍り出し、そして回った。ターンというより、最早スピンだ。

「ちょっ……ちょっと待て！」

目の前の景色が横殴りにすっ飛んでいく。スピードメーターは当然ぐんぐん加速を示す。

「おまっ、なに考えてんだ！　もう少し加減しろっ、一般道だぞっっ!!」

キレた走りに、市居は窓の傍のグリップにしがみつき息も絶え絶え。サイレンアンプに手を伸ばし、覆面パトカー用のパトランプをルーフに出すのも四苦八苦だ。

恐ろしく荒い運転だった。どうにか出したパトランプは、けたたましく周囲に警告を促し始めたが効果も追いつかない。あたふたと一般車両は逃げ惑うかのように道を空け、とても穏便に走れているとは言い難い。

「おまえ、わざとやってるだろっ⁉」

「失礼な。手を貸してやってる善良な市民に向かってそれはないんじゃないの？　なんか興奮するなぁ。血が騒ぐってやつ？」

騒がせんな！　静めろ‼

マンガならウギャーだのヒエーだの、情けない悲鳴を上げているところだ。現実は恐怖のあまり声にもならない。口を固く引き結んだ市居は、縋るようにシートベルトを握り締めたが、前触れもなく襲ってきたものに尻を弾ませた。

なにを思ったか、汐見は運転席からいきなり身を傾けてきた。

まるでクラッシュするかのように唇と唇がぶつかり合う。偶然でないことは、顔を寄せた男が一瞬落とした目蓋が示していた。

電光石火で唇直撃のキス。

ちゃんと前を見ろ、前を！

いや、そうじゃない。

「なっ、なにすんだおまえはっ！」

不意打ちで奪われた唇を、市居はバッと押さえる。

「なにって……興奮するとさ、異常にキスしたくならない？」

「異常はおまえ一人だ！」

ハンドルを握ると人格が変わる人間もいるというが、汐見はむしろ汐見のままだった。キレた性格が助長しているといってもいい。

眩暈《めまい》がする。ジェットコースター状態の車の加速のせいではない。

市居は汐見の横っ面を殴りつけた。無茶苦茶だ。出会った夜から軽く許容量を超えていた堪忍袋は、とっくに緒はぶっちぎれていてどうやって結び直したらいいものか判らない。

加減なしの拳だったにもかかわらず、のん気な男はヘラヘラ笑っている。爆走する車の中で、アドレナリンにエンドルフィン、なにを体内放出しているのか知らないが、てんで堪《こた》えてない様子で楽しげに笑った。

きらめく夜の街の明かりがフロントガラスの向こうで踊っていた。イルミネーションを纏った街路樹も街灯も、傍を走る車も、みんなスピードに乗ってキラキラ光りながら後方に消えていく。そんな気分ではまったくないはずだが、美しいものは美しく目に映る。

棚引くように流れていく光の中で、ハンドルを握る汐見の横顔がふっと笑った。

「懐かしいねぇ、この感じ」

「懐かしい？」

「いや、昔よくある女に殴られたなぁと思って。そういやおまえにちょっと似てるな。無駄に気位が高くて、そのくせどっか抜けてる」

——男をグーで殴る女なんているか？

「どうせおまえは殴られるようなことをしてんだろ」

「ビンゴ」

「え？」

「俺の神秘の過去じゃなくって、アレ」

汐見は目線で前を走る車両をさした。

三台ほど先を走る不審車両。サイレンを響かせる市居の車から逃げるがごとく、車線を変えてスピードを上げていく。

車種にカラー、ナンバーのすべてが河田の乗った逃走車両だと示していた。

「あ、あれだ！　追えっ！」

「言われなくとも追ってるだろ、俺の助けは借りないんじゃなかったのか？」

逃げるほうも必死だろうが、汐見の運転する車は速かった。

人格は壊れちゃいるが、ぶつけたのは縦列駐車から脱したときの一度きりで、ハンドル操作は正確だ。普段から異常なだけに、こんな正常でない状況下でも平静を保っていられるのかもしれない。

「あっ！」

あと一歩で車の尻に追いつこうとしたときだった。すぐ前を走る河田の車があらぬ方向にカーブした。

鼻先を突っ込んだのは歩道。建ち並ぶビルの玄関先だ。

クラッシュ音と、通行人の悲鳴が入り混じる。市居は急停車した車から飛び降り、ガードレールを乗り越えた。

「河田っ!!」

植え込みを突っ切り、ビルのガラス壁を割って動きを止めた車のドアが開く。一瞬遅かった。歩道に新たな悲鳴が上がる。頭を押さえてフラつきながら車から降りた男は、それでも逃走を諦めようとはせず、立ちすくむ通行人の一人の首に腕を回した。

その手には黒い凶器が握られていた。

「来るなぁっっ!!」

河田は捕らえた若い女性のこめかみに銃口を突きつけた。

「……ばっ、バカな真似はやめろ!」

市居の口をついで出たのは、なんの役にも立たないお決まりの言葉。

「近づくな! 一歩でも近寄りやがったら撃つぞ! この女を殺すぞっ!!」

必死の形相《ぎょうそう》の男もまた、お決まりのセリフを吐く。市居の言葉に耳を貸さない河田は、悲鳴を上げる女性を引き摺り、じりじりとビルに向かって後退した。

女を連れたまま身を翻《ひるがえ》し、ガラスの割れたビルの内部に身を隠していく。暗がりの中へ、その姿は人質ごと消えた。

「ああ、逃げられちまった」

この類稀《たぐいまれ》なる張りつめた空気を読めないものか、車を降りた汐見は野次を飛ばしてきた。傍観者を気取るつもりか。集ってきた野次馬のほうが、まだおとなしいだけ可愛げがある。

「……逃がすもんか」

逃げたところで袋のネズミだ。市居は車に舞い戻り、無線を引っ摑むと応援を呼ぶ。そう待たずに、このビルはパトカーに囲まれるだろう。ただここでじっと待ってさえいればいい……けれど、人質はどうする？

——どうする？

市居は今までに経験したことのない判断を迫られていた。

どこまで奥に逃げ込んでしまったのか、河田の姿は全く見えない。こうしている間にも、広いビルの地下だか上階だか遠くへと、怯える人質を連れて逃げ込んで行く。

市居は暗いビルの中に一歩足を踏み込んだ。普段の自分であれば取らなかった行動だった。面倒は部下や所轄任せ、そうやってのらくらと職務をすませてきたのに——

膝がガクつく。スーツの下のホルスターに収めた拳銃を探る手が震えた。

銃を持つ被疑者を追うため、このところ拳銃の携帯を許可されてはいるが、女を口説く以

外の理由で市居が取り出したのは初めてだった。刑事ドラマじゃよく見る小道具も、現実には活躍の場は少ない。凶器を片手に応戦してくる犯人など稀だし、ましてや人質をとられて膠着《こうちゃく》状態なんて現場は在職中に一度出会うか否かだ。

「……おまえ、入るのか？」

変に言葉をかけてくる汐見が鬱陶しい。無視して進もうとするとさらに出鼻をくじく言葉が飛んでくる。

「単独行動は感心しないね。刑事の基本は二人行動、だろ？　やめとけやめとけ、なにかあってお偉いさんに怒られても知らないぞ」

「うるさい、おまえには関係ない。気が散るから黙ってろ」

「意外に根性据わってんだなぁ。それが命取りにならなきゃいいけど」

黙らないどころか、後ろに続く気配に市居は慌てた。

「おまえは外にいろ」

「これならペアだ。ここまできたら一蓮托生《いちれんたくしょう》ってやつだろ」

「一般人に怪我でもさせたら、俺が始末書ものなんだよ」

「おまえが始末書書かされようが停職くらわされようが、俺の知ったことじゃない」

「おまえ、協力的なのか非協力的なのかどっちだよ⁉」

こんな局面にもかかわらず、汐見がそこにいるというだけで気が抜ける。なにゆえ大捕り物の現場で漫才めいた会話を繰り広げる羽目になるのか。一人で気を高ぶらせているのもアホらしくなってくる。

ビルに入る市居の足から、いつの間にか震えは消え去っていた。

「……あそこだな」

足音を忍ばせてビル内の通路を歩く市居は、声を潜めて言った。

ビルの一階の最奥の部屋から、人の揉み合う音が聞こえる。女の恐怖に引き攣った抗う声が、それに入り混じる。

「らしいな」

後ろを歩く汐見は鈍い反応を返してきた。落ちた声のトーンを市居は少し訝しんだが、まさかここで怯えるような男でもないだろう。

嫌ならついてこなければいいのに。今更騒いで追い返すわけにもいかない。

──さて、どうするかな。

市居は『小会議室』とプレートの掲げられたドアの前で途方にくれた。

閉じたドアの中の様子は判らない。無闇《むやみ》に押し入って人質に怪我を負わせるわけにもいかなかった。銀行強盗にレンタルビデオ店での発砲事件、そして人質をとっての立てこもりと罪状を増やし続けている河田は、相当に追い詰められている。

本当に発砲しかねない。

「……で？　あいつはなにやらかしたんだ？」

万が一発砲してきた際に備え、低く身を屈める市居の隣に汐見は腰を下ろした。通路に足を投げ出して座る気配がする。

「強盗だ。それから、例の事件の重要参考人だ」

「例の事件？　レンタルビデオ屋の……か？」

暗がりの中でも判るほど、汐見は驚いた顔をした。

「容疑者はとっくに挙がってんだよ。おまえ、俺が挙げられないとでも思ってただろ？」

どういう意味なのか、曖昧《あいまい》に笑う汐見の息遣いが返ってくる。

「そりゃ、頼もしいな。冤罪《えんざい》じゃなきゃいいけど」

負け惜しみじみた言葉を吐き、そして沈黙した。

静寂の中に、室内から聞こえる女の啜《すす》り泣きと、時折それを叱《しか》りつける男の声だけが響く。

夜も更けた時刻、昼間は会社員で溢れ返っているビルは、まるで別の世界であるかのように重い濃密な闇に包まれていた。

恐ろしく長く感じられる時が、ゆっくり、ゆっくりと過ぎていく。

キリキリと頭を締めつける焦燥感。

どうやって打開する？　これを、どうやって——

「なぁ、ニューヨーク大停電の話知ってるか？」

自分と同じく重く口を閉ざしていた汐見が、唐突に口を開いた。

「一九七七年だったかな……もうすっげぇ昔だけど、ニューヨークの大部分が十九時間も停電しちまったってやつ」

「……それがどうしたんだ？」

話には聞いている。停電をヒントに、なにかいい策でも浮かんだのだろうか。真っ暗な虚《こ》空《くう》を仰いでいる汐見の顔の辺りを市居は見た。

「停電の十月十日後、ニューヨークはベビーラッシュだったって話でさ。停電でみんな暇持て余しちまったんだなぁ……まぁ暗がりでやれることといったら限られてるもんな」

「……で？　それがなんだ？」

回りくどくてかなわない。思考回路が常人とは異なる汐見だ。なにか逸脱したアイデアが飛び出してくるものと、市居は言葉を待った。

けれど、答えはさらに謎《なぞ》に満ちたものだった。

「だからさ、ここでできることといったら一つしかないじゃん、って話」

「はあ？」

極度の緊張に、ガチガチになって銃のグリップを握り締めていた指の力も緩む。ぽかんとしてしまった市居の脇で、通路に投げ出されていた汐見の長い足が蠢《うごめ》いた。

「ちょっ……な、なにすんだおまえはっ……」

汐見はやおら市居の肩に手をかけると、体重をかけてきた。

ぐらっと暗がりで視界が回る。自分はもしかして学習能力が弱いのかもしれない。

汐見はハンドルを握っても汐見なら、窮地に陥ってもなお汐見だった。

不意を衝《つ》かれて通路に押し倒された市居は、あらぬ状況にうろたえる。

「こんなときに、なっ、なに考えてんだ、おまえは！」

声を潜めた抵抗ぐらいで汐見を押し留められるはずもない。たとえ声の限りに怒鳴りつけたところで、気の赴くままに行動する男だ。

「こんなときだから、だろ？」

難なく押さえ込まれる。汐見はさして力を込めている様子はなく、市居も全力で抗っているにもかかわらず、どうしてか避《よ》けきれなかった。

先日みたく酔っ払っているわけでも、気が緩んでいるわけでもない。市居は決して弱くもなかった。警察学校の訓練科目の術科では柔道を選択し、自分よりウエイトの遥かに重い男を放り投げては、周囲を唸らせていたほどなのだ。

もしかして、この男は腕っ節が強いのだろうか——

男の急所、股間《こかん》に伸びてきた手に市居は竦み上がった。

「バカ、よせ！　よせって言ってるだろうがっ!!」

なりふり構っていられず、大声を上げてしまった。

「誰かそこにいるのかっ!?」

耳をそばだてていなくとも察するぐらいの大騒ぎだ。ドアの向こうから、鋭い河田の声が響く。

「来るなっ、来るなよっ!! 入ってきやがったら、この女をっ……」

来てくれと言われても行けない。仲間割れじゃないが、この有り様はどうだ。まさか河田もドアの向こうで男二人がくんずほぐれつ……市居が身動き取れなくなっているとは想像だにしないに決まってる。

「ば、バカ野郎! おまえのせいで気づかれちまったじゃないかよ!」

「いやなに……人類絶滅の危機を救おうかと思ってな。人間窮地に陥ると意外にも性欲が高まるって話知らないか? 少しでも子孫を残しておこうっていう、種の保存の本能が働くんだってさ。疲れてると何故かオナニーしたくなるのも同じ理論らしいぞ?」

「本当か?」

「いや知らん」

「適当に言ってんのかよ!」

呆れもここまでくれば賞賛に変えたいぐらいだ。汐見のごり押しの理論に、脱力しそうにもなる。

「メスが周囲にいなくなると自ら性転換してメスになる魚もいるだろ。アレも同じ理由じゃねぇかな……ってことで、ここは一つ、おまえがメスに変化するってことで」

首筋に柔らかなものが押しつけられる。つい数刻前、車内で自分の唇を奪ったあの唇だ。はねのけたはずの手は、再び腰の中心に伸びてあらぬものをスラックス越しに弄り始め、市居は無抵抗になっている場合ではなかった。

「するか！　っていうか、放せ！　ったく、どういう神経してんだおまえは……」

すでに手を差し入れる隙間《すきま》もないほど、胸は密着している。背中に回した手で、市居は汐見のシャツを引っ摑んだ。一心不乱で引《ひ》き剝《は》がそうとし、あることに気がついて動きを止めた。

闇の中で黒い一つの塊《かたまり》になった二人の体は、不自然に揺れていた。最初は気のせいかと思うほど小さかったが、意識して感じ取ってみれば、震えているのが判る。

自分は現在憤《いきどお》ってはいるが、怯えてはいない。

さっきからガタガタと震えているのは市居ではなく、汐見の体だった。

「……おまえ……もしかして、怖いのか？」

汐見の背が小さく弾んだ。不埒《ふらち》な行為に及ぼうとしていた手の動きが止まる。

「なぁ、おい？」

返事のなさに焦《じ》れて再び問いかけると、微かな掠《かす》れ声が返ってきた。

「まいったね、暗がりがなぁ……少し苦手なんだ」

「……冗談だろ？」

「ジョーダンだったらよかったんだけどな」

どうせまたからかおうとしているに決まっている。そう慎重に疑ったけれど、返ってきたのは汐見らしからぬ弱々しい声だ。

暗所恐怖症――ということか。震えは尋常でなく大きくなっていき、『少し』でも『苦手』程度でもなく、明らかに重症だと判る。

「だったらおまえ……こんなとこ、ついてこなきゃいいだろ」

「……種の繁栄の機会を逃すわけにもいかないと思ってさ」

つまらない意地、つまらない冗談、やせ我慢のために自分は押し倒されているのか。怖いなら、一言素直に怖いと言えばいい。変な意地を張り、屁理屈を並べて自分に抱きついてきたかと思うと、なんだか腹立たしさよりも可笑しさが先に立った。

市居は笑った。腹を抱えて笑い転げてやればよかったが、なんとなくそんな気になれず、小さく笑うに留めた。

弱点を摑んだ優越感と、余裕だろうか。

別人に変貌《へんぼう》してしまった汐見が、少しばかり可愛く思えた。

「……しょうがない奴だな」

市居はシャツを摑んだ指の力を緩め、震える汐見の背中を抱いてみた。

落ち着かせるべく、されるがままになってやった。

止まったままだった汐見の手が蠢く。けれどなにを仕掛けるでもなく、動いた手は市居の腕を摑み、そのまま沈黙した。

強く縋るように自分のスーツの袖《そで》に立てられた指。首筋に押し当てられたままじっとしてしまった唇。まるで母親にしがみついて助けを乞《こ》う子供みたいだ。

大きななりをした、普段は反抗的で親の意見を聞かず自由奔放に振る舞う子供——それが汐見であると思うと、考えれば考えるほど可笑しかったが、市居はもうくすりとも笑わなかった。

この機会だ、少しは懲らしめてやればいいものを、黙って受け止めてやった。

のしかかった体は重い。床に張られた化学繊維のカーペットの硬さに背中はすぐに軋み始めたが、市居は身じろぎもせずに堪え続けた。汐見にこんな一面があったことにも驚いたが、母性にも似た優しさを自分自身が持っていたのも意外だった。

どれくらいそうしていただろう。時折自分を牽制《けんせい》する河田の声が室内から聞こえた。外がどうなってるかも知らない河田は、勝手に消耗し始めているようだ。

そろそろ子供のお守《も》りはやめて、なにか行動に移さなきゃな——

そう思い始めた矢先だった。

なにかが割れる激しい音と、男たちの怒声が河田のいるドアの向こうから響き渡った。

ビルの表も裏も、区内の粗方のパトカーが集まったのではないかと思うほど、白黒ツートンのパンダ車両で埋め尽くされていた。

ギラギラと光るパトランプの赤い光が辺りを包み、市居の頬も撫でていく。パトカーの後部座席に押し込められて連行されていく河田の姿を、市居は遠巻きに見送っていた。

「市居係長が気を引いてくれてたおかげで、突入しやすかったそうですよ～？」

声をかけてきたのは、捜査一課の女性刑事、今回の事件で連携を組んでいる強盗犯捜査五係の美坂慶子《みさかけいこ》だ。現在二十九歳だが準キャリアの警部補で、女だてらに班長である彼女は市居を係長と呼びながらも、どことなく軽んじている節がある。

「はは……」

市居は力なく笑った。べつに策があって気を引いたわけではない。汐見に翻弄《ほんろう》されるうちに結果的にそうなっただけだ。

市居の通報からまもなく、パトカーはビルを取り囲んだらしい。人質のいる現場だ。慎重に対応を検討したのち、ビルの裏手の窓からの突入となったのだろう。

功労者の一人としてねぎらってもらうのはいいが、実際はなにもしていないに等しい市居は心中複雑だった。逮捕に直接貢献しないのはいつものこと。普段ならこの程度の働きにも、手柄を取った主役気取りで胸を張る市居だが、なんだか今夜は先陣をきって河田を連行していく気になれなかった。

市居は人だかりを離れ、隣のビルのエントランスに向かう。

「おまえも来るか？」

階段口に座って煙草を吹かしている男に声をかけた。

汐見は顔を向けもせず、短く応えた。

「いや、いい」

醜態を晒したのが気まずいのか、汐見は現場を出てからずっとこんな調子だった。人の輪から離れ、市居を避けているようでもある。

「『いや』、じゃすまされないだろ」

犯人逮捕に関わったからには、なんらかの事情聴取を汐見も受けねばならない。

汐見は返事をせず、横顔を向けたままだ。

「汐見？　まぁ……いいさ、後日都合がつけばってことで。今日は巻き込んで悪かったな……あ、いや、おまえが勝手についてきたんだけども、結果的にはその……」

経緯はどうであれ、礼の一つも言わねばならないだろうと口を開くも、聞き手の反応が皆無では言う気も鈍る。得意の軽口を返すでもなく、ただその場にいるだけの男に、市居は困惑させられた。

「そうだ、車で送ってやるよ。おまえファミレスにはどうやって来てたんだ？　車、あそこの駐車場に置いたままなのか？」

「歩きだ。適当に帰るからいい。お月さんも出てるしな、散歩がてらフラフラ帰るさ」

ようやく口を開いたが、ついと顔を背ける。

よっと声を上げて立ち上がると、汐見は市居のほうを振り返りもしないまま、夜道を歩き始めた。広い背中をなんとはなしに見送っていると、ひらりと片手が上がって、別れを告げられた。

「なんだあれ……照れてんのか？」

不可解な態度に妙な気分になる。

突っ立っているところに、先ほどの美坂が声をかけてきた。

「市居係長、どうしたんです？」

「あ、いや……」

「今帰った、あの人ですか？　追跡に協力してくれたっていう人」

「ああ、まぁ」

小さくなっていく汐見の背中を、彼女もまた見据える。美坂はタイトなパンツスーツの腕を組み、なにか頭を巡らしている様子だった。

しばらく無言になったのち、美坂は意外な言葉を返した。

「あの人……私、どこかで見たことあるかも」

◇　◇　◇

翌朝、事件に関わった捜査員の面々は、みな一様に明るい顔をしていた。

事件がまとめて二件も解決したのだ。レンタルビデオ店の事件に関しては、早期解決というオマケつきで、警視庁の捜査力を見せつけるには充分な犯人逮捕劇だ。

実際は芋《いも》づる式に解決に及んだだけなものの、発砲傷害事件の現場に居合わせた市居としては、肩の荷が下りたといったところだった。

河田は怪我人を出した発砲事件についてはまだ容疑を否認しているらしいが、それも長くは続かないだろう。取り調べについたのは、『泣かせの谷《たに》さん』なんて異名を持つベテラン刑事だ。何人もの凶悪犯を、涙ながらの自白に追い込んでいる。

解決してなにより。これでまたしばらくは残業や徹夜、不眠不休の労働に陥ることなく羽も伸ばせる。今夜は女の子の一人ぐらい声をかけて、デートに勤《いそ》しまねばなるまい。

まともなオフタイムも取れない仕事のせいで、市居には特定の彼女はいなかったが、デートに持ち込めるガールフレンドには不自由していなかった。忙しさに不満をこぼされ、ご機嫌取りに奔走する必要もないから、むしろ気楽でいい。

大部屋の自分のデスクに行儀も悪く腰をかけた市居は、ウキウキと携帯電話を操作していた。

『どのコを誘おうか』なんて、朝っぱらからおめでたい。

「市居係長、ちょっといいですか？」

「はい？」

声をかけられ、電話番号を選ぶ手を止める。顔を起こすと、冷ややかな目をした美坂慶子が目の前に立っていた。

事件が解決した日は、少しばかり女らしい装いをするのが美坂の決まりごとだ。なにやら縁起担ぎなのだとか。危険度の高い仕事ゆえに、警察内には案外こういった縁起担ぎを大事にする人間が少なくない。

今日は優しいラベンダー色のスカートスーツだ。知的でクールな印象の美坂らしく、きっちりしたタイトスカートだが、束ねていないロングヘアも相まって色っぽい。こうして見るとそれなりに美人だし、美坂も悪くない。

デートのお誘いなら満更でもないな……などとチラとでも妄想を膨らませる市居は、事件解決で浮かれるあまり色ボケしきっていた。

「なんですか、美坂さん？　ここで話せない内容なら向こうで……」

「思い出したんですけど」

「え……？」

今朝は念入りに整えてもきた艶めく髪を掻き上げようとした市居に、美坂は期待外れな言葉を寄越した。

「昨日のあの人ですよ。係長、『汐見』って呼んでましたよね？」

結局、思い出せないと言ってうやむやになり、終わった話だ。

誰かと記憶違いをしているのだろうとしか、市居は考えていなかった。

もし汐見であっても特別な興味はない。あの男のことだから過去に逮捕歴の一つや二つあるのかもしれないが、今回の事件にも個人的にも関係なかった。

「なんだ、その話ならもう……」

鈍い反応を返す市居を遮り、美坂は言った。

「新宿《しんじゅく》警察署の刑事です」

確信に満ちた声だった。

強い声にもかかわらず、市居の耳を言葉は危うく素通りしそうになった。

頭が受けつけるのを拒否したのだ。

「……はぁ？　誰の話だ？」

仮にも女性相手なのも忘れ、市居はあからさまに憮然《ぶぜん》とした声を上げた。

「汐見征二の話です。新宿署の刑事だったのは三年前までですけど、組対《そたい》に在籍してましたよ。あんまり雰囲気変わりすぎてたから気づかなくて……私としたことが人の顔を忘れるなんて」

一度見た顔は、変装をしようと見紛えないのが彼女の自慢だ。美坂は悔しそうに言う。

「ぼ、暴力犯係って……刑事じゃなくてヤクザの間違いじゃなくてか？」

「ええ、私、一緒に仕事をしたこともあるんです」

今は捜一の班長の美坂は、市居が入った頃には組織犯罪対策部の一課で暴力団絡みの事件の情報収集を担当する係に在籍していた。そこでの仕事ぶりについては詳しくないが、同じマルボウ担当なら警視庁と所轄署の接点も多い。

——あの男が……あの汐見が、よりによって刑事？

信じ難かった。おてんとうさまが西から昇る事態が起ころうとも、あり得ない。

新宿警察署といったら、新宿から大久保《おおくぼ》までを管轄に持つ所轄の中でも大きな署だ。その中で刑事といったら、それなりの存在だ。

「辞職の理由はなに？　ああ、もしかして暴力団との癒着で解雇？　賭博を黙認してたとか、強制捜査の情報を流したとか……」

「まさか！　真面目な人でしたよ。ほら、マルボウ絡みだと少なからず馴《な》れ合《あ》いくさいところも出てくるじゃないですか。銃摘発とか……それも全然受けつけない人だったし」

拳銃摘発にはノルマがある。強化月間なるものが存在し、実績を上げようとどの署も四苦八苦、結果的に顔見知りの暴力団員と示し合わせて拳銃を出してもらう……なんていうヤラセな行為も横行していた。銀行員が親戚知人に頭を下げて預金を確保するようなものだ。世の中はクリーンな警官ばかりではない。

その中で、潔癖を守っていたのが汐見だというのか。

「真面目すぎたのね……あの人、変に暴力団に恨みを買っちゃって、家族が巻き込まれたらしくて……」

「奥さんが非業の死を遂げたって？」

「そのとおりです。市居係長、本当は知ってるんですか？」

市居は苦笑った。

「やめろ、そんなのはあいつのはったりだ」

『嫁は昨日が通夜で今日は葬式』なんてとんでもない発言をし、愛人募集中などとのたまう男だ。今までもアレコレ嘘八百並べてきていてもおかしくない。

「なに言ってんです、嘘なわけないでしょ！　一部じゃ有名な話で……ちょっと待って」

美坂は自分の机に戻ると、なにやらごそごそし始めた。今一つ……いや、全く納得いかずに話半分で聞いている市居に、一枚の写真を取り出して見せた。

「ほら、この人」

美坂は、汐見だと言って一人の男を指し示した。

「誰だ、これ？」

「だから、汐見さんですってば！」

彼女はいいかげん焦れた様子で、膨れっ面になる。美坂には珍しい可愛らしい表情だったが、市居はそれに目を奪われるでもなく、視線を写真に釘《くぎ》づけにした。

写っているのは、今時警察内でも探し出すのが難しいタイプの男だった。七三分けくさい髪型に、野暮ったい銀縁メガネ。制服をきっちり着こなし、制帽を寸分の歪みもなく被った堅物を絵に描いたような警官の姿だった。

そして、今より若いが──確かに汐見に違いなかった。

正面顔の男は、真っ直ぐに前を見ている。

まるで写真の内から自分を見据えてくるような力強い眼差し。それは汐見のものだ。

「まぁたしかに……これじゃパッと見は同一人物に見えませんよね」

美坂は無言になった市居の隣で頷《うなず》き、溜め息をつく。

「将来有望視されてたんですよ？　ノンキャリだけど最速の警部補昇格も見込まれてたみたいだし……そうそう、彼、オリンピックに名前が挙がったことがあるんです」

「オリンピック？」

写真を手に硬直していた市居は、耳慣れない言葉に問い返した。

「銃の腕がすごくて、ピストル射撃の候補に挙がったって新宿署の人から聞いてたんですけど……そういうの、自分からは話す人でもなくて。喋ったことはあんまりないですね……寡黙な感じで自慢しない人っていうか、警視総監賞だって確か……」

話すうちに、美坂は連鎖的に記憶を取り戻したらしい。汐見との思い出話をし始めた。

市居は再び言葉を失わざるを得なかった。聞けば聞くほど、自分の知る男とは隔たれていくのを感じた。ただ目の前の一枚の写真だけが、事実を示している。

美坂は深く息をつくと、心痛の面持《おもも》ちで言った。

「彼……もう立ち直ってるといいんですけど。奥さんが殺されたショックで辞めたって聞いたから……とても捜査に参加できる状態じゃなかったって。えっと、心身喪失……じゃなくて、光恐怖症だったかしら」

市居は言葉にハッとなった。

「光恐怖症？　それって、暗所恐怖症じゃなくて？」

思い当たったのは、昨夜の汐見の尋常ではない怯えようだった。

暗がりは誰しも恐ろしいものだ。

完全な闇ともなると、慣れた自分の家であっても不安を覚える。特に子供は誰しもそうだ。

自分も小さい頃はそうだった。小学校低学年のときに、台風で起こった停電が怖くて泣き出したら、父に『刑事の息子のくせに軟弱者だ』と言われて手の甲にしっぺを食らった。思えばあの頃から横暴で、子供らしさなど尊重しない父親だった。

そして父に叱られたからというわけではないが、そんな『軟弱者』の自分もいつしか暗がりを恐れない大人になった。

成人してもなお、動悸《どうき》や息切れ、震えなどの症状を引き起こすのは病気である。暗所恐怖症。あの男の過去となにか関係があるのだろうか。

一日をほぼ内勤で過ごし、五時過ぎには警視庁を出た市居は一人夕陽《ゆうひ》に照らされたビルの前に立っていた。

茶色のタイル貼りの雑居ビルだ。うらぶれたビルを見上げ、自分は一体なにをしているのだろうと思った。早く帰宅できる貴重な日にデートの約束も取りつけず、野郎の……それも汐見の元を訪ねるなんてどうかしている。

五分だろうが十分だろうが、オフタイムは女としか過ごさない。勤務時間であろうと頭の中は仕事半分、隙あらば女を優先するのが信条だった。隠居暮らしの父が見ていたなら、しっぺどころか殴りつけたいはずだ。なにしろ今でも、息子がトントン拍子に昇格して自分の得られなかったポストに座るのを待ち侘《わ》びているような親父だ。残念ながら、『自慢にならない息子』はそんなポストを望んでもいないし、座れそうにもないが。

——気でも狂ったのか、俺は。

あの男が気がかりで仕方がなかったのだ。美坂から情報を得た汐見の過去は、市居を驚愕《きょうがく》させるに充分だった。まだどこか信じきれないでいる。

けれど、知れば納得のいく事柄もあった。

汐見はやけに警察情報に詳しかった。最初に出会ったとき、自分がキャリアであると見抜いた。昨夜は覆面パトカーの中で容易《たやす》く無線を扱い、そして時折捜査方法さえベテラン刑事が語るような話をしていた。

ビルを出るなり自分を避けたのは、周辺に集まっている刑事たちに注目されれば素性がバレると思ったからではないのか。現に美坂によって暴かれてしまっている。

自分が過去を知ったからといって、なにをあいつに確認する必要がある？

雑居ビルの階段口の前で躊躇《ためら》う市居は、ハッとなって顔を上げた。

ぽっかりと口を開け、奥に延びた薄暗い階段から金属質の音が聞こえる。

音はだんだんと近づいてきた。

最初に見えたのは、黒い革靴の足先だった。そして、黒いズボンに包まれた長い足。チャリチャリと鍵を揺らす、男にしては指の長く美しい手。綺麗な手にそぐわない、だらしなく皺だらけの白シャツ。

最後に端整な顔が覗いた。少し憂いを帯びた男の顔だ。

汐見は伸びた前髪を揺らし顔を起こす。市居に気がつくと、伏し目がちだった眸から陰りの色を消し、代わりに人を嘲るような光を宿した。

「なんだ、出待ちか？　常識のないファンは嫌われるぞ？」

「どこか行くのか？」

市居が問うと、汐見は肩を竦めた。

「おうちに帰るんだよ。今日はもう店じまい。で、おまえはなんの用だ？」

「あ……いや、昨日の……件だけど、一応礼を言おうと思ってな」

なにをどう切り出していいのか判らず、市居は当たり障りのない言葉を選ぶ。

「礼ねぇ。功労賞でももらえんのか？　金にならないもんもらっても嬉しかないね。ああ、なんなら体で払ってくれてもいいぞ？」

いつもの人の悪い笑みを浮かべる。拍子抜けするほど普段どおりだ。とっくに立ち直っているというのなら、変に気にして来る必要はなかったかもしれない。

市居は軽い調子で言った。

「そんな暴言吐いていいのか？　元刑事がさ」

汐見の表情が、一瞬にして強張ったのが見て取れた。

軽く笑って口にした市居に反し、男の表情からは薄い笑みが消えた。黒い双眸を縁取る目蓋が、僅かに見開かれる。

「誰から聞いたんだ？」

低い声に、市居は背中にじわりと冷や汗が浮かぶのを感じた。

「え……ああ、同じ課の美坂……」

「美坂慶子か。そういえば昨日もいたっけ……へぇ、今は組対じゃないのかあの女」

踵を返し、汐見は足早に歩道を歩き始める。

取り残されそうになり、市居は慌てて後を追った。小走りに駆け寄り、隣に並ぶ。

「どこに行くんだ、待てよ！」

「家に帰るって言っただろ。車、パーキングに置いてるからな。なんだ？　家に帰るのに俺は警官の許可取らなきゃいけないのか？」

「そういうわけじゃないけど……」

『だったらなんだ』と言いたげに見返されて、市居は戸惑う。

自分自身、何故ここへ来てしまったのかよく判らないのだ。

「き、聞いたんだ。その……おまえが刑事を辞めた理由。た、大変だったんだな」

言葉は上滑りするようで役に立たない。無意識に目が汐見の左手の指輪を探してしまう。

汐見は煩わしげに、左手をズボンのポケットに突っ込んだ。

不自然なまでに大股で歩き去ろうとする男は、その話題に踏み込ませる気がない。煙たがられてまで追い縋る自分に、市居は困惑しながらも尋ねずにはいられなかった。

「昨日のその……おまえの暗所恐怖症って、昔の事件のせいなのか？　美坂は、光恐怖症だって言ってたけど」

「……まぁ、そうとも言うな」

面倒くさげに汐見は応えた。苛々と右手で掻き回す黒髪が、夕陽を浴びて光る。

唇を閉ざしてしまった顔。歩きながらも目を逸らさずに横顔をじっと見つめていると、マンホールのでっぱりに蹴躓《けつまず》いてよろけた。『わっ』と情けなく声を上げた市居を、汐見は冷淡な眼差しで見たのち、億劫《おっくう》そうに口を開いた。

「長い間暗闇にいるとな……だんだんその瞬間が近づいてるのが判って、勝手に体が震え出す」

「その瞬間？」

「光を浴びる瞬間さ。どこにいても、いつかは暗がりから出るだろ？　暗闇に目が慣れれば慣れるほど、その瞬間が怖くなってくんだな」

つまり、暗所が怖いだけでも、明るい場所を恐れるわけでもなく、汐見を怯えさせるのは光を浴びるその一瞬――

「どうして怖いんだ？」

溜め息をついた汐見は、謎かけじみた返事を寄越す。

「家に帰る。仕事に追われて今日も午前様、当然部屋は真っ暗。玄関を開けておまえは一番になにをする？」

「……靴を脱ぐ？」

思いつくままの答えは大きく外したようで、汐見は苦笑った。

「エリートのくせして、ボケかますねぇ」

市居は焦って頭を巡らせ、謎かけの意図を察した。

「そうか……電気をつける、か？」

「そこになにが転がってる？」

「なにって……なにも……」

市居は目を瞬かせた。汐見の歩調に合わせているせいで、勢いよく過ぎ去っていく足元のアスファルト。黒い路面を見据え、市居は日差しを浴びた体が冷えていくのを感じた。

仕事に疲れた体を引き摺り家へと帰る。広くとも狭くとも自分にとってもっとも安らげるその場所へ。見慣れた玄関ドアを開き、家族のいる者は惰性で暗闇の中へ声をかける。『ただいま』と疲労を滲ませた声で呟《つぶや》き、電灯のスイッチへと手を伸ばす。

眩い光が闇を払拭《ふっしょく》し、部屋を包み込む。

そして、そこで帰宅した男が目にしたものは——

「この世で一番惨《むご》い死に方を想像してみろ。その数倍は酷い死に様だったさ」

謎かけの答えを、汐見はまるで他人事《ひとごと》のように口にした。

「変なビョーキ抱えちまったもんだよ、まったく。おかげで毎月光熱費が高くてまいるったら」

『寝るときも電気を点《つ》けっぱなしだ』と笑う男の横顔を、市居は目を瞠らせ凝視した。ぎこちない笑いさえ返すことはできなかった。

汐見の顔は今までとなんら変わりない。

けれど、たった今初めて見る男に思えた。

目には映らない深い傷を負わされた男。この顔の下に、今は見えないべつの顔が隠されているのか。自分はまだ、本当の汐見には出会っていないのかもしれない。

身勝手で、放埒《ほうらつ》な振る舞いばかり。上手く噛み合える人間が、この世にいるなら会ってみたい……なんて思ったのは、つい昨日。

この世にいるなら——あの世にはいるのだろうか。汐見もその女性の前では、誠実な一人の男だったというのか。

汐見の表情からは、なに一つ読めない。

「それで……それで、その犯人は捕まったのか？」

「すぐに検挙されたさ。傷害致死容疑でね」

「傷害致死？」

「『まさか死ぬとは思わなかった』って、随分都合のいい言葉だと思わねぇ？」

暴力団に恨みを買っていたと美坂は話していた。犯罪のプロともいえる連中だ。よくも悪くも裁判慣れしており、刑を軽減させる術《すべ》は心得ている。

「故意の殺人と認めさせる方法はなかったのか？」

「扱いが変わったらなんだ？　せいぜい枝葉のチンピラが、懲役五年の代わりに無期懲役を言い渡されるぐらいのもんだ。指示した男は捕まらない」

「殺人を指示するのは犯罪だ」

「犯罪？『あいつ、目障りだよな』って飲み屋で呟いたからって逮捕できるか？　未必の故意だと誰が言える？　誰が罰するんだ。警察なんて頼りないもんさ、くだらない」

市居は上手く応えられなかった。

未必の故意。自分の発言によって相手が殺人を実行に移すと予見していたかなんて、誰にも判らない。立証は困難だ。刑事も検事も、裁判官すらただの人間であり、人の心の中は誰にも読み取れない。

狡猾《こうかつ》で悪質な犯罪者ほど捕まらない。

市居はふと思った。

汐見が仕事を辞めた本当の理由は、そこに無力さを感じたからなのかもしれない。

「刑事なんぞ、辞めて正解だね。一、二週間家に帰れないのはザラだし、パンツも洗えねぇ。毎晩コンビニで買って使い捨てでさぁ、反エコロジーすぎると思わないか？　いいことナシだ。おまえも、とっとと辞めたらどうだ？」

投げやりな口ぶりで汐見は冗談めかす。

刑事なんて、きらびやかで格好よく見えるのは肩書きばかり。内情は地味で、根気だけが頼りの肉体労働。お百度参りみたく現場に通い、ときに嫌われ者に成り下がる。

言われなくとも市居は判っていた。だから手の抜きどころを心得た。意欲なんぞ待たずともキャリアであるからには昇進していく。

そうだ、判っている。

けれど、市居の口をついて出たのは、本音であるはずの思いに反した言葉だった。

「俺は辞めないよ。犯罪者を百人野放しにするより、九十九人まででも……たった一人であっても、捕まえたほうがいい」

市居は足を止め、汐見の背中を見据えた。

不思議と違和感を感じなかった。ただの建前であるはずの返事に。

これが、自分の本心なのか。

偽りではない。その証拠に、安っぽいと思いながらも、市居は自分の言葉を恥ずかしいとは思わなかった。

数歩先を歩く背中が振り返り、汐見は小さく噴き出した。

「正直に言えよ。将来警視総監にだってなれるかもしれないキャリアだってのに、辞めるのは惜しいってさ。そうだろ、警視さん？」

市居は真剣だった。けれど笑い飛ばされても、憤る気分にはなれなかった。

「おまえ、どうしてそんな風にしか言えないんだ？　憎まれ口叩くのは警察に……俺にムカツクからか？　違うんだろう？」

汐見は笑いを潜め、ただ強い眼差しで自分を見据えてくる。

市居は負けじと張り合うように、逆光を受ける男の顔を見返した。

「少年課の刑事が前に言ってたよ。構われたがる寂しがりの子供ほど非行に走りやすいってさ」

汐見は目蓋を伏せる。ふっと息を吐いて苦笑した。

「いいね、俺は子供と同列扱いかよ」

市居の元に近づき、汐見は手を伸ばしてきた。

リーチの長い腕が、胸元目がけて伸びてくる。スーツの襟を摑まれ、勢いよく手繰《たぐ》り寄せられ——瞬間、殴られるのかと思った。ぎゅっと反射的に目を閉じる。

それは有無を言わせぬ強引さで、市居は避けようもなかった。

なにが起ころうとしているのかも判別できないまま、市居の唇は覚えのある感触に塞がれていた。

「……んっ」

隙間なく重なった唇のあわいに、柔らかな湿ったものが割り入ってくる。それは汐見のも

のとは思えないほど熱く、情熱的で、市居の意思を凌駕《りょうが》した。

夕陽が歩道で唇を重ね合った二人を赤く包み込む。

どこか幻のような、それでいて酷く生々しい口づけ。湿った音が鼓膜を刺激する。絡みつく舌先は瞬《また》く間に市居を陶然とさせ、どこぞへさらい上げられてしまいそうだった。

膝がわななき、慌てて足を踏ん張る。

革靴の底でざらりと鳴った地面の音に、市居は唐突に我に返った。

状況を理解して市居が最初にやったのは、汐見を殴ることだった。胸元を拳で一突き打ちつける。

「痛《いて》ぇっ……」

駐車場へ向かう道は人通りは少ないが皆無ではない。車道には車が行き交っていて、男二人が向き合い、胸を密着させて口づけを交わす場所ではない。

しんみりした気分が一瞬にして吹き飛んだ。

こちらの意向など、尊重されるどころか完全に無視の上、あまりに非常識だ。周囲に視線を送れば、犬の散歩途中のご婦人が目を剝《む》いている。

「汐見っ、また、なに考えてっ……」

いらぬ恥をかかされ、怒りに身を震わせた市居は、汐見が殴られた胸を苦しげに押さえて呻いているのに気がついた。

「あ……悪い。つい手が……」

「なんだ、ヒステリーはもう終わりか?」

辛《つら》そうに押さえながらも汐見はへらりと笑い、目を輝かせる。

「いや、おまえってさ……やっぱり好みだなって思ってさ。つい、この唇が暴走しちまったわけよ。いいパンチだな」

路上で男にキス。行動に常識がないのは汐見だから判るにしても、妙に嬉しげな表情が引っかかる。

そういえば、車の中で殴った際もこんな調子だった。マゾじゃあるまいし、暴力を振るわれて喜ぶ男の神経は理解できない。

不審がる市居を前に、マイペースな男は周囲の好奇の視線を気にとめるでもなかった。

「気が強い奴は好みだね。だから、やっぱり……」

ニヤついている男を、市居は睨めつけた。

やっぱり、なんだ?

どうせ、『一発やらせろ』とか、ふざけたセリフを抜かしてくるに決まって——

「おまえとはしない」

予想に反した言葉に市居は眉根を寄せ、首を傾《かし》げる。

「……しないって、なにを?」

「決まってるだろ？　エッチなことだよ。絶対にしない、今決めた」

新たな謎かけなのか。呆気に取られる市居に男は目を細め、少しばかり優しい微笑みを見せた。

「……なんてな、決めなくてももう会うこともないか」

「え……？」

「じゃあな」

短くそう言い残すと、汐見は指に引っかけていたキーホルダーを鍵ごと握り直し、身を翻した。すぐ脇の駐車場の中へと消えていく。

たった今、情熱的な口づけを交わした男とは思えない素っ気なさだった。

振り返りもせずに、駐車場に並んだ車の一台に収まる男を、市居はただ呆然と見つめた。

エンジンのかかった車はタイヤの軋む鋭い音を響かせ、無茶なカーブを描いて車道に躍り出る。まるで挨拶でもするかのように、歩道に立ち竦む市居の傍をすり抜けるようにして出て行った。

風圧を受け、市居のスーツの裾は高く翻った。夜を迎えようとしている街の冷えた空気が、風となって体を包んだ。

テールランプを瞬かせることもなく走り去る車の後ろ姿。それは見る間に小さくなっていき、やがてほかの車両に紛れ完全に視界から消え去った。

『もう会うこともないか』

汐見の残した言葉を思い起こし、市居は誰にともなく呟く。

「……そうだな」

市居は通りの先を見据え、唇を拭った。

湿ったキスの感触が、まだ唇に残っていた。

3

バスローブの紐《ひも》を結び直しながら浴室を後にした市居《いちい》は、部屋に漂う臭《にお》いに気がつき、室内を見回した。

窓辺の小さなテーブルの上に、微《かす》かな白い筋が立ち上っている。ホテルの名前が描かれた灰皿の上で燻《くすぶ》っているのは、フィルターにうっすらと口紅の痕《あと》の残った一本の煙草《たばこ》の吸い殻だった。

「ったく、ちゃんと消せよな」

人は嫌いなものほど目ざとい。

市居はシャワー音の響き始めたバスルームのほうを見ると、不満をこぼしつつ揉《も》み消した。

室内に漂う煙の帯。容易には開けない造りの窓の取っ手に、市居は手をかける。非常用と記されたボタンを押しながら強引に開くと、硬い窓はばっくりと口を開けた。

秋の冷たい夜風が頰《ほお》を撫《な》でる。無音に等しかった部屋に、地上を走る車の音が流れ込んできた。

部屋は十階だったか、十一階だったか、市居はよく覚えていなかった。記憶に残っているのは、女と手と手を繫《つな》いで仲良くチェックインしたことだけ。

安っぽく品のないラブホテルを嫌う市居は、こういうときに利用するのはシティホテルだ。手を焼く新たな事件もなく、検挙した強盗傷害事件の犯人は、逃げも隠れもできない留置場の中。世は泰平、つくづく平和なものだ。仕事帰りに待っているのは、美味《おい》しい料理ならぬ、極上の女。

久しぶりの息安めだ、楽しまないほうがおかしい。事実、市居はご機嫌だった。灰皿に残された吸い殻を見るまでは——

窓辺に腰をかけた市居は、険しい表情を浮かべる。煙草の臭いに嫌な気分になったからではない。この数日、エアポケットに陥《おちい》るように苛《いら》立《だ》ちはやってくるのだ。

『煙草の煙、苦手なのか？』

吸い殻をぼんやり見つめていると思い出す。あの男の声がチラつく。煙草を挟む長い指先、人の悪い笑み、男の薬指に馴染《なじ》んでいた……輝きを失《な》くしたプラチナリング。

時折、汐見《しおみ》の姿が脳裏にフラッシュバックする。

市居は軽く舌を打つと、女がテーブルに残したままの煙草のボックスに手を伸ばした。ひどく苛々する。ストローのように華奢《きゃしゃ》なメントール煙草を抜き出すと、口に挟んでみた。不慣れな扱いでライターの火を点《とも》し、一息に煙を吸い込む。

途端に市居は咳《せ》き込んだ。激しい噎《む》せ返りに、慌てて吸い差しを揉み消す。

「……くそっ、なんでこんなもの」

窓枠を引《ひ》っ摑《つか》むと、肺の空気を入れ換えようと身を乗り出して外気を吸い込む。うっすら涙目になってぼやけた視界に、下の通りを走る車の列が飛び込んだ。

夜の闇《やみ》の中に、赤いテールランプを綺麗《きれい》に並べて流れる車。今度は四日前、それを自分に向けて走り去った車の後ろ姿を思い出す。

『もう会うこともないか』

別れ際のその言葉も。

「……なんなんだよ、チクショウ」

事件も無事解決で犯人をお縄にしたのだから、ほかになんの接点もないあの男に会う理由はもうない。

汐見征二《せいじ》、二十九歳――稀代《きたい》のクソ男。

輝かしい肩書きを持つキャリアであり警視庁刑事である自分を小馬鹿にし、あまつさえ探偵業の浮気調査だとかに利用して見知らぬ男に引き渡し、『あわやゴーカン』の憂き目に遭わせた男だ。

元は刑事だったとか、事件のいざこざが原因で妻を亡くしているとか、同情すべき過去を知るには知ったが、あの男がクソなのには変わりない。

会わなくて結構、せいせいするさ。

なのに、こんなにも頭から離れないのは何故《なぜ》だろう。

この訳の判《わか》らない晴れないモヤモヤときたらどうだ。

「瞳也《とうや》、なにやってんの？」

一体、窓辺でどのくらいぼんやりしていたのか。声に気づいて振り返ると、バスルームを出た女がいつの間にか部屋に立っていた。

「ああ、ちょっと夜風に当たってただけだよ」

市居は慌てて取り繕った微笑《ほほえ》みを向ける。

「湯あたりでもしちゃった？　うわ、高い。よくこんなとこ座る気になれるわねぇ」

「怖いなら支えてあげようか？」

窓辺に寄ってきて下を覗《のぞ》こうとする女の腰を、立ち上がって背後から抱き寄せると、彼女はくすぐったそうに身を捩《よじ》って甲高《かんだか》く笑った。

反動で、大きく開いたバスローブの合わせ目から豊満な胸が覗く。時々デートに漕《こ》ぎ着ける女性の中でも一等胸が大きく、市居の一番のお気に入りの女だった。

「涼もうと思ってさ。待ってる間に興奮しすぎたから」

「なに言ってんの、瞳也ってば。ちょ、ちょっと待ってよ〜、髪乾かしてからにしてよ」

「濡《ぬ》れた髪も色っぽくて素敵だよ」

寒い口説《くど》き文句を吐く市居は、今夜も絶好調。仕事には気乗り薄でも、夜の勤めなら積極的な男——のはずだった。

「……瞳也？　どうしたの？」

唇が触れ合った途端に、無意識に身を引いた市居に女は怪訝《けげん》な表情を浮かべる。

なにかが来る予感がしたのだ。件《くだん》の頭を悩ませるフラッシュバックが、柔らかな唇に触れた瞬間、火花のように弾《はじ》けそうになった。

人は意識すればするほど、それにがんじがらめになるものだ。

恐る恐る女と唇を重ね合わせてみても、蘇《よみがえ》るのはべつの感触。同じ唇でも女性のものほど柔らかくはなく、そのくせ自分を甘く陶酔させた男の唇の記憶。

『絶対にしない、今決めた』

女と手足を絡《から》ませ、抱き合ってベッドになだれ込みながら、市居の頭には汐見の去り際の言葉が再生する。耳にこだまして集中できない。興奮するどころか、女を抱いても頭も体も冷めゆく一方だ。

汐見が『しない』と断定的に告げたことを、今まさに市居は女としようとしていた。だから連鎖的に思い起こすのは当然なのか。

だったら何故、朝目覚めてすぐや、洗面所の鏡に自分の姿を映した瞬間にも脈略もなく思い出すのだろう。

——おまえとはしないって、なんだそれ？

なんだってあのとき、『やっぱり好みだなぁ』の後に続く言葉が、『エッチはしないけどね』だったのだ。そこは、『高嶺《たかね》の花のエリートさんだけど、いっちょ口説かせてもらいます』なんて平身低頭、あらん限りの口説き文句を並べてみるところではないのか。

それがどうだ。キスして訳の判らないことを言ったと思えば、背を向けて『はい、さようなら』ときた。

「……瞳也？　ねぇ、瞳也ったら」

エアポケットに再びすっぽりハマった市居は、女の甘える声も聞いていなかった。

体を揺すられ、思わず口をついて出たセリフは、睦言《むつごと》には相応《ふさわ》しくない言葉だ。

「……あのクソったれが、ふざけんな」

女の引《ひ》き攣《つ》った顔を前に市居はハッと我に返る。

頭の隅で悪態をつくだけでは事足りず、うっかり口に出してしまった。

「……なにそれ？」

ありがたくも積極的に、市居のバスローブの紐を解《ほど》きにかかっていた白い指が止まる。

女の冷ややかな眼差《まなざ》しに、市居は狼狽《うろた》えた。

「あ、え……えっと、ごめん」

スプリングの効いたベッドが激しく揺れる。女が勢いよく飛び下り、一人分の体重が消えたからだ。

「ちょ、ちょっと！　待ってくれ、今のは君のことじゃなくてっ！」

「じゃあ誰のこと？　『興奮しすぎた』が聞いて呆《あき》れる。私、自分に興味のない男はお呼びじゃないから！」

捨て台詞《ぜりふ》を吐く女を引き留めようと伸ばした手が虚《むな》しい。これ以上、情けない場面にはそうそうお目にかかれないだろう。

市居瞳也、二十七歳。警視庁捜査第一課第十三係係長、キャリア刑事。趣味はナンパ、特技は口説きの男がホテルのダブルベッドにぽつんと取り残され――私事の一大事件、気分は最悪な夜だった。

◇　◇　◇

「えっ　なんか言いましたっ、市居さんっ⁉」

構えていた銃を下ろすと、丸谷《まるや》は耳に手を当て、大げさな身振りで市居に問い返してきた。

こちらの声が全く聞こえなかったらしい。

それもそのはず、憂さ晴らしも兼ね、丸谷を連れた市居が翌日訪れたのは、射撃訓練場だった。

会話は射座についた時点でままならない。ヘタな鉄砲数撃ちゃ当たるじゃないが、無闇に撃ちまくる丸谷の銃声で声はすっかり消されてしまっている。

天井の高い体育館のような造りの射撃場だった。警察学校の敷地の一角なのだが、夕方近くの授業に使用されていない時間帯で、ほかに訓練に訪れている者もいない。二人の放つ銃の発射音だけが、訓練場に響き渡っている。

無駄に弾を消費する丸谷に対して、市居はといえば、これまたからっきしだった。

日頃から訓練しているならともかく、たまにやってきて標的紙の僅《わず》か五センチ足らずの中心に当てようなんて無理な話だ。掠《かす》りもしない。動かず騒がず、静止してくれている紙の的を狙《ねら》ってコレなのだから、実践で役に立つのか甚《はなは》だ怪しい。

市居は再び外した的の着弾点を、各テーブルに設置されたモニター画面で確認すると、不《ふ》貞腐《てくさ》れた声で言った。

「強姦《ごうかん》した……いや、強姦をほう助しようとした男に被害者が惚《ほ》れる確率は何パーセントかって聞いてんだよ」

「なんですか、それ。都内の婦女暴行発生件数なら、上半期は百二十八件でしたけど？」

弾を装塡《そうてん》し直していた丸谷は首を傾《かし》げる。

「……あ、そう」

丸谷らしい、きっちり数字混じりの返事だ。尋ねておきながらも市居は鼻白《はなじろ》む。

「けど、認知件数は実際の十分の一なんて話もありますからねぇ。やっぱ、不名誉だからって隠してる被害者が……」

予想外の切り返しにうっとなった。

「だいたい、どうしたんですか、急に。知り合いに被害者でも……」

ダンッ！

市居は返事代わりに銃をぶっぱなす。聞こえぬ振りして、丸谷の言葉を遮《さえぎ》った。

未遂だが、公《おおやけ》にできずに泣き寝入りした奴《やつ》とは、まさに自分のことである。知り合いどころか、当事者。おまけに、このところ自分はおかしい。

憎いはずの男の顔を思い返しては落ち着きをなくし、昨夜は女に捨てられるというあるまじき失態を犯した。

会わない状況に意気消沈し、『絶対にしない』なんて一言に肩透かしを食らわされた気分になり、むしゃくしゃしている。

この感情は、とてもなにかに似ている。

抱《いだ》き始めた執着心。傍《そば》にはいない相手のことを日々思う。寝ても冷めても——まるでそう、会いたくてたまらないとでもいうように。まさか、自分はあの男に惹《ひ》かれてきているのではないか。まかり間違って、惚れてしまったとでも——

あり得ない。相手は男、それも最低の男だぞ。

「……くそっ！」

弾痕《だんこん》不明、いわゆる『ハズレ』となるばかりの標的を睨《にら》み据え、市居は銃のトリガーを引き続けた。

当たらない、弾は見事なまでに逸《そ》れていく。これではストレス解消にもなりゃしない。ついにシリンダーの中は空《から》となり、弾を装塡しなおそうと手を止めた市居は、肩を揺すられているのに気がついた。

「……っと、市居さん！　ちょっと、静かにしてくださいよ！」

射撃場でお静かにもないだろうに、訴えかける丸谷は、携帯電話を耳に押し当てていた。課の誰かから連絡でも入ったのだろう。

市居は横目でチラと見たのち、弾を込める傍《かたわ》らテーブルに手を伸ばした。備えつけの操作盤のスイッチを押すと、標的交換機が動き始める。十五メートルほど離れた位置から、標的紙はゆっくりと上下に動き始めた。

「なんの電話だ？」

携帯電話にしがみつくようにして話していた丸谷が、通話を終える。

「それが……科捜研から返事がきたそうで」

科学捜査研究所から連絡が入ったらしい。市居が依頼を出していたのは、物理の二係だった。河田《かわだ》から押収した銃の鑑定を頼んでいたのだ。

「今頃遅いんだよ、何日待たされたと思ってんだ、お役所仕事しやがって」

いつも順番待ちで忘れた頃にやってくるのが鑑識結果だ。

不満をこぼす隣で、丸谷は言いづらそうに口を開いた。

「実は線条痕が一致しなかったそうです」

市居は弾をシリンダーに込めていた指を止め、顔を上げる。

「は？」

「だから、弾丸と銃の線条痕が合わなかったんですって」

焦《あせ》った表情の男は、口早に言った。

「合わないって……なんだよ、それ」

一般にもよく知られているとおり、銃器には指紋と同じものが存在する。指紋で個人を特定するのと同じく、発射によってできた傷によって銃器は断定できる。弾丸や薬莢《やっきょう》には特に深い傷痕が残るため、一つとして同じものは存在しない。

「べつの銃から発射されたものだってことです」

「判ってるよ、んなことは！」

声を荒げる市居は、まるで狐《きつね》にでもつままれた気分だった。

ロシア製の三十八口径マカロフ、それが弾丸から科捜研が最初に寄越《よこ》してきた回答だ。世に多く出回っている……いや、出回ってはならないのだが、小型軽量をいいことに密輸で大量に押収されている銃の一つで、河田が所持していたのもそれだった。

見た目には型は一致していた。誰もが強盗で使用された銃と、レンタルビデオ店の傷害事件で凶器となった銃は同じものと疑いもしなかった。

「それと科捜研が言うには、店で使われた銃はたぶん同じ九ミリマカロフでもバレルがもう少し短いだろうって話です」

「銃身を改造してるってのか？　なんのために？」

「そりゃあ……えっと、小さくするためでしょ」

頼りない反応を寄越す丸谷は、携帯電話を胸ポケットにしまうと、テーブルの上の銃を再び手に取りながら不安そうに言った。

「河田の奴……銃を二丁所持してたってことですかね？」

「そう考えるしかなくなるな」

市居は言い捨てながらも、腑《ふ》に落ちなかった。

それこそ、『なんのために？』である。

ほかに仲間がいると仮定するのが妥当かもしれないが、銀行に残されていた監視カメラの映像には二人しか映っておらず、銀行員の証言とも一致している。先に逮捕した田島《たじま》からも、仲間は河田の名前しか挙がっていない。

一人で銃を二丁用意したところで、田島を撃てば疑われるのは当然共犯の河田だ。河田はまだ捜査の手が田島に伸びていると知らなかったのだろうか。強盗傷害事件とは無関係を装って、田島の口を封じるつもりでいたのか。

だとしても、警察を欺《あざむ》くためにわざわざ銃を替える必要はない。何故なら、強盗事件で銃弾は発射していないからだ。昔の女のところに逃げ込むなんて短絡な男が、発射してもいない銃と関連づけられるのを恐れて用心に用心を重ねるとも思えない。

ましてや銃を改造する意味はない。

「なんのためだ」

市居は呟《つぶや》いた。交換を終え、定位置についた真新しい標的紙を見据えながら、膨《ふく》らむ疑問にぼんやりした不安感が募っていくのを感じた。

シリンダーを戻した銃を市居は構える。銃身の先の照星と標的の中心を合わせる。

この銃身が今より短ければどうなる？

当たりづらくなるだけだ。銃身は短くなればなるほど命中率が下がる。運頼みの近射でもない限り当たらない。

あの店の付近で近射できる場所がどこにある。

一階といっても店の前の歩道には車を横づけにした丸谷と自分が居合わせ、人通りも車の数も多い金曜の夜。銃身を短くした銃では、到底走行中の車の中からじゃ狙えない。

人知れずターゲットに迫り、銃を構える場所。それは——

晴れそうで晴れない霞《かすみ》がかった頭の中には、見え隠れする靄《もや》の隙間《すきま》。市居は構えた銃の照星と標的が合った瞬間を狙い、引き金を引いた。

静寂を保っていた場内に、銃声が響き渡る。

惰性でテーブルに目を向けると、ほぼ中央に穴の空いた標的紙がモニターに映し出される。

「……当たった」

一瞬事件のことを頭から掃き出し、市居は感動混じりの呟きを漏らした。一体何発目だか、ようやく中心を撃ち抜いたのである。

「本当ですかぁ、市居さん？　僕はまた掠りもしませんでしたよ」

丸谷は落胆した言葉を吐きながら、脇から疑わしげに覗き込んでくる。

市居は自慢するのも忘れ、首を傾げた。

丸谷の放った銃声が、全く聞こえなかったからだ。

「丸谷……おまえ、今撃ったか？」

「え？　なに言ってんですか、撃ちましたよ。ああ、ちょうど銃声が被《かぶ》ったんですね」

硝煙が僅かに立ち上る銃を手元で揺らし、丸谷は言う。市居は丸谷のテーブルのモニターを覗きながら、頭の中の霞が掻《か》き消えていくのを感じた。

「銃声がダブって……」

脳裏に、店の光景がフラッシュバックする。

最奥の壁に残った弾痕、あの夜響いた銃声。

「……市居さん？　どうしたんですか？」

丸谷は急に押し黙ってしまった市居を、不審そうに見つめる。

市居は普段捜査にはほとんど活用されていない頭をフル回転させていた。

自分は、なにかとんでもない勘違いをしているのではないだろうか。

考えろ。あれは……本当に一発の銃声だったのか？

もしもアレが同時に響いた二発の銃声なのだとしたら。一発はガラス越しに被害者を撃ち抜いて壁に残った弾痕となり、もう一発は——いや、そうじゃない。

被害者を貫き、ガラスを撃ち破った弾丸こそが、もう一発の銃弾なのだ。

近射するための銃でターゲットを確実に狙うに相応しい場所。

それは、店の中だ。

外ではない。簡単な偽装工作だ。二発の弾で壁と被害者を撃つ。壁に小さな穴一つ残すだけで、店外から撃ったのだと欺ける。

銃声にしても、反響とガラスの割れた音、そして思い込みを利用して誤魔化すのは簡単だ。

店の外にいないのだから、いくら通りを捜し歩いたって目撃者が見つかるはずもない。

「……なんだ、簡単じゃないか」

推理なんてちょろいもんだ。

自分の推論で悦に入り、乾いた笑い声を漏らす市居は、もっとも重要なことに目を向けていなかった。それに思い当たり、表情を強張《こわば》らせる。

店にいなかった河田に、撃てやしない。あのとき店にいたのは、ほんの数人足らず。銃弾を運悪く浴びた八十島《やそじま》に、強盗事件の容疑者の田島、あとは店の店員に——

考えてはならないと、体のどこかで警鐘が鳴った気がした。けれど、回転づいた頭は思考を押し留《とど》めるどころか、閃《ひらめ》くようにその男の名前を叩《たた》き出した。

——汐見だ。

「……嘘《うそ》だろ」

銃を握り締めたままの指が細かく震え出す。痺《しび》れたように冷たくなっていく。

『もう少しで死ぬとこだったね、俺』

ヘラヘラ笑って、のん気に陳列棚の裏から出てきた男の姿が頭に蘇る。

弾痕はその奥の壁に……人知れず銃を構えるにはそこしかない場所から、汐見はふらりと自分の前に姿を現わしたのだ。

「……市居さん？　ちょっと、大丈夫ですか？　市居さん？」

急に押し黙ったかと思えば独り言を吐き、笑ったかと思えば顔を蒼《あお》くして体を震わせる市居を、丸谷は揺する。

「具合でも悪いんですか？」

丸谷の声は、市居の耳には届いていなかった。

「……そんなはずがない。犯人は河田じゃないか……やっぱり外から河田が田島を狙って……」

実際に撃たれたのは誰だ？

被害者は、田島ではない。

河田に容疑がかけられたのは、田島が自分が殺されかけたと訴えてきたからだ。

「市居さん、どうしたんですかっ？　ちょっとしっかりしてくだ……あ、ちょっと、どこに手を入れて、うわっ！」

丸谷の腕を引っ摑んだ市居は、射撃場から飛び出していた。裏手の駐車場側に出ると、丸谷のズボンポケットに無遠慮に手を突っ込んで探り回した。

「鍵《かぎ》だ、車の！」

「鍵？　って、え、どこに行くんですか？」

運転を面倒くさがり、いつもなら丸谷に押しつけたがる市居は、車のキーを引《ひ》き摺《ず》り出すと自ら運転席に乗り込んでハンドルを握った。

「八十島のところだ」

すべてが早合点《はやがてん》で、田島を含め、誰もが大きな勘違いをしていたのかもしれない。

被害者の八十島こそが狙われた相手で、二つの事件に関連性がないのであれば、すべて納得がいく。河田が取調室で未《いま》だに否認を続けている理由も、科捜研の鑑定の結果も。

無関係であれば、銃が一致しないのも頷《うなず》ける。

「八十島さんのところにって、市居さんなにか判ったんですか……うわっ！」

丸谷はシートに転がり沈んだ。丸谷が助手席に乗り込むなり車を急発車させた市居は、ハンドルを抱いて放心したい気分だった。

「……そんなんありかよ」

珍しくも捜査の糸口を自ら摑もうとしているというのに、市居の気持ちは躍るどころか、塞《ふさ》がれていく。

汐見は自分に言った。河田を追い詰めたビルの中で、なんともいえない曖昧《あいまい》な笑いを浮かべ、あのとき言ったのだ。

『冤罪《えんざい》じゃなきゃいいけど』

あの言葉に深い意味があったとするなら、それは汐見自身が事件の——

汐見は元刑事だ。マルボウ絡みの事件を担当していたなら、銃を手に入れるルートも知り得ている。そして、オリンピックのピストル競技の候補に挙がるほど射撃の腕がいい。

汐見には、あの犯罪を犯せるだけの材料が揃《そろ》っているのだ。

ないのは、動機だけだ。

これで、もしも八十島との繋がりが出てきたなら、答えは自《おの》ずと知れる。

自分の考えを確かめたくて気が急《せ》く。法定速度を守って前を走る車の尻《しり》に続くのも堪え難《がた》い気分で、市居は目的の場所までの道のりを車を走らせた。

「市居さん……本当にどうしちゃったんですか？」

いつになく真剣な表情の市居に、助手席の男は黙り込む。

ようやく辿《たど》り着いた病院の駐車場に車を入れると、丸谷にはその場に残るよう指示した。

「なんでですか？　市居さん？」

言われた丸谷は解せない顔だ。

「ちょっと、調べたいことがあるんだ」

「だから、事件に関してなにか思いついたんでしょ？　それなら、僕も一緒に……」

「いいから、頼む。とりあえず、ここで待っていてくれ」

何故だか同行させたくなかった。自分が抱いた疑惑を、まだ知られたくないと思った。

市居は不服そうな男を残し、単身で病棟に乗り込んだ。


「私を憎んでる人間？　そんな人はいませんよ。同じことを何回も訊《き》かないでくれますか。入れ替わり立ち替わりで、本当にあなたたちときたらしつこいばかりだ」

八十島は、以前よりさらに刑事を歓待しなくなっていた。ベッドヘッドにもたせかけた枕を背凭《せもた》れに、ベッドで半身を起こして新聞を読んでいた男は、苛立たしげに応《こた》えた。

ほんの一時間ほど前にも刑事がやってきたのだと言う。所轄の刑事だろう。鑑定結果が伝わり、再捜査に入ったに違いない。

「捕まえた犯人、事件と無関係かもしれないんですってね。こっちは、ようやく退院も決まりそうで落ち着いてきたとこだってのに」

「退院ができそうなんですか。それはよかったです」

どうやら思ったよりも怪我《けが》の経過がいいらしい。

退院という喜ばしい話にもかかわらず、八十島はその言葉にも浮かない表情を見せる。家に帰るのがあまり嬉《うれ》しくはないのか。

市居は煩わしい顔をされるのは覚悟で尋ねた。

「どんな些細《ささい》なことでもいいんです。些細な問題が事件に発展してしまうことは少なくありません。なにか日頃気になっていたことや、問題を抱えていた相手はいませんか？」

罵詈雑言《ばりぞうごん》で文句が返ってくるかと思いきや、男は沈黙した。

「八十島さん？」

「あ……いや、ありませんよ」

「では……もう一度だけ確認したいんですが、あなたはどこから撃たれたんですか？」

「はぁ？　店の外からでしょ」

「何故そう思うんです？」

「そりゃあ判りますよ。壁に弾が残ってたって聞きましたからね」

やはりだ。市居は思った。

八十島もまた思い込みの罠《わな》に嵌《は》まっている。銃弾がどこから放たれたのか、本当は誰も確信するほどの情報を持っていない。

「撃たれたのは、後ろの棚のＤＶＤを取ろうとした瞬間だって言ってましたよね？」

「そうですよ。そんなこと確認してなにが判るっていうんです？」

八十島の返事は、銃創の検分結果もあてにならないと市居に感じさせた。体に残った傷痕から、弾の貫通した方向は割り出されている。弾が体に侵入した傷は小さいが、抜け出る穴は大きいため、丸判りなのだ。

けれど、それも八十島が立っていた方向が判然としないのでは意味がない。

八十島は本当は判っていないのだ。撃たれたのは棚のほうを見ていたときか、振り返った瞬間であるか。

発砲は本当は店の中から行われたのではないか。

市居を支配する疑惑は、否定要素を一つも持たなかった。

「あんたらは無駄な確認ばかりだ。同じ質問ばかり繰り返して、お茶を濁してるだけじゃないか。そのうち私が自分で撃ったとか言い出すつもりじゃないでしょうね？」

責める八十島の顔を、市居はじっと見返す。

訊《き》きたいことなら、ほかにもある。初めて問う内容だ。誰も露とも思わず、捜査線上にも上らず、口に出さなかった男の名前。

「八十島さん、あなたは汐……」

言いかけて市居は口を噤《つぐ》んだ。汐見の名を頭に思い浮かべると、緊張に喉《のど》が渇く。

「汐見征二という男をご存知ではありませんか？」

ただそれだけの言葉を口にするのを躊躇《ためら》い、知ってると言われたなら、なんと話を続けていいのか判らなかった。

「誰ですか、それは？　聞いたこともありませんが」

あっさりとした返事に、紛れもなく安堵《あんど》している自分がいた。


「……だらしがないな、まったく」

病室を出た市居はぼやきながら廊下を歩いた。

自分を頼りなく思えたが、そもそもそんな風に自省することも今まではなかった。エレベーターに向かう途中、何度目か判らない溜《た》め息《いき》をつきかけ、ふと隣を見た。

エレベーターのすぐ近くには談話室がある。大きなテーブルと椅子《いす》がたくさんあり、面会者や患者同士のコミュニケーションに利用されている部屋だ。ドアのないその部屋の中から、市居は自分を見つめている視線に気がついた。

「君は……」

市居と目が合うなり、その人物は逃げ出そうとした。

「ちょっ、ちょっと待って、君！」

談話室を飛び出し、どこぞへ駆けていこうとする痩《や》せた少年の腕を、市居は摑んだ。

「何故、逃げようとするんだ？」

八十島の息子は応えなかった。

談話室の中にやんわり戻し、無人だった部屋の椅子に並び座っても、子供は返事をしようとしなかった。

「べつに尋問しようってんじゃないんだけどな。今日は学校帰りなのか？　毎日大変だね……そういえば、まだ君の名前を訊いてなかった」

世間話的な話を振ってもだんまり。なかなか口を開かない姿に焦《じ》れる。

今は子供の相手をしている場合ではないが、初めて会った際の、少年の異様なまでの犯人への怯《おび》えようを思い出した。あのときは単に凶悪犯を怖がっているだけと感じたが、今明らかに彼の態度は挙動不審だった。

「ねぇ、名前だけでも教えてくれないか？」

「……史裕《ふみひろ》」

「史裕くん、たしか高校一年生だったね。今日は学校帰り？　塾とかは通ってたりしないの？　俺が君の頃は、親父《おやじ》が勉強勉強ってうるさくて塾ばっかりの毎日だったんだけど……」

史裕と名乗った息子は、市居の隣でガタガタと身を震わせていた。まるで犯人と居合わせでもしているかのように、今も怯えきっている。

「おや、親父を撃ったの……捕まえた人じゃなかったって」

深く俯《うつむ》いた子供からようやくまともな言葉が発せられる。

「あ、ああ、まだ確定したわけじゃないけどね」

犯人がまだ街をうろついていると思い、怖がっているのだろうか。

それとも……この子供はなにか知っているのか。

「強盗事件なんて、関係なかったってことでしょ？　じゃあ、やっぱり……」

「もしかして君、なにか……」

問おうとした言葉は、少年の声によって遮られた。

「親父を殺そうとしたの、自分なんです」

深く項垂《うなだ》れた息子は、小さいがはっきりとした声でそう言った。

市居は衝撃に唇を半開きにした。

開いた口を噤んではまた開く。何度かそれを繰り返し、やっとの思いで問い返す。

「どういう意味かな？」

「……死ねばいいと思ったんです。あんな奴……だって、あいつ……母さんを殺した」

思考が話についていかない。この子供はからかっているのか。

しかし態度は変だが、息子の声は話すほどにしっかりとしてきている。

まるで、ずっと誰かに打ち明けたくて堪《たま》らなかったとでもいうように。

「お母さんを殺したって……八十島さんが？　君はお母さんは交通事故で亡くなったって言ってなかったか？　あ……そうか、もしかして、八十島さんのハンドル操作ミスで亡くなったとか？」

「事故は……たぶん偶然です。でも……母さんが死んだのは、急性腎不全なんです」

腎不全、交通事故とは結びつきそうもない病名を子供は告げる。

「クラッシュ症候群……って知ってますか？」

「クラッシュ……聞いたことはあるよ。確か、建物の倒壊事故なんかで発生する病気じゃなかったかな。それで亡くなったのか？」

ブレザーの制服姿の子供の見せた細い項《うなじ》に視線を落とし、市居は問い返した。

「俺、いろいろ調べました。長い間、物とかに挟まれると起こる障害なんです。筋肉が死んで……血の中に溜まった悪い物質が流れ出した瞬間に起こるらしいんです。最悪だと腎不全に陥って死ぬって……」

調べ尽くしたのだろう。ぽつりぽつりと話すが、応えに淀《よど》んだところがない。

「どうやって起こるか判りますか？　体を押し潰《つぶ》してたものを外した瞬間に起こるんです。母さんは車のシートに挟まれてた。山ん中で救助隊の人もなかなか来なくて……シートを外したの親父なんです」

「助けようとしたんじゃないかな？　俺だってそうなったら……」

「親父は医者ですよ？　知ってたんだ、死ぬかもしれないと知ってて外したんだ！　母さんと、ずっとケンカばかりしてたから！　離婚の話も出てて、でも慰謝料でうまく話が纏《まと》まらなくて、それでずっと仕方なく別れずにいたんです。父は母のことをいなくなればいいと思ってた。親父はいつだって、病院とお金のことしか興味がない！」

顔を起こした子供は、小さな顔にギョロつく目を泳がせながら、父親は常に母親を疎ましがっていたと言い放った。八十島が家でもあのような態度なら、家庭が上手《うま》くいっていなくとも不思議ではないが、それが単純に殺人に結びつけられるものか。

しかし、医者なら知っていて当然のことではある。

「それで、お父さんを殺そうとしたって……君が？」

父親を疑い、憎んでいたのはどうにか理解できたが、その先の繋がりが判らない。いくら未成年の犯罪が頻発しているといっても、拳銃を使った犯罪は例がない。簡単に手に入れられるとは考え難《にく》かった。

「頼んだんです、人に。ネットに……殺したい相手のことを話すサイトがあって……そこにずっと書き込み続けてたんです。親父がなにをやったかも、素性も詳しく……」

「インターネット？」

道義的でないサイトもネットには潜《ひそ》んでいるのは周知の事実だが、穏やかでない内容だ。昔でいう丑《うし》の刻参りみたいなものだろうが、見ているのはいるのかいないのか判らない邪神ではない。恨みつらみを吐き出しているだけならいいが、一歩間違えば──

「毎日、掲示板に書き込みました。そしたら、一カ月前、サイトの管理人からメールが来て……事情が事情だから、特別に自分が叶《かな》えてあげるって言ってきたんです」

子供の手が、縋《すが》るように市居の膝《ひざ》を摑む。

白く細い、神経質そうな指。強い力だった。ズボンの上からでも爪《つめ》が食い込んでくるほどの力で、その指は激しく震えており、見開かれた子供の目から涙が零《こぼ》れた。

「顔は知りません。でもお金を振り込みました。親父を裁いてくれるならって思って」

「ちょ、ちょっと待って、君がお父さんを憎んでるのは判ったけど……君はその前に、お父さんにお母さんのことを一度でも訊いたのか？　言ってみなきゃ始まらないだろう？」

「判ってます。俺だって親父が撃たれて判った……怖くても訊かなきゃいけなかったのにできなくて……自分が勇気ないから逃げてただけだって。ど、どうかしてたんだ……本当に襲われるなんて思ってなかった、どうしよう」

痩せているが子供らしく滑らかな頰を涙が流れ落ちる。

背後にそれまでなかった視線を感じ、市居はドアのない戸口を見た。看護師に支えられて歩くパジャマ姿の八十島が、人形のように身を固くした姿で立ち尽くしていた。

「……史裕」

病室で会ったときとは比べものにならない色の悪い顔をして、男はところどころ聞き取れない掠れ声で言った。

「違うんだ、私はただ……怖かったんだ。怖くて、あいつをじっと見ていることができなかったんだ」

◇　◇　◇

もう、来ることはないと思っていた。

古びた雑居ビルの階段を上り詰めた先には、曇った磨《す》りガラスに『汐見探偵事務所』の文字の書かれたドア。二度と目にしないと思っていたドアを、市居はノックした。

ドアノブに手をかけてしばらく躊躇い、逡巡《しゅんじゅん》する。部屋の中から、男の落ち着いた声が返ってきた。

「どうぞ？　開いてますよ」

汐見とは思えない静かな大人の男の声。市居は導かれるようにドアを開いた。

事務所の奥の一つきりの机に向かい、煙草を燻《くゆ》らせる男が顔を上げる。パソコンのキーボードに目線を落としていた男は、市居の姿を確認しても驚くでもなかった。

まるで、市居がまたやってくると知っていたかのような表情だ。

いずれ自分がなにかをここへ調べにくると予想していたのだろうか。

戸口で身動きもできないままでいると、汐見は依頼人を招く手つきでソファを示した。

「まぁ、そんなとこに立ってないで入りませんか？」

それから、プッと噴き出す。

「なんてな、茶菓子もねぇけど座れば？」

汐見は吸い殻が山になった灰皿で煙草を揉み消し、立ち上がって窓際に向かった。窓に手をかけ全開にする。部屋を満たす午後の日差しに、キラキラと舞っていた埃《ほこり》とともに白い煙が渦を巻いて風に掃き出されていく。

煙草を嫌う自分への配慮なのだろう。たぶん偶然なんかではない。

「こんなヤニ臭い事務所に、警視庁のエリートさんがわざわざお越しか。なんだ、寂しくなって俺に会いにきたのか？　恋しくでもなったか？」

「そうだ。おまえに会いたくて来た」

悪ぶって言う男にそう応えてやると、汐見は面食らった顔になった。

見るからに動揺した男が可笑《おか》しい。部屋に足を踏み入れた市居は窓辺の汐見の元へ近づき、ふっと笑った。

「なわけないだろ。冗談だよ、おまえの真似《まね》をしてからかってみた」

「ひでぇな。俺がいつおまえをからかったってんだよ」

「いつもだろう？　一から十までフェイントかけて、弄《もてあそ》んでくるじゃないか」

汐見にはアレコレ騙《だま》され、してやられっぱなしだ。

自分だけでなく、そうやってすべての人間を、警察をもこの男は欺いているのだろうか。

市居は窓近くの低い書類棚に腰をもたせかけつつ、さりげなく机の上のデスクトップパソコンを盗み見た。

八十島の息子が重大な告白をしたのは二日前。あれから、問題のネットサイトは捜査の対象になっている。しかし、怪しげな内容のサイトはとっくに閉鎖していて、プロバイダーにも身元に繋がる情報を残していなかった。

巧妙に姿をくらました、サイトの管理人。金を受け取ったはずの人物になかなか辿り着けず、捜査は進展していない。

父親殺しを、ネットを通じて他人に依頼する。息子の行動も尋常でないが、母親をもし見殺しにしたのなら当然八十島にも罪はある。八十島は母親の事故について医者として過失があったことを認めたが、殺意については否定している。山中で崖下《がけした》に落ちた車の中、事故が通報されているのかすらも判らず、まったく到着する気配もない救急隊に焦りを覚え、苦しむ妻を見ていられなくなったのだと。

市居がふと思い出したのはギリシャ神話だ。黄泉《よみ》の国へ旅だった妻を生き返らせる方法として、与えられたたった一つの約束を守れなかった男の話。

振り返ってはいけない。地上に辿り着くまでの間、その約束を果たすだけで男は妻を蘇らせることができたのに、後ろを歩く妻の様子が心配でならず、あと少しのところで振り返り見てしまう。救いたい思いが強いがゆえに、救い損ねた皮肉な話だ。

現場での八十島の葛藤《かっとう》は同じだったのかもしれない。

けれど、それは結局のところ当人以外の誰にも判らない。人の心には誰にも覗けない闇がある。

もしも犯罪であったなら、裁けない未必の故意。

市居はその話をした男を知っていた。

『誰が罰するんだ』

そう自分に問いかけたのは、汐見だった。最愛であったはずの女性を、裏に潜む裁くことのできない犯人によって失った汐見は、八十島を類似の秘した事件の犯人であると考え、自らの手で断罪しようとしたのだろうか。

赤の他人が、自分の手を汚してまで子供の復讐に手を貸そうと——

「すっかり涼しくなったもんだな」

言葉少ない市居になにをしにきたのかと追及するでもなく、汐見は独り言のように言った。

十月も間もなく終わろうとしている。窓から吹き込む秋風に、汐見の黒髪が揺らいでいる。

その横顔を市居は複雑な思いで見やった。

事件に射《さ》した新たな光を見出《みいだ》したのは自分にもかかわらず、気は滅入《めい》る。

皮肉な話に感じられた。

刑事になって初めて自ら積極的に捜査に回り、そして捕まえるのがこの男なのか。

なにが自分を尻込みさせるのだろう。

捕まえればいい。この手で手錠をかければいい。スーツの上着ポケットに携帯している手錠の膨らみに、覚悟を決めるように手のひらで触れてみる。目では汐見の指の長い手を追った。

この手に俺が手錠をかけるのか？

一瞬、できないような気がした。

「……なぁ、嫁さんってどんな人だったんだ？」

汐見の左手の薬指に嵌まった指輪を見て、ぼそりと尋ねる。

亡くなった、それも酷《ひど》い殺され方をした妻の話だ。汐見は嫌がるかと思ったが、表情も変えずさらりと応えた。

「どんなって……まぁいい女だったぜ？　美人だったし。軽くおまえの百倍ぐらいはな」

「俺の百倍だったら神の域だな」

「よくそこまで自分に自信持てるな。自惚《うぬぼ》れてんなぁ、おまえ」

呆れたように汐見は笑う。

話の内容はともかく、珍しく和《なご》んだ雰囲気だった。市居は今なら汐見が本音を話すような気がして、そろりと尋ねてみた。

「死んでからも外せないほど好きだったのか？」

「さぁ、よく判んねぇな」

「……嘘つけ。忘れられないから今も身につけてるんだろ？」

汐見は苦笑した。曖昧に肩を竦《すく》めてみせ、窓枠に手をかけると、身を乗り出して遠くを見つめながら言った。

「本当に自分でも判んねぇんだよ。ケンカしてた記憶しかないからな。気が強い女でさ、つまんねぇことでケンカ吹っかけてくんだよ。食ったパンの袋片づけてないぐらいで暴れるんだ、一緒に暮らすほうは堪らない。顔はともかく……おまえに似てたかもな」

「え……？」

「殴っただろ、俺を。遠慮なしに」

汐見は手で左頬を押さえてみせる。

「それはおまえが車ん中でいきなりキスなんかするからだろうが。パンの袋と一緒にするな。だいたいおまえはな、それ以前に俺にとんでもないことしでかしてんだぞ。バーでのこと、忘れたとは言わせないからな」

「ああ……アレな、上手いこと逃げ遂《おお》せるだろうとは思ってたけど……後悔してる。なんでおまえをほかの奴にやらせようとしちまったんだろうってな。俺としたことが、大後悔。まぁ、おまえに憎まれるのも当然だよなぁ」

物憂い顔で窓の外を見つめながら、汐見は溜め息混じりに言った。

「嫌な思いさせたな、悪かったよ」

こちらに向き直って告げられた詫《わ》びの言葉に、市居は素早く身構える。この男のことだ、『なんてな』とか『あ、俺が本気で謝ると思った？　ひっかかってやがんの〜』とか、中高生もびっくりの子供っぽいふざけがどうせ続くに決まっている。

そう思ってじっと待ってはみたが、いつまでたっても汐見はそれ以上なにも言おうとしない。

「……おい、オチがついてないぞ？」

「オチ？」

焦れて突っ込むと、なにを言っているのか判らないという顔をされてしまった。

今——本気で謝っていたのか？

つくづく読めない男だ。市居は狼狽《ろうばい》しつつも問う。

「ほ、ほかの奴にってなんだよ？」

「ああ、どうせなら俺がやりたかったのに〜、って意味さ。あーあ、もったいないことしたよなぁ」

気を取り直したのか、今度はぬけぬけと言ってクッと笑った。毒気を抜かれて、ポカンと口が半開きになってしまった。屈託がないにもほどがある。

それに、それが本音だってんなら、あのセリフはなんだったんだと思った。

自分を悩ませ続けた言葉。

「今更なにを……絶対しないって言ったのはおまえじゃないか」

「言ったな、たしかに。やらねぇよ、おまえとは」

あのときと同じ言葉を繰り返しながらちぐはぐな行動に出る汐見に、市居は眉を吊《つ》り上げる。

「……だったら、この手はなんだ？」

市居の前に迫り寄った男は、なに気なく腰に手を回してきたのだ。

「なんとなくさ」

「なんとなくでおまえは男の腰に手が回んのか？」

「まぁいいじゃん、お互い大人だし寛容にならないか？　揚げ足取りは醜いだけだろ。男心と秋の空は移ろいやすいもんだって、昔から決まってるんだよ」

「それを言うなら女心だろ！」

「あ、また揚げ足取りやがった。失点1だな」

なんの失点だ、一体。日本語を間違えているのはおまえじゃないか。

「それよりさ、おまえはどうなんだ？　なんでまた殴るなり、逃げるなりしないわけ？　絶対しないって言われて少しはがっかりしてたとか？」

緩く腰に回っていた汐見の手が、確かな意図を持って自分を抱く。

「なぁ、本当は……俺としたい？」

耳元に吹き込むような囁《ささや》きだった。わざとつくっているのか、やけにエロくさい声だ。

「したいわけないだろ、アホか」

市居はにべもなく拒絶する。

そのくせ、避《よ》けなかった。汐見の手を振り解くでも、突っぱねるでもない。

何故だか、動けなかった。

「誰がおまえ相手に股《また》なんぞ開きたがるか。俺はな、女の上にしか乗らないんだよ。だいたい、よくそんなずうずうしい口がきけるな。おまえみたいな男相手にこの俺が……」

辛辣《しんらつ》に罵《ののし》りながらも、市居は迫りくる汐見の顔から、眼差しから逃げられなかった。覗き込んでくる男の眸《ひとみ》に魅入《みい》ってしまう。汐見の視線には不思議な力でもあるみたいだ。

それは、自分にだけ効力を発する力なのか——

「判ったよ。おまえの気持ちはよく判った」

どう理解したのか。汐見の空《あ》いた手が、傍らの窓の端に下がった紐に伸びる。ガシャリと響いた大きな音にも、市居は身動き一つせず男の顔を見つめていた。

閉じられたブラインドに、部屋は眩《まぶ》しい光を失う。薄暗くなった部屋の中で、一寸先に迫った汐見の眸がスッと目蓋《まぶた》を落とし、市居にできたのは、まるで合わせるように目を閉じることだけだった。

唇が触れ合う。

それをもう嫌だとは思わない自分も、とくんと嬉しげに弾《はず》んだ鼓動も狂っているとしか思えなかった。

上唇を吸い上げられ、抉《こ》じ開けてきた舌先に歯列をなぞられる。シャッターでも上がるのを待つみたいに、歯先を何度か突っついてねだられ、市居は閉じた歯を綻《ほころ》ばせて汐見の舌を口腔《こうこう》に招き入れた。

酔っ払っていたとか、不意を衝《つ》かれたなんて言い訳では理由づけられない口づけ。

湿った器官を擦《こす》り合わせれば、体の芯《しん》が震えるような官能を覚える。悪い毒はあてられるほどに次が欲しくなり、次第に夢中になって舌を絡め合わせた。

どちらのものともつかない唾液《だえき》が互いの唇を濡らし、口腔に溢《あふ》れる。市居は無意識に飲みくだして喉を鳴らした。いつの間にか押し合わさった腰が熱い。中心は脈打って疼《うず》いており、汐見の手が触れた瞬間、肩先が震えた。

「……や、やめろ、バカ……」

「なんで？　嫌がってないだろ、おまえ」

「……今嫌がってる」

「口だけはな。キスだけで……またココが感じたか？」

意地の悪いクソ男の言葉にも、布越しに包まれた部分は正直にひくひくと跳ねる。女好きで生きてきたつもりが、自分の中にこんな恐ろしい一面が潜んでいたとは思いもしなかった。

言葉に嬲《なぶ》られることすら、快感にすり替わる。体を重ねるのに必要なはずの言葉はない。愛してるも、好きも——そこに自分を敬う言葉はないにもかかわらず、市居は嫌悪してはいなかった。

体が意思に逆らい、汐見を欲しがる。やめてほしくない。汐見の手でこのまま感じたい。自分は心の奥底でそうされたがっているのだと気づき、頭の中がぐらぐらになった。それ以上に、胸は激しく鼓動を打った。

どんな女を抱いても感じることのなかった緊張と興奮を、汐見によってもたらされている。

「……あっ」

スラックスの前を寛《くつろ》げ、掻《か》い潜《くぐ》って触れてきた指先に息が弾んだ。

「遊んでるくせに、感じやすいんだな」

「う、るさい……や、やめろってっ……」

市居の口先だけの拒絶を無視し、汐見はすでに上向き始めていたものを引き摺り出す。

狭い場所から解放され、指を絡みつけられた性器は嬉しげに上下に揺れて反応を見せた。制御できない快感。羞恥《しゅうち》に思わず目の前の男のシャツを握り締める。汐見はゆるやかな動きで昂《たかぶ》るものを撫でながら、くすりと笑んだ。

「感度がいいって誉《ほ》めてんのに、うるさいはないだろう？」

「どこが、誉め…てんだっ…ぁっ…や……」

きゅっと一際強く摑まれ、市居は必死で押し殺していたあえかな声を響かせる。

腹立たしい。これほど簡単に感じ入る自分も、汐見の言葉も。シャツに縋《しが》りついた指を放したかったが、できなかった。汐見の手がしなやかに反り返った性器を扱くのに合わせ、腰や膝から力が抜けていく。

しがみついてでもいなければ、その場に崩れ落ちてしまいそうだった。

「……う……く、そっ……あっ、あっ、やめ……チク…ショっ……」

快楽に浮かされながらも、市居は快感など得ていないと言いたげに雑言を混じらせ、必死で面目を保つ。

「……おまえ、気持ちいいのかムカツクのかどっちかにしろよ。観念しろって」

ゆるゆると蠢《うごめ》いていた手のひらが、緩急をつけて激しく責め立てる。裏筋をきつく指の腹で摩《さす》り上げ、先走りを浮かせた先端をくるくるとなぞり。やがて濡れた音が熱を孕《はら》んだ部分から艶《なま》めかしく響き始め、市居の声は意味をなさなくなった。

ろ過したように毒は取り除かれ、甘さだけが零れ落ちていく。

「くっ…あぁっ……んっ、ん…っ……」

「……エロい声、溺《おぼ》れちまいそう。なぁ、もうイキそうか？」

いやらしいのはどっちだ。恥知らずの破廉恥《はれんち》野郎め。

市居は汐見の白いシャツの肩に預けた頭を振った。

「嘘つけ、出ちまいそうなくせに」

耳朶《じだ》を舌でぞろりと舐《な》め上げられる。

「あっ、そこ……」

「なぁ、イク声……聞かせてくれるか？」

「や、そんな…っ…や、もう…っ……」

「……もう出そうか？　ああ、可愛《かわい》いな、先っぽの穴がヒクヒクしてきた」

淫《みだ》らに熱を帯びた囁きを、汐見は次々と市居の耳に吹き込んだ。

腰がぶるりと震える。そんなつもりはないのに女を抱いたときのように揺れてしまい、下腹の辺りがよく知る射精感に疼き出す。

「はぁ、あっ……あぁっ……もう、出る……」

陥落すると思った。汐見の手に嬲られ、弄ばれるままに自分は達してしまうのだ。

悔しい気持ちと射精への悦《よろこ》びが同時に頭を占領し、脳裏は真っ白になる。擦れる手のひらの動きに合わせて腰が何度も跳ねる。ビクビクと痙攣《けいれん》するように身が震え、ほんの僅かな刺激でも達してしまうと思ったときだった。

突然、汐見が身を引いた。

昂るものを握る指を解き、急に市居から離れる。

「……え？　し、しお…み？」

なにが起こったのか判らず、揺れる眸を汐見の顔に向けるしかできない。

汐見は情欲を滲《にじ》ませた眼差しで自分の顔を眺めていた。僅かに寄せられた眉根《まゆね》以外は、どこも冷めたようには見えず、熱の籠《こも》った吐息さえつく。

「な、なぁ……どうしたんだ？」

行き場のない疼きを持て余し、市居は潤んだ目で縋った。その場の勢いに流されていると自覚しながらも、こうなってはもう後へは引けない。続きをせがむという恥知らずな行為を、握りしめたシャツを揺するという方法で示したのに、汐見の反応は有り得ないものだった。

「……やっぱ……やめた」

耳を疑う言葉を、汐見はどこか困ったように口にした。

「絶対しないって決めてたからな」

「な……なに、言って……」

なにを今更だ。自らしかけておきながら、そんな勝手な決め事をこの期《ご》に及んで持ち出されても困る。そもそもなんの狙いあってか、汐見が一人で決めた誓いだ。

「あー、そうだな……して、って言うなら考えなくもないけど？」

ふざけた提案に、市居が返したのは当然の否定だった。

「いっ…言うか、バカ野郎！」


なんだってんだ、あいつは。

なにやってんだ、自分は。

すんでのところで放《ほう》り出され、熱を冷ますしかない状態の体を持て余しつつ、市居はどっぷりと落ち込んでいた。

汐見が出ていった事務所のドアを、恨みがましく睨み据える。一人になりたいと言ったら、勝手に納得して出て行きやがった。

『そうかそうか、俺が見てたんじゃ続きの一人エッチはできないもんな。ついでに茶でも買ってきてやるよ』

なんて、すっかり元の調子を取り戻した余計な言葉つきでだ。

あのクソ野郎が！

なんのつもりで手を出しやがったんだ。嫌がらせか、場当たり的に迫ってみただけか。すっかりその気になり、プライドも放棄して続きまで求めた自分ごと呪《のろ》い殺してしまいたい。

身を引いた瞬間、汐見自身も弱り果てた目をして見えたのは気のせいだったのか。

「……クソっ」

ドアから目を背ける。なんとか身なりだけは体裁を繕ったものの、スラックスの前をまだ突っ張らせているものを持て余しながらも、市居はよろよろと机に向かった。

無様に腰が引ける。這《は》っているのと変わらない覚束《おぼつか》ない足取りだ。

――なにをやってるんだか。

こんな目に遭いに……自分は汐見と淫行《いんこう》に耽《ふけ》りに来たのではない。

上手く理由をつけて一人になることができ、タダで転ばずにすんだのは不幸中の幸いか。汐見を部屋から追い払った市居は机のパソコンに向かった。問題のサイトの痕跡が残っていないか調べるためだった。

「少しは片づけろよな」

キーボードの上に散った煙草の灰を息で吹き払う。机の上は積み上げられたバインダーや、得体の知れない書類で溢れ返り、ビールの空き缶までもが占拠して生活臭すら漂っている。

パソコンは電源が入ったままだったが、なにも開かれてはいなかった。てっきり美女のグラビアヌード写真でも壁紙に使用してるのかと思えば、素っ気ない単色無地の壁紙だ。

狭さに扱いづらいマウスを動かし、市居は検索ソフトを立ち上げた。ネットの経歴を辿り、ファイルも思いつく限りの名前で検索してみたが、それらしいものはかからなかった。

どこかホッとした気分で胸を撫で下ろす。

閉じられたままの窓のブラインドが突風にガシャリと音を立て、びくりと身を竦めた。

心臓に悪い。耳を澄ましても、ドアの向こうに階段を上ってくる足音はまだ聞こえない。

けれど、そろそろ戻ってくる頃だ。市居は早くウインドウを閉じようと、マウスを荒く動かした。

微妙なバランスを保って積み上げられていたバインダーの角に、手首が触れる。慌てて手を差し伸べるが、遅かった。傾いだそれは雪崩《なだれ》を起こし、激しい音を立てて床に散らばった。

「やば、やっちまったっ……」

市居は急いで床に飛びつき、掻き集めようとして手を止めた。

A4サイズのバインダーは落ちた拍子に開いていた。

綴《と》じられたファイルの中身が目に映る。

市居は首を捻《ひね》った。

白紙だ。手を伸ばして次のページを捲《めく》っても、さらに捲っても捲っても、ページは真っ白でなにも記載されていない。市居はその意味するところが判らず、次々と机のバインダーを確かめた。どれも同じだ。束で白紙が綴じられているだけである。

なんともいえない戦慄《せんりつ》が市居の胸に過《よ》ぎる。

背後の書類棚に飛びつき、片っ端からファイルを開いた。『調査報告書』と背表紙にタイトルの打たれたファイルが並んでいる。二〇〇五年、二〇〇四年、二〇〇三年――遡《さかのぼ》っても遡っても、それらにはなにも記載されていない。

落としたバインダーを慎重に積み上げて戻した市居は、立ち尽くした。静寂に包まれた事務所内を見回し、ただただ混乱した。冷や汗が背中に滲み、指先が細かに震える。

判らない。理由は判らないが、状況はこの事務所が虚構であると知らしめていた。

汐見には探偵としての経歴も、過去も一切ないのだ。

市居はふと気づき、机の引き出しをそろりと開けた。一段目には筆記用具が収められていたが、二段目は空だった。雑然とした机の上に対し、不自然な空間がそこにはあった。まるで、わざと机の上に物を用意しているかのようだった。

三段目にかける手は激しく震えた。開いた数センチの隙間から、黒いものが覗く。

「……っ！」

市居は息を飲んだ。

それは、拳銃のグリップだった。

引き出しの取っ手を摑む市居の指は、確認することを躊躇った。

開け、と頭は何度も命じる。胸のどこかが、それをさせまいとする。葛藤と緊張に心臓の鼓動は張り裂けそうに鳴った。頭の芯が焼けつきそうだ。

市居は、理性に従った。

引き出しをじわりと開く。

「……マカロフ」

絶望的な気分で呟いた。

犯行に使われたのと同型のオートマティック拳銃だった。

バレルが改造されていたなら、もう疑いようもない。銃身の長さを確かめようと、さらに引き出しを開きかけ、市居はバッと顔を起こした。

階段を上ってくる男の足音が、すぐそこまで迫っていた。


「市居さん！　もう、どこに行ってたんですか！」

事務所を出ると、日はだいぶ西に傾いていた。

汐見の事務所から徒歩で十分程度の距離にある、現場のレンタルビデオ店まで、市居はのろのろと歩道を歩いて戻った。店の前に丸谷と乗ってきた車を停《と》めていたからだ。

市居の姿を見つけるや否や、運転席に人待ち顔で座っていた丸谷は開いた窓から顔を出す。

丸谷は市居が事務所を訪ねる間に、再度周辺の聞き込みに出ていた。ターゲットが八十島であったという急展開で捜査方針が変わり、洗い直しが必要になったからだ。

どうやらとっくに車に戻っていたらしい。

「携帯、電話したんですよ？」

「ああ、電源切ってた」

「切って……ってどこに行ってたんですか！　こんなときに、まさかまたサボってたんじゃないですよね!?」

上司である自分に最早言葉を選ぼうともせず糾弾《きゅうだん》してくる。

二つの事件は無関係と断定され、このレンタルビデオ店での八十島の事件は難事件としてついに所轄に捜査本部が設置された。警視庁からは、事件に深く関わっているとして市居の係が派遣されている。

なんとしてでも犯人を挙げなければならない状況だ。

「市居さん、この事件の本部を立てたのはあなたも同然なんですよ？　八十島さんの息子さんから話を聞き出して、事件の概要摑んだのは係長のあなたなんです」

「ああ……」

「正直、僕は市居さんは刑事なんて形ばかりで、本当は仕事に興味ないんだと思ってました。いくらエリートにしたって、なんでこの職選んだんだろうって不思議に思うくらいで……でも今回の件で、本当は違うんだ、あなたもやる気なんだって僕は見直したところなんです。だったらついて行こうって、それなのにまた……」

人のいいところのある丸谷は、結構単純な男だ。どうやら仕事ぶりを認めようとしていた矢先らしいが、市居のほうは今は上《うわ》の空だった。

「ああ、そうだな」

まるで気のない返事を繰り返す。

頭は汐見の事務所で机の中に見たあの銃のことでいっぱいになっていた。

汐見が戻ってきたせいで、改造拳銃かどうかは確かめられなかったが、限りなく黒に近づいたのは確かだ。銃器の不法所持だけでも充分に検挙できる。

けれど、市居は戻ってきた男になにも言えずじまいだった。

――本当に汐見があの中で発砲し、八十島を撃ったのだろうか。

車道の助手席側に回り、丸谷の待つ車のドアに手をかけた市居は、目の前のレンタルビデオ店を見る。

どうしても信じられなかった。隠し持った銃器、事務所の不自然な偽装。どれを取っても怪しい。それでも、まだどこか汐見を疑いきれないでいる。汐見が犯人だというなら、どうやって拳銃を現場に持ち込んだのだ。

あのとき、レジの前で汐見の体を探った。汐見は手ぶらで、免許証の入った財布以外、なにも所持していなかった。

そうだ、なにも――

「市居さん、早くしてください。帰りますよ？」

「ああ……」

車のドアを開きかけ、市居は再び手を止めた。

綺麗に張り替えられた店の真新しいガラスの向こうに、レジに立つ客の姿が見える。なにかを借り出そうとしている客の姿が、目に飛び込んでくる。

「あ……」

市居はハッとなった。

あるじゃないか。財布以外にも、あの夜、汐見が公然と手にしていたものが。

「市居さん？　どこ行くんですかっ！」

車のドアを叩きつけるように閉じると、市居は店に向かった。自動ドアが開く間ももどかしく飛び込み、レジに駆け寄る。

「ちょっとすみません！」

レジを終えて借りた商品の袋を受け取っている客を押し退《の》け、カウンター内の店員に声をかける。店員は偶然、事件の夜に店に一人残っていたあの若い男だった。

「会員の情報を出すんだ、今すぐ！　汐見だ、汐見征二！」

「け、刑事さん？　な、なんなんですか、営業の邪魔はやめて……」

「いいから早く出してくれ。汐見征二だ、あの夜ビデオを借りた奴がいただろう！　貸し出しの情報ぐらいいちゃんと残ってるんだよな？」

「そ、そりゃ残ってますけど……」

市居の剣幕に押される店員は、渋々検索を始めた。待ちきれず、身を乗り出してレジ画面を覗き込むと、氏名の入力で過去の貸し出し履歴を探っている。

「なにを借りてる？　ビデオを二本借りてるはずなんだ、たしか女教師なんとかシリーズとかいうやつ」

「ああ、確かに二本……麗華《れいか》シリーズですね」

「どこに置いてある、それは」

「奥のアダルトコーナーですよ。あそこの棚の……わっ、ちょっとなにす……！」

じれったい。市居は店員の服の袖《そで》を引っ掴むと、店の最奥のアダルトビデオコーナーに急き立てた。

「どれだ？　教えてくれ」

「こ、これですよ。この二本」

店員が示したのは、ほとんどがDVDの薄いケースに占められている棚の中で、ビデオテープとそのケースが並んだ棚だった。中段に縦置きされている二本だ。女教師麗華シリーズ。あの夜、汐見から受け取った際パッケージケースはついていなかったが、確かにこれだ。

「市居さん、なにをやってるんですか？」

車を降りて追いかけてきた丸谷が、中に入ってきた。

「ちょっと、この人迷惑なんですよ。急に店に入ってきて調べろとかなんとか！　やっと店の営業も落ちついてきたところだってのに」

「すみません、すみません、捜査だと思うんですけど」

わざわざ尻拭《しりぬぐ》いにやってきたようなものだ。丸谷は店員に責められ平謝りをする。

市居はそんな二人の様子にさえ意識が向かず、ビデオケースに手を伸ばした。

そろりと棚から厚みのあるケースを抜き取る。

間違いない。市居は確信した。

棚に空いた八センチばかりの空間。ぽっかりと空いた穴の向こうに見えるのは、棚の裏の店内だった。八十島が立ち、撃たれた位置だ。汐見は外から撃たれたとみせかけるために壁を打ち、同時に一方の手の銃で、ここから八十島を撃ち抜いたのだ。

そして——汐見はこのケースの中身のビデオテープを抜き取った。

あのときビデオテープを強引に借り出したのは、借りたかったからじゃない。借りなければならなくなったのだ。無理矢理にでも。

汐見にとって、不測の事態が起こった。刑事二人が現場に居合わせたのは、予想外の出来事だっただろう。さり気なく凶器を手にしたまま店を出るつもりだったのかもしれないが、それはままならなくなった。

だから隠すことにしたのだ、このケースの中に。

いつレンタルされたビデオが戻ってくるか判らないほかの空きケースより、自分でビデオを借り出し、空きを作ってしまうのが確実だ。後で店に立ち寄り、隠した拳銃を持ち出せばいい。借りたいテープをケースから抜いて直接借り出す対応のこの店なら、店員が空きケースに触れることはまずない。

そのために、汐見は執拗《しつよう》に自分に頼み込み、レジを打たせたのだ――

「このビデオ、人気なのか？」

すでに返却されているケースの中のテープを抜き出してみながら、市居は少し力の抜けた声で言った。汐見は人気作だと話していた。

「え？　ああ、前は人気がありましたけど、もう最近じゃあんまり回転してませんね。見てのとおり、今はＤＶＤが主流になってきてますからねぇ。時々昔のものを見たいって人もいるんで置いてるんすけど、正直なんでわざわざ画質も悪い旧作をって思っちゃいますよ」

「……そうか」

市居は短く応え、ケースを棚に戻す。

気抜けしたようになる。店員に軽く礼を告げると、入ってきたときとは打って変わり、放心した足取りで店を後にした。

「市居さん？　ど、どこ行くんですか。待ってくださいよ！」

車に戻るでもなく、腕を摑んで引き止めようとする丸谷を無視して車道に躍り出る。クラクションを激しく鳴らされながらも、反対側の通りに渡りついた市居は、周辺に建ち並ぶビルの壁を撫でて回り始めた。

藁《わら》にも縋る思いだった。

「ちょっと、なにやってんですか？　なにを探して……」

顔を押しつけるようにして、なにかを懸命に探す市居の肩を追ってきた丸谷は揺すった。

次のビルへと移りかけ、市居は足を止める。深いビルの谷間に空いた、五十センチ足らずの狭間《はざま》を見据えた。

日が傾き、橙色《だいだいいろ》に染まった西の空が遥《はる》か向こうに細い筋となって見えるその谷間へ、市居は躊躇うことなく足を進めた。

「なっ、なんでそんなとこに入るんですかっ！　い、市居さん、どうしちゃったんですか⁉　服汚れますって！　ほらスーツ、新しく買い直したばかりのやつだって今朝自慢してたじゃないですか！　いいんですか、僕のみたいな吊しの安物じゃないんでしょ！」

いつもは服への拘《こだわ》りなど女々《めめ》しいと軽蔑しているくせして、おかしな行動を止めようと必死だ。

「当然だ、オーダーかセミオーダーしか俺は着ない」

市居は返しながらも、構わず新品のスーツの背をビルの壁に擦りつけ、中に突き進んでいく。

気でもふれたとしか思えない行動だった。普段から汚れ仕事を嫌い、事件の夜には血で汚れたと不快を顕《あら》わにしていた市居は、自ら薄汚い淀んだ場所に身を投じた。服など構っていられなかった。誰が投げ込んだのか、ゴミが散乱している。日の当たらないビルの谷間の地面はぬかるんでおり、磨き抜いた革靴までもが汚れていく。

息苦しさは、圧迫された空間のせいか、探しているものへの恐れのためか判らなかった。遠く遥か向こうに感じていた出口が近づいてくる。市居はそこに、目にしたくはなかったものを見つけた。

ビルの壁に横長く伸びた、一筋の傷。なにかが猛スピードで走り抜けた痕が、刻まれた筋となって出口まで続いていた。

市居は首を捩《ねじ》り、振り返る。迫ってくる丸谷の向こうに、車道を挟んでレンタルビデオ店が切れ端のように見え、ちょうど八十島の撃たれた位置が覗いた。

汐見はこの場所を狙って撃ったのだろうか。

店内から被害者の背後にこの隙間が一致する、ほんの一瞬のタイミングを狙いすます。弾丸を残さぬために、あの店から短銃で。だとしたら生半可な腕ではない。

何故急所を外した。それほどの技量があるなら、八十島を確実に葬り去れたはずだ。良心が咎《とが》めたか、それとも……殺すことが目的ではなかったのか——

市居は緩く首を振り、苦笑った。

どっちにしても同じだ。汐見が撃ったことには違いない。

「……大したもんだ。凄腕《すごうで》だな」

傷痕を指先で辿りながら、市居は表に出た。

ビルの裏手に抜けきると、そこは川沿いの歩道だった。人気《ひとけ》のない剝《む》き出しのコンクリート地の狭い歩道の向こうには、整備されていない河原の草むらが広がっていた。

夕陽《ゆうひ》に照らされ、きらめく景色。ぼんやり立ち尽くす市居も、なにもかもがオレンジ色に染まる。どこか叫び出したくなるような深い夕焼けの空を前に、市居は笑った。

なにが可笑しいのかも判らず、ただ微かな乾いた声を立てて笑った。

それから、ズルズルと地べたに沈んでいった。ざらつくビルの壁に、スーツの背中も髪も擦りつけながら、落ちていく。

夕陽が眩しかった。強い光のためか、目の奥が焼けそうに熱い。

「そうかよ……そういうことか」

市居はぽつりと呟いた。

全部、嘘だったのだ。

あの事件の夜、出会ったときにレジの前で自分をからかい言った言葉も。

あのときふざけて笑っていた笑顔も。

すべては自分を……警察を欺くための嘘だったのか。

「市居さん……なにかあったんですか？　あの、大丈夫ですか？」

ようやく追いついてきた丸谷が、隙間から顔を覗かせる。市居がなにかにショックを受けてしまったのは判るらしく、静かに宥《なだ》めるような声で言った。

「なんでもないさ」

言えない。自分には、あの男が犯人だと口にできない。

判っていた。ロクな男じゃないと、端《はな》から気づいていた。それでも、自分が本当に捜していたのは、汐見を捕らえるための証拠じゃない。汐見に容疑をかけないための裏づけだったのだ。

これは恋なのか。

自分は瞬《また》く間に惹かれたのだ、深入りしてはならない悪い男に。

——見逃すのか、自分は汐見を？

犯罪者を百人野放しにするより、九十九人まででも捕まえたほうがいい。

あの日汐見に告げた言葉は、嘘ではない。

どうしたらいいのか、どうすべきなのか、市居は答えが出ないまま考え続けた。

4

「いい日和《ひより》だなぁ、風もねぇし。風速五メートルってとこか」

ビルの屋上は凪《な》いでいた。

空は高く、底が抜けるほどの青空だ。太陽は夏のように強くはないが白く眩しい。午後の秋晴れの空を仰ぎ、心地よさげに一息深呼吸をすると、男は手にしたケースを開いた。

「仕上がりもいいな。惚れ惚れするね」

ナイロン地の黒いソフトケースから、小口径の長物を抜き出すと、サブポケットから取り出したスコープを手慣れた仕草で装着した。

「今日は誰を殺すつもりなんだ？　また金を受け取ったのか？」

男は声に振り返る。

市居は日陰となった雑居ビルの屋上の出入り口に、背中を凭せるようにして立っていた。

その男がライフルを取り出す一部始終を見ていた。

「殺す？　金？　なんの話してんだ、おまえ」

汐見は顔色一つ変えなかった。相変わらずの人を食ったような笑みを、その唇に浮かべたままこちらを見る。

「事務所にいないし、屋上のドアが開いてたから……来てみればこれか。その銃はなんだ、言い逃れはできないな」

「ああ、これな。パットゴルフの練習でもしようかと思ってな。今日は風もないしいいぞ？芝目も最高！」

屋上の一部に張られ、日差しにすっかり色も褪《あ》せた人工芝。汐見はその端に立つと、ライフルの長い銃身の先を握る。駅のホームでゴルフパット代わりに傘を振るオヤジみたいな仕草で、おどけてみせた。

「悪いが、今日はおまえの冗談に付き合う気分じゃないんだ」

市居はにこりともせず、低い声で言った。

「汐見、判ってるんだろ？　俺が今日ここに来た理由は」

「さぁ、なんだろうな。昨日の続きでもしたくなったか？」

歩み寄ってくる汐見を前に、凭れていた体を起こす。

一晩眠らずに考えた。市居は自分の中で導き出した結論を口にした。

「おまえに、自首を勧めにきた」

考え抜いた末の言葉は、まるで芝居のセリフのように滑らかに口から零れる。

汐見は数メートル先で立ち止まり、真《ま》っ直《す》ぐにこちらを見返してきた。左の手のひらを空に翳《かざ》し、お手上げと言わんばかりの素振りを見せる。

「ますます判らなくなったね。なんの話だ？」

「しらは切るな。もう全部判ってしまったんだよ。おまえが八十島を撃った理由も、方法も。俺はおまえが犯人だと確信してる」

確信するに至った理由を、市居は話し始めた。

八十島の息子の証言、店での行動、そして八十島を打ち抜いた銃弾の行方——

汐見は表情を変えもせず聞いていた。

「ビルの壁に残ってたよ。弾痕と断定できるほどのものじゃないけどな、あの河原に残ってるんだろ？　弾丸は」

「推測だらけだな。状況証拠にすらなっていない。なんの傷かも言いきれないほどのもんで、おまえは俺を犯人呼ばわりか」

「それだけじゃないだろ！　最初からおまえは、なにかあったら凶器を隠す気でいたのか？　だから銃も改造したんだろ？　見たんだよ、俺は。おまえの机の引き出しに入ってる銃をな！　あの事務所はなんだ？　虚飾だらけじゃないか！　全部、なにもかも！」

さして追い詰められた感もない汐見は、吐きつける市居の言葉に大仰《おおぎょう》に肩を竦めた。

「俺のいない間に家捜しか。やらしいことするなぁ、おまえ。あれだな、女の浮気が気になって携帯からスケジュール帳までチェックするタイプだろ？」

あくまで心を見せない男の態度に苛々する。認めようとしないからじゃない。

「おまえは探偵なんかじゃない。本当の職業はなんだ？　なんで金を得て生活している？　なにやって報酬得てんだ、俺に言えよ‼」

興奮のためか息が苦しい。肺が潰れそうに軋《きし》む。言葉を叩きつける度《たび》に、汐見がはぐらかす度に、胸が苦しくなっていく。

市居は、渇いた喉から悲痛な声を絞り出して言った。

「……騙すなよ。もう俺に……嘘をつくな」

じっと見つめてくる汐見の目が、ゆっくりと瞬《まばた》いた。

「なんで俺はおまえに嘘をついちゃいけないんだ？」

眼差しから冷たい光が消え、その整った顔がうっすらと柔らかく笑んだ気がした。

けれど、一瞬後には元通りの読めない薄笑いに戻る。

「……まぁいいさ。大した推理だな。見直させてもらったよ、ピイポくんは返上だな」

人を揶揄《やゆ》るための浮ついた口調。汐見は緊張にピリピリしている市居とは対照的に、涼しい顔で言い放つ。

「それで？　令状は取ってきてるのか？　ああ、それともまずは銃の不法所持で逮捕か？　好きだよなぁ、警察は別件逮捕ってやつがさ」

「俺は……おまえを逮捕しに来たんじゃない。おまえをただの犯罪者だとは思っていない。だから……」

まるで追い込まれているのは自分だ。市居は苦しくてたまらなかった。

「……自首してくれ、おまえはおまえなりに調べて八十島を黒だと思ったのかもしれない。けど、もしあの男が犯罪者だとしても、おまえに裁く権利なんかないんだ。誰も個人で人を罰したりできない、それぐらい判ってんだろ？　元刑事なら……おまえだって志《こころざし》があって刑事になったんだろ？」

美坂《みさか》に見せられた写真を思い出す。

真面目《まじめ》が服を着て歩いているような男だった。あの男の中に、独断的に人を殺《あや》めようとし、良心の呵責《かしゃく》も感じない残忍さが潜んでいるとは考えたくなかった。

「志なぁ。俺が刑事になろうと思ったのは、幸雄《ゆきお》のせいだけどな」

手にしたライフルをゆらりと揺らし、汐見は応えた。初めて耳にする名前だった。

「ユキオ……？」

「アニキだよ」

「兄貴も……犯罪に巻き込まれて死んだってのか？」

「違う。あいつは悪人さ、犯罪者のほう。広い意味ではな」

いつだったかな、と汐見は呟く。

「ああ小学校……五年生んときだったな。俺がおやつに食おうと思って大事にとっといたケーキを盗み食いしやがったんだ。あんときゃ恨んだなぁ、刑事になって逮捕するって息巻いたもんだ」

気の抜ける話だ。置かれた状況が判っているのか、ここでするのが馬鹿げた思い出話か。

汐見らしいといえば、汐見らしい。張り詰めた気が一瞬緩んだ。

「おまえのバカ話を聞く気分じゃないって言ってるだろ？」

市居は歯嚙《はが》みし、苛々と髪を掻き回す。

汐見は右手の先でライフルをふらふらと揺らしながら、だらりとした口調のまま言った。

「まぁ、それもそうだな。要点は判ったさ。おまえの口ぶりだと……今のところすべては、どういうわけか胸に秘めてくださってるわけだ？」

凪いでいた空気が動いた。

風を遮る場のないビルの屋上を、横殴りの突風が吹き抜ける。

「だったら話は簡単じゃねぇ？　おまえのさ、その胸から出てこないようにすりゃいいだけのことだろ」

その言葉の意味を理解する間もなかった。風にさらわれるように、汐見の手のものは動いた。揺らし続けていた反動を利用して一気に起こし、汐見はまるで手足のようにそれを操った。

速い。安全装置を外す微かな音が、耳に届いたと思ったときには、銃口の先は真っ直ぐに自分を睨んでいた。

銃を構えた汐見を前に、市居はまるで精密射撃の標的紙のように僅かも動けぬままだった。

「トロいねぇ。俺が引き金引いてたら、もう死んでるな。命拾いした気分はどんなだ？」

男は小首を傾げ、短く笑った。

「待ってやるから抜けよ。持ってるんだろう？」

なにを言われたのか、判らなかった。

目線でスーツの脇を指され、意図を理解する。動けない市居は、顔色だけを変えた。それこそ標的の紙のように、唇からも白く色をなくしていった。

「ほ……本気で言ってるのか？　そんなこと……」

「俺はいつだって全力で本気さ。運試しといこうじゃないか。おまえは俺を殺し屋かなにかだとでも思ってんだろ？　正当防衛でおまえが俺を殺《や》るか、俺がおまえの口を封じるか」

凝視してくる眸は、恐ろしく冷酷な色をして見えた。引き金に緩くかけられた指が、じわりと蠢く。市居は反射的にスーツの内のホルスターから拳銃を抜き取った。

「俺が撃っても、構わないってのか？」

問いかける声が震える。ほんの十センチ足らずのピストルの銃身は、落ち着く場所を探し出せずにガクガクと上下に揺らいだ。

「おまえが撃つ前に俺が撃てばいいだけさ。それともなにか？　おまえに撃たれて死ぬなら本望、とか言ってやろうか？」

とても人に銃口を向けている男とは思えない。

またただ。垣間見《かいまみ》える表情の変化。汐見は目を細め、どこか優しげに笑った。

自分はあらぬ幻想を抱いているのか。汐見が撃たれたがっているように見えた。なにか自分を試しかけているとしか思えなくなっていた。

「ああ、最後にさ、訊いておきたいんだけど。なんでおまえは俺を逮捕しないんだ？　自首を勧めるなんて、まるで一昔前の刑事ドラマだな。そんなタイプじゃないと思ってたけど」

「……俺はおまえの自主性に任せたいだけだ」

「俺の自主性？　へぇ、それだけが理由なのか？」

「……それだけだ。ほかに理由なんてない」

市居は自分に嘘をついた。

「強情だなぁ、最後ぐらい吐いちまえばいいのに」

汐見は苦笑を浮かべた。

「汐見、おまえに……俺は撃てないよ。俺はおまえが憎むような犯罪者じゃない」

「つくづく甘いな、おまえ。そんなんじゃピイポくんに逆戻りだ」

汐見の緩い笑みに魅入られる。皮肉のこもった表情にもかかわらず、市居を惹きつけ、がんじがらめに絡めとってしまったその顔だ。

「撃てるぜ、ほら」

引き金にかかった汐見の指先は、躊躇いもなく動いた。それは、数メートルの距離を保ちながらも、市居の目にはっきりと映った。

撃て。

頭の奥で、命令は下りた。

市居は身を竦ませ、咄嗟《とっさ》に引き金を絞る。けれど、汐見を撃てなかった。すんでのところで指を押し留めた。

耳で聞いたのは空《くう》を切る軽い発射音。確認する間もなく、ライフルの銃口から放たれた弾は、一直線に自分めがけて飛んできた。胸元を襲い、スーツの襟《えり》に弾かれ――パラリと足元に落ちていった。

白い小さな弾は、革靴の爪先で弾み、音もなくコンクリートの上を転がった。

「……撃てるさ。なんたって本物の銃じゃないからな」

くすりと笑い、汐見は言う。

市居の足元を、微風《びふう》にも頼りなくふらふらと転がる白いプラスティックの弾。

「エアガン所持するのって、違法だっけか？　ああ、オモチャでも人に向けて発砲すんのは犯罪か。ザルのわりに変なとこ細かいからな、日本の法律ってのは……」

エアガンを下ろした汐見が歩み寄ってくる。市居はその顔も、転がる弾の行方も見ていなかった。硬直したまま――そして、前触れもなくガクリと膝を折った。

「……おい？　ちょっと、嘘だろ？　おいっ!!」

狼狽える汐見の声も、耳には届かない。エアガンの弾は張り詰めていた緊張の糸をぶっつりと切り、伸ばされた男の腕に崩れ落ちた市居は、そのまま意識を喪失した。


主人を起こす使命感を抱いたかのように鳴り続ける携帯電話に、市居はきつく閉じた目蓋を震わせた。

枕元を探り、電話を耳に押し当てた。

「……はい、もしも……し？」

掠れた声で応対すると、絶叫に近い声が耳を劈《つんざ》く。

『市居さん!?　なに寝ぼけてるんですかっ、どこでサボっててんです、こんなときにっ!!　ま、まさか……お、女とホ、ホ…ホテっ……』

「……丸谷か。なに言ってんだ、んなわけ……」

すっきりとしない頭を抱え、身を起こす。ついた手の下でベッドが軋んだ。

体に馴染んだ自室のベッドとは違う、スプリングの弾み具合。黒曜石の床に、無意味に点在するスポットライト、赤い二人がけのラブソファと、壁には額つきの絵が一枚。見知らぬ部屋は、いかにもホテルらしい仕様だった。しかもラブホテルだ。

部屋の中央のキングサイズベッドの上で、市居は首を傾げた。

「あ……あれ？」

『あれ？　ってなんですか、あれって！　どこにいるんですか！』

「い、いや……ちょっと具合が悪くて、い、家で仮眠を……」

女とホテルに行った覚えはない。体調不良に陥ったのは確かだ。

どこかで気分が悪くなって——

へどもどしながら応える市居は、背後から漂ってくる匂《にお》いにハッとなった。

薄く部屋にたなびく煙。椅子を後ろ向きに跨《また》いで座り、背凭れに両腕を投げ出して座っている男の後ろ姿。窓辺で煙草を燻らせている男の背中に、市居はすべてを思い出した。

汐見にエアガンで撃たれ、気絶したのだ。

何時間寝入ってしまったのか判らないが、汐見が眺めている窓の外は、とっぷりと日も落ち、暗くなっていた。

『……どこでもいいですけど、こっちは今大変なんです。サイトの管理人、見つかりましたよ』

「え……？」

丸谷の言葉に、市居は胡乱《うろん》な反応を返す。

『八十島の息子が金で殺人を依頼したって男ですよ！　身元が判ったんです。夕方池袋《いけぶくろ》の銀行のＡＴＭに姿現わしたとこを、所轄の人たちが取り押さえました』

「って、どういう……」

『いつまで寝ぼけてるんですか、しっかりしてください。被疑者が捕まったんですって！』

「捕まったって、けど犯人は……」

どういうことだ？　犯人は目の前にいる。

市居は男の背を見つめ、数度目を瞬《しばたた》かせた。

『とにかく、そういうわけですから。ちゃんと報告しましたからね！』

非難がましい報告は終了し、通話はプツリと途切れた。

後に残るのは用を終えた電話を握り締めて、放心する市居の姿である。

「電話、誰からだよ。またサボりで怒られてんのか、おまえ？」

話が終わるのを待っていたのか、汐見が振り返る。市居は頭の回らぬまま、知ったばかりの情報を反芻《はんすう》するように言った。

「犯人が……逮捕されたって……」

「ふーん、俺が犯人じゃなかったんだ？」

汐見は嫌味っぽく返してくる。

「えっと、まぁ……そういうことに……」

――なるのか？

確かに、丸谷は被疑者を確保したと言った。金を引き出しにきたところを捕らえたと。限りなく疑わしくとも、白か黒で、犯人が捕まった以上グレーは存在しない。汐見は無実で、すべては自分の独り相撲《ずもう》だという結論になる。

あまりに肩透かしな展開だった。

合点がいかず首を捻るばかりの市居に、汐見は溜め息を寄越した。

「おまえが疑ってる件だけどな、事務所のバインダーやらは客寄せだ」

「客……寄せ？」

「そう。探偵始めたの先月からでさ。開業僅か一カ月。実績ナシの調査会社なんて客も寄りつかないだろ？ まぁアレだな、あのファイルはディスプレイみたいなもんなわけ。とりあえず見た目からってな、それらしく見えるように創意工夫してるわけよ。苦労人な俺は。それから……」

汐見が危なっかしく窓枠に置かれた灰皿で煙草を揉み消すと、脇に置かれた黒いものを市居に投げて寄越した。

「おまえが引き出しで見たってやつな」

市居の手にぽすりと落ちたのは、ピストルだ。あの日見たのと同じ型のマカロフ……しかし、エアガンだった。

手に取ればはっきりと判る。汐見が持っていたライフルと同じ、少しばかりできがいいだけのプラスティック製のオモチャだ。

「そんな……」

自分は至近距離で見ながら、本物とオモチャを見紛《みまが》ったというのか。

確かに気が動転していた。目にしたのは一瞬だった。

記憶が曖昧で自信が持てない。改造された銃だったのかも、形状を確かめてはいない。

「だ……だったら、最初からそう説明すればいいじゃないか、お、屋上で！　はぐらかすような真似しないで、それならそうと……！」

思いすごしだったのか、すべては。汐見の言動に自分は想像力を逞《たくま》しくさせ、とんだ茶番を演じただけだと――

あげくの果てが、エアガンに驚いて無様に気絶か。

「せっかくのご大層な推理に水を差すのも悪いかと思ってな」

混乱していた頭が正常に動き始める。

笑う男を前に、市居は激昂《げっこう》し始めた。

「人を脅すような真似して俺を撃ちやがって！　おまえ、俺が撃ち返してたらどうするつもりだったんだよ？　死んでたぞ、確実にな！」

「そうか？　どうせ一発目は空砲だろ？」

「あ……」

規則により、シリンダーの一発目は空になっている。たとえ、自分が引き金を引いても弾は発射されなかったのだ。

「んなことまで、おまえは全然頭が回ってなかったみたいだけどな。そんなんで昨今の凶悪犯のお相手が務まるのか心配だな。おまけに気ィ失っちまうし……」

「……う、うるさい、誰のせいだと思ってんだ」

市居は手にしたエアガンを、怒りに任せて投げつける。汐見はそれをヒョイと避けた。

「だいたいどこだよここは？　人が気を失ったのをいいことにホテルにお持ち帰りか」

スーツの上着や、銃が収まったホルスターの類《たぐい》は枕元に纏められているが、特に服が乱された形跡はない。汐見が紳士的に自分を運んでくれただけなのは判っているが、どうにも体裁が悪くて素直に礼など言えるはずもなかった。

「失礼な。それにここはラブホじゃねぇよ、俺の家だ」

「おまえの……家？　この悪趣味な部屋がか？」

スタイリッシュといえば聞こえはいいが、到底人が暮らす部屋ではない。内装はどうみても若者向けのラブホテルの仕様だ。

「そう。まぁ建物はご推察どおりラブホだけどな。最近不景気で部屋が埋まらないって知り合いが言うから、安く借りたんだよ。なかなか楽しいもんだぞ？　時々隣のご休憩客のお楽しみの声が聞こえてきたりしてな」

疑わしげに市居は汐見を見る。事務所の状態といい、信用がおけない。

「ラブホにごみ袋があると思うか？」

言われて見回せば、テレビの下に備えつけの小さな冷蔵庫の傍には、都内の指定ごみ袋がどっかりと置かれ、詰まった生活臭漂う品の数々が透けて見える。

「本当にここに住んでんのか？　ていうか、ゴミぐらい捨てろ！」

「今朝がゴミ出しだったの忘れてたんだよ」

汐見は少しばかり照れくさげに笑ったかと思うと、顔を背けた。

本当にこの部屋が汐見の住まいなのか。見れば見るほど悪趣味な部屋だが、ここで汐見が普通に……いや、多少普通じゃなかろうが生活をしているのかと思うと、感慨深いものはある。一番重要なテリトリーに踏み込んでいるのだ。

では、自分が今乗っかり、与えられていたのは汐見のベッド――

「悪かったよ。まさかあんなんで気絶するとは思わないだろ。話はこれからってときにさ」

「これから？」

元通り窓辺に向き直ってしまった男の背に、市居は問いかける。

椅子の背凭れに両腕と顎《あご》を預け、顔を載せた汐見は言った。

「刑事になろうと思ったのはさ、アニキがケーキを盗み食いしやがったせい。で、刑事を辞めたのは……やっぱ知佳子《ちかこ》のせいかな」

「え……？」

初めてその口から聞く名前だった。

汐見が今も嵌め続ける指輪の片方をつけていた、その女性の名だ。

「ショックだったよ」

驚く市居の前で、汐見はぽつりと独り言のように言った。

返す言葉が出ない。どうして急に汐見が自分に打ち明け話を始めたのかも判らない。ただ、本音を話しているのは、頑《かたく》なに向けられたその背中が教えていた。

「おかしなもんだよな。始終ケンカばかりしてさ、喚《わめ》くは殴るはロクな女じゃなかった。本気でこんな女死ねばいいって思ったこともあったのに、いざいなくなっちまったら……やっぱり寂しくて辛《つら》かったんだ」

突然の告白。汐見の淡々とした言葉が部屋に響く。

開け放された窓から流れ込む風に、緩やかに靡《なび》く男の伸びた前髪。僅かに左の耳と頬骨しか見えない男の顔を、市居は凝視した。飾らない言葉はズキズキと胸を刺す。

汐見はなにを見ているのだろう。その先には闇しかない。高層階から望む夜景には、低く密集したビルの窓明かりと、その上に腰を下ろした夜の暗闇しかない。

市居はふと怖くなった。

「……生きてたところで今もケンカ三昧《ざんまい》だったろうし、離婚済みか調停中かって感じなのにな。いなくなったら、楽しかったことしか思い出せないんだよなぁ。別れってそういうものかね」

男の告白を聞きながら、市居は思いついた事柄に恐ろしくなった。

汐見は自分の銃のシリンダーの一発目に弾が入っていないと、本当に気づいていたのだろうか。

元警察官なら知らないはずはないが、忘れていたかもしれない。自分だって、咄嗟に頭から飛んでいた。

本当は、自分に撃たれてしまっても構わないと思っていたんじゃないのか。

ふとそんな不安が過ぎり、背筋に嫌な冷たい汗が滲んだ。

身勝手な男。汐見がいつでも悠然《ゆうぜん》と構えていられるのは、おそらく強いからなんかじゃない。すべてに対して投げやりだからだ。

まるで、自分の身になにが降りかかっても構わないとでもいうように。

「皮肉なもんだな、まったく。死んじまったせいで、知佳子がすげーいい女だったように思えるんだからな。あいつ、たぶん俺に呪いかけて死にやがったな」

明るいトーンの声を取り戻した男は、振り返ると肩を竦めてみせる。その顔にはもうどこにも悲愴《ひそう》な陰はない。

「思い出をなんでも美化すんのは、年食った証拠かね？」

口にした話全部を、誤魔化し笑いで再び封印してしまう男を市居は見つめた。

「……なくしたってんなら……また、取り戻せばいいだろ」

気の利いた言葉じゃない。ほかにどう言えばいいのか判らずに告げた言葉には、溜め息が返ってきた。

「壊れたもんが元に戻るかよ。タイム風呂敷でも手に入れられりゃ別だけどな」

「新しく、作ればいいだろ！」

ムキになって言い募る市居に、汐見は苦笑した。

「前向きなんだな。そんなこと言ってられんのもあと数年だぞ？　三十間近になったら否応《いやおう》ナシに後ろが気になってくるもんだ。思い出ばっかりが増えていく。まいったね、憎まれっ子世に憚《はばか》るってやつで、俺は当分くたばりそうにもないし」

最後のほうは自分自身に言い聞かせるように口にした汐見に、ドキリとなる。やはり撃たれるつもりがあったのではないかと、気がかりでならない。

「汐見、おまえあのとき……」

ベッドから身を乗り出し、詰問しようとして市居は目を瞠《みは》らせた。

「お、おまえ、なにやって……」

汐見は左の薬指から、指輪を抜き取ろうとしていた。

「もういらねぇかと思ってさ。新しく作るんだろ？」

「え……？」

「今自分でそう言ったじゃないか、新しく作れって。俺もその言葉に乗っかりたい気分なんだよ。せっかくの長い人生だからな、楽しいことを探すさ。手始めに新しい恋にでも目覚めてみるかってな」

固く指に嵌まっていた指輪を抜き去った汐見は、それを市居に翳して見せ、ふわりと微笑む。

そして次の瞬間、背を向けると窓の外に向けて大きく腕を撓《しな》らせた。

予測のつかない行動だった。

「あ……ああっ!?　う、嘘、おまえっ……今、投げっ……」

市居はベッドから飛び下り、窓に飛びついた。

指輪の行方は判らない。身を乗り出しても、眼下には暗い夜の風景が広がっているだけだ。

「指輪なんていつまでもしてたら、新しい魚が逃げちまうだろ？　目の前ふらふらしてる美味しそうなお魚ちゃんがさ」

伸ばされた手の指で髪を梳《す》かれ、市居は弾かれたように男を見た。

もしや、新しい魚とは自分のことだろうか。

単純にもそんな考えが頭を過ぎり――

「なんてこと、俺が言うと思ったか？　すると思った？」

汐見はニヤリと笑うと、握り締めたままの右手を突き出してみせた。

「投げたんじゃなかったのか!?」

揶揄《からか》われただけらしい。してやられ、途端に眉を吊り上げた市居に、汐見は嫌な笑みを向けてくる。

くしゃりと市居の髪を撫で回しながら言った。

「なぁ、そろそろはっきりしないか？　おまえさ、俺のこと好きだろ？」

「なっ……」

「撃たなかったよな、俺を。感動したよ……ああ、こいつ、俺のこと大好きなんだなぁって」

「だ、大好きって……なわけないだろ、誰がおまえなんか！」

市居はフンと顔を背けた。髪に触れる男の手を突《つ》っ撥《ぱ》ねる。

多少は好意を覚えているのは最早抗《あらが》えない事実だが、『大好き』ってなんだと思う。

男同士だ。汐見の性格なら性別なんて瑣末《さまつ》なことと気に留めないのかもしれないが、自分はゴメンだ。いや、それがさほど抵抗を覚えなくなってきてるから困っているのだけども
……とにかく、もう少し言葉を選べないのか。

どこまでも浮ついた男の口調に、市居は絶対認めてなどやるものかと思った。

今際《いまわ》の際まで、教えない。

市居は喚き立てた。

「じ、自分の胸に手を当ててよく考えてみろ！　俺がおまえを好きになると思うか？　ゴーカンの手助けするわ、頭ぶっとんでるわ、将来性もなさそうだわ……ま、まぁ顔はそれなりだけど……俺に釣り合うとでも思ってんのか？　だいたいおまえこそ、俺のこと好きで好きで堪らないんじゃ……」

汐見は椅子から立ち上がると、身を寄せてきた。

静かにしろ、と言いたげに唇に人さし指を押し当ててくる。

「よく口の回る奴だな、少し落ち着いたらどうだ？」

「おまえにだけは言われたくない……な、なんだ？」

握ったままの右の拳《こぶし》で、チョイチョイと胸を小突かれ訝《いぶか》しむ。市居の視線の先で、汐見はゆっくりと手のひらを開いた。

大きな手のひらの上には、そこに大事に握っているはずのものの姿はない。

汐見の手の中は、空っぽだった。

「……どういう意味だ、これ。やっぱり投げたのか？　投げてないのか？」

「さぁ、自分で推理してみろよ、刑事だろ？」

空惚《そらとぼ》ける汐見は、そう言って微笑む。

「とりあえず、新しく作ってみるか。そうだな、まずは子供でも」

機敏な動きで市居の腰を抱いた汐見は、そのまま窓辺から引き離し、ベッドになだれ込む。

子供はどう転んでもできないが、愛し合うにはもってこいの場所に押し倒され焦った。

「なに言ってんだよ、おまっ……俺とは絶対しないんじゃなかったのか」

「絶対しないは、しないってことで」

目を細めて自分を見下ろす男は、顔を寄せながら謎《なぞ》めいた言葉を吐く。

しないをしない？　意味不明と思える言葉の意味は、深く考えるまでもなく汐見が行動で回答を示した。

啄《ついば》む口づけと抱擁を受け、市居は身を弾ませる。

目を伏せた男の目蓋を縁取る睫《まつげ》は、案外長い。

ほんの些細なことを知っただけで、胸が早鐘を打つ。なにかの間違いだと思った。自分がこんな男に惚れるなんてあり得ない。往生際悪く理性は抗いたがる。けれど、拒み通せるものなら最初からほんの僅かでも心惹かれることはなかった。小さな穴からダムが決壊でもしてしまうみたいに、市居の中に生まれた綻びは大きくなって汐見を受け入れようとする。

芽生えてしまった、恋しく思う気持ちが。

もっと、この男を知りたい。捉《とら》えどころのない汐見のことを。

とても深いところ、誰も入り込めないその場所にあるものを引き摺り出し——確かめてみたい。

クローゼットの中に隠した秘密を暴き出すように。

市居はそろりと手を伸ばした。

性格の曲がりくねった捻くれ男の首筋に、腕を回しかけていた。


セックスは互いを強固に結びつけ、理解を深め合うというが、判り合う以前に市居は一つ再認識したことがあった。

「やめっ、ちょっと待っ……そんなとこ、くすぐったっ……い……」

シャツのはだけた市居の胸に唇を落とした汐見は、戸惑いを一笑した。

「性急なのは俺の好みじゃない。隅々まで可愛がりたいほうなんだ」

同じ触れられるのでも、突っ立ったまま触れられた昨日とは違う。

押し倒されてみて再認識する。こいつは男なのだ。慣れ親しんだはずのセックスとは立場一変、重い体にのしかかられて愛撫《あいぶ》を受ける行為に、市居は始まりからまごついていた。

怯《ひる》む市居にお構いなしに、汐見はさっきから胸のアクセントにもならない小さな粒を刺激している。乳首なんてくすぐったいだけだと思ったのに、身を捩りながら愛撫を受けるうちにぷっくりと膨れて存在を主張し始めた。尖《とが》ったところを濡れた舌に包まれ、ちゅっちゅと何度も吸い上げられて体がビクビクと震える。

「う……ぁっ……あっ……あっ……」

甘い声がその度に口をついて出た。

汐見は満足げに喉を鳴らし、市居は羞恥に顔を火照《ほて》らせる。

女はすごいと思った。可愛い顔をしてしたたかで、きっと神経は鋼《はがね》でできているに違いない。何故なら乱れてこんな恥ずかしい声を上げ、そのくせ翌朝にはしらっとした顔で平静を保つのだ。並の神経じゃやってられない。

ベルトを外す音が響き、市居はビクつく。スラックスを下着ごと引き下ろされ、脱がされた。酔っ払った夜にもすべてを晒《さら》してしまっているが、歴然と状態が違った。

恐る恐る顔を窺《うかが》い見ると、暴いた部分をうっとりと眺める汐見に、羞恥に気が遠退《とおの》きそうになる。キスと胸への刺激だけで、中心は茂みを分けるように頭を起こしていた。

「色気のない足だな。もう少し柔らかいとかあってもいいんだぞ？」

目が合うと照れ隠しか嫌味を言う男に、市居の眉は寄る。

「嘘だよ。長くてキレイなもんだ」

「……んっ」

汐見は緩く畳んだ足の膝頭に口づけると、勃《た》ち上がった市居の中心に指を絡みつけてきた。

「そういや、おまえさ……下の名前、なんていうんだっけ？」

戯れるみたいにやんわりと扱きながら尋ねてくる。名前も覚えてなかったのか。当然といえば当然だが、市居は不貞腐れ、息の上がる声で応えた。

「……瞳…也だっ」

漢字を教えると、汐見は何度か口の中で繰り返し呟き頷いた。

「市居瞳也か……綺麗な名前だな」

「んんっ……や……」

性器から走ったジンとした快感に、市居は身をくねらせた。反り返った喉に汐見は唇を落とし、再び胸元へと這わせる。湿った唇や舌で乳首を捏《こ》ねられながら、勃起《ぼっき》したものを弄《いじ》られて、立て続けに吐息混じりの声が漏れた。

自分を高める手のひら。根元から先端に向けて滑らかに擦られるうちに、とろとろとした先走りが溢れ始め、啜《すす》り泣くような声の合間に濡れた音が響き始める。

「ん……あっ、も…ぉっ……」

ほどなくして、それはやってきた。高まる射精感。出口を求めて体の奥から集まってきたものが、市居の腰を揺らめかす。

汐見の指がするりと解けそうになり、市居はその手に取り縋った。

「……いや…だっ！」

泣きそうな声を出してしまい『あっ』となる。

「……嫌って、なにが？」

下腹部で摑まれた手にちらと目線を送りながら、汐見が尋ねてくる。

また放り出されるのだと思ってしまった。昨日みたいに、あと少しのところでイカせてもらえないんじゃないかと不安になる。

すんでのところで放り出された切ない記憶。欲望を前に理性は効力を失い、欲しくて堪らずに続きをせがんだ。

「はっ……放すの、もうやめてくれ……ちゃんとイキたい」

口にした言葉の恥ずかしさに、頭がカッと熱くなる。体までもを火照らせ、潤んだ目を泳がせると、汐見は笑うでもなく応えた。

「俺はそんな意地悪しない」

「よく…言う、嘘つきのイケズやろ…っ…の、くせして……あっ……」

押し留める手をはね除《の》けられ失望する。けれど、汐見は市居を放り出したのではなかった。身をずらした汐見は、市居の足をさらに開かせると、中心で切なげに濡れて震えているものに唇をそっと押し当てた。亀頭をすっぽりと包むように飲み込み、浅い括《くび》れに舌を走らせる。

「う……そ、汐見、それっ……あっ、んっ……」

口淫《こういん》は初めての経験ではない。女性になら数限りないほど奉仕してもらっている。

けれど、同性の男がなんら抵抗もなくそんな行為に及ぶとは思わなかった。

「昨日の分も、倍返しで……させてもらうさ。ちゃんと飲んで……やるから、いい声上げて出してくれよ……」

滑らかに張った皮膚に唇を押し当てながら、くぐもる声で汐見は言う。そんな大胆で生々しい言葉を口にする女はいない。その上、汐見は巧みだった。

同じ男だから心得てるのか、どんな場所でもキスが上手いのか判らない。両方なのかもしれなかった。ぞろりと舌を這わされた場所から、官能が湧《わ》き上がる。飲み込まれて温かな場所に迎え入れられ、感覚も鋭く昂った性器を粘膜で擦られると、もう喉を鳴らして喘《あえ》ぐしかできなくなる。

「……ふ…ぁっ、あっ……やっ……」

腰を弾ませて足を閉じそうになる度、恥ずかしい格好に開き戻されて愛撫を施された。濡れ光る性器は限界まで反り返って、先をねだるように幹を揺らし、喉奥まで飲まれて喘ぐ声には啜り泣きが混じり始める。

先走りの止まらない亀頭を吸われて、市居は追い上げられた。

「あぁっっ……もっ、もう……いく、イクっ……」

激しい射精感。枕に頭を擦りつけるようにして見悶《みもだ》え、腰を揺すって射精した。

汐見は躊躇《ちゅうちょ》せずにそれを深く銜《くわ》え込み、残滓《ざんし》まで削《そ》ぎ取るようにして唇で緩く扱き続け、白濁を飲み下した。

「……やっぱ……いい声で啼《な》くな、おまえ。今の腰にきた」

濡れた唇を手の甲で拭いながら、汐見は顔を覗き込んでくる。胸を喘がせつつ仰ぎ見た市居は、腿《もも》に押し当てられた硬い感触に身を竦ませた。

きたって、そういう――

くったり放心している場合ではない。

「あれだな、昨日最後までしなかったのはな……おまえのイク声聞いたら、制御不能に陥りそうな予感がしたからなんだよな」

汐見は自ら服に手をかけ、シャツやスラックスを脱ぎ捨てながら告白する。

「昨日って……よく言う、おまえはしれっとしてたじゃないか……」

「男の見栄、やせ我慢ってやつだな。あのまま続けてたらどうなったことやら」

そういえば、あのとき少し表情に違和感を覚えた。けれど、すぐに涼しい顔して『おしまいだ』と言い放ち、飲みものを買いに行ったのだ。腰砕けの自分は服を整えるのも一苦労、腰が引けてまともに歩くことさえ困難だったというのに――

「あっ、し、汐見…っ……？」

照れるでもなく丸裸になった男は、市居の元へ身を屈《かが》めてきた。腰を重ね合わせ、自身の昂りを萎《な》えつつあった市居のものにいやらしく擦りつける。

「自分だけ満足して終わりは酷すぎるだろ？」

「な、なにをっ……」

ウエストから腰、薄い肉づきの尻へと回った男の手に、市居は身を弾ませた。

嫌な予感に肌がざわつく。経験は伴わないが、なまじ知識だけはあるばかりに腰の奥を探ってきた指先に、よからぬ企《たくら》みを察して動揺させられる。

「なにって、続きをするに決まってんだろう？」

「決めるなよ勝手に！　だ、ダメだ、そんなこと……ぜ、絶対ダメだっ……」

拘束しようとする重い体の下でもがく。ジリジリとベッドを上って逃げようと試みたが、その肩を汐見は空いた手でがっちりと掴んできた。どのみちヘッドボードに阻まれ、逃げ場は限られている。

「安心しろ、俺もこっちは初めてだ」

探り当てた奥の窪《くぼ》みを、汐見は無遠慮に指先で撫でた。

「ま、ますます安心できるか！」

「なんで？　初心者だと運転が心配か？　仲良く初めてでいいじゃないか。大丈夫、公道じゃないんだから、ちょっとぐらいヘタでも事故ったりしない」

少しも同意できない比喩に、市居は汐見の胸元に手を突っ張らせようとする。

「……ていうかっ……な、なんで俺がやられる側なんだよ？」

「あ、今更そういうこと言う？　おまえなぁ、女みたいに散々一方的に気持ちよくさせてもらっといて、美味しいところを横取りするつもりかよ」

「う……」

一理ある気はしなくもない。

「で、でもなにも今日じゃなくても……そうだ、一度にいろいろやらなくったっていいだろ？　また今度にするってのもいいんじゃないか、なっ？」

次なんてあるかも判らないのに、押し留めようと必死になる。

けれど、市居は未だに取り調べは不得意で、人を説得するのには長《た》けていなかった。

一方、相手は百戦練磨か知らないが一筋縄ではいかない男だ。

屁理屈《へりくつ》においては、汐見は一枚も二枚も上手《うわて》だった。

「おまえ、弁当のから揚げは最後にとっとくほうか？」

「は……？」

「お楽しみは後に回すのが好きかって訊いてんの。俺はさ、先に食っちまうほう。腹いっぱいになってから食うより、飢《う》えてるときに食べたほうが絶対美味《うま》いじゃん、な？」

「おっ、俺のケツの穴は弁当のから揚げかよ……うあっ、ちょっ…とっ……」

反論に気を取られた隙を狙い、狭間の奥に侵入した汐見の指が、から揚げ扱いの場所をくるくると撫でる。きゅっと窄《すぼ》まった部分を指の腹でやんわりと捏ねられ、くんと突っついてまだ乾いた口を開かれた市居は身を強張らせた。

「ひぅ…っ、い、痛っ……」

「大丈夫、俺はこう見えてフェミニストだから優しいぞ？」

「うそ、つけ……だったらやめろよ、痛いって言っ、てっ……」

「……了解、痛くなかったらいいんだな？」

腿の辺りを空いた手で宥めるように撫でながら汐見は言った。

そんな方法、あるはずがない。元々行為のための場所ではないのだから、そうやすやすと慣れるわけがない。市居は言葉を聞きながらそう思った。

だからと言って、頷いたかどうか覚えていない。冷たくなりかけた肌を摩って宥めすかし、言葉巧みに唆《そそのか》されて、市居が取らされたのはうつ伏せで腰を掲げる卑猥《ひわい》な体勢だった。逃げ退こうとシーツの上を這ったところを取り押さえられ、後ろから腰を抱かれた。

「う……ううっ……」

羞恥を煽《あお》る格好に、その気になんてならないはずが、どういうわけか体が火照る。

恥ずかしさゆえに熱を上げているのか、快楽で体温が上昇しているのか判らない。高く引きつけられた尻の狭間に顔を埋《うず》められ、さっきまで渇き切っていた場所をぬるぬると舌で撫で摩られて、気がついたら『絶対ダメだ』とは言えなくなっていた。

「あ……あっ、はぁっ……」

閃く舌の感触に、湿った窄まりは自ら口を開ける。硬い入り口を綻ばせて、汐見の舌を誘い込む。

「んっ、や……やぁ……」

紡ぐ言葉は意味をなさない喘ぎばかりだ。ヤメロとかフザケルナを交えるはずが、そこを時間をかけて舐め溶かされるうちに声も体も蕩《とろ》けきり、市居は汐見の与える快楽に酔いしれた。

もしかすると汐見の舌はアルコール成分でできているのかもしれない。自分は酔っ払ってしまったのだ。そうでも思っていなければ、自分を正当化できない。

「も……もうっ……な、しお…みっ？」

舌を縺《もつ》れさせながら深い愛撫をせがんでいるのを、素面《しらふ》とは信じたくなかった。見えない襞《ひだ》がひくりひくりと収縮する。どこもかしこも痺れ、舌では届かない体の奥が熱く熟れ、欲しがって疼く。

「嫌、なんじゃなかったのか？」

くぐもる汐見の声には、意地の悪い笑いが滲んでいる。

「も…っと、中もっ……おく、も、しろよっ……」

命令口調で告げてはみたものの、ねだっているのと変わりなかった。

「あっ……んんっ……」

さっきまで拒んでいたはずの汐見の指が沈んだ瞬間、市居は思わず高い声を上げて尻を揺すっていた。

ゆったりと抜け出しては、また戻ってくる長い指。掠める度に快感の突き抜けるポイント

がある。じっくりと突いて揉み込まれると、啜り泣きだけでなく、堪《こら》え切れないものがじわじわと溢れてしまうのを感じる。

「シーツ、あんまり濡らさないでくれよな？　洗濯好きじゃないんだ」

言葉に高く掲げた腰の下を覗き込むと、腹を打ちそうに張り詰めた性器が、光る雫《しずく》をたらたらと滴《したた》らせていた。

言葉で責め苛《さいな》みながらも、慣らされ、開かれていく。やがて馴染みきった指を抜き出すと、汐見は市居を元の仰向《あおむ》けにした。

「あ……」

両足を大きく割り、抱え込む。

覗き込んできた男の顔に、市居はそれだけでぞくんとなった。

「どうだ？　もう痛くなんかないだろ？」

底の見えない黒い眸。綺麗だが鋭く、熱いが同じだけ冷たい。獲物に食らいつかんとする肉食獣を思わせる目だ。

「な、なに？」

「ちょっと、待ってな」

なにか企みを秘めたような眼差しの男は喉奥で笑い、身を傾げて長い腕をベッドの脇へと伸ばす。無言で傍らのサイドテーブルの引き出しを探り始めた汐見に、市居はくたりと蕩けていた身に緊張を走らせた。

「なに探して…るんだ？」

「さぁ、なんだろうな？」

不審な行動。引き出しに沈んだ男の手を確かめようと、ベッドに片肘《かたひじ》をついた市居は、視界に飛び込んできたものを咄嗟に摑んだ。枕元に自分の携帯電話と一緒に置かれていた所持品の一つだ。

目にした汐見の片眉が上がる。

「……そういう態度に出るかねぇ」

市居は銃を手に構えていた。

セックスの最中に銃口を向けられるなんて、滅多に遭遇しない出来事だろう。

憮然《ぶぜん》とした表情の汐見は、机から取り出し、指の先で挟んだものをぷらりと見せつけた。

「開けてもカエルも飛び出さねぇんだけど、そういうのこいつに仕込んでおいてほしかったか？」

「あ……」

なんの変哲もないコンドームの袋だ。

構えた拳銃のやり場に困る市居は視線を彷徨《さまよ》わせ、汐見の目は判りやすく据わった。

「おまえ、つくづく俺を信用してないな？」

「いや、そ…そういうわけじゃ……」

ゴムなんてまともなものを、汐見が取り出すとは思わなかったのだ。

「じゃあ、どういうわけだよ？　普通はお嫌いってんなら付き合わなくもないけど？」

汐見は不貞腐れた表情を浮かべる。拗《す》ねたとしか思えない子供っぽいその顔つきに、市居は銃を握ったままドキリとなる。

不思議な男だ。荒《すさ》んだ顔をするかと思えば、不意に幼い感情も覗かせる。

「こういうのがお好みか？」

「あっ」

惚《ほう》けていた市居はあっさり銃を奪われた。仕返しに突きつけられるのかと思いきや、汐見はゴムの袋を無造作に引き破ると、取り出したものを銃身に被せ始めた。黒い銃に薄ピンク色のゴムが卑猥で艶めかしい。

とても凶器とは思えない眺めにふざけているのかと思いきや、男はぐっとそれを市居の身に押しつけてきた。

「な…んだよ、あっ……やめっ、なにしてっ……」

宛《あて》がわれたのは敏感になった狭間だ。柔らかく綻んだ窄まりは、硬い銃口で突っつかれてきゅんとなる。ぬるつくゴムに覆《おお》われた先端を前後に行き交わされ、尻の狭間で感じる異物感に市居は無意識に頭を振った。

「硬いのは好きか？　使いもしない銃をいつも借り出して、なんに使ってるんだろうな」

思い浮かんだのはバーでのやり取り。女を口説くために使っていたなんて口にしようものなら、もっと嬲られかねない。

つまらないことに使用していた罰なのか、和《やわ》らいだ場所にさして抵抗もなく銃身は潜《もぐ》り込んできて、市居は細い悲鳴のような声を上げた。

「あ…ひっ……や、やめ…っ……」

すらりと真っ直ぐに伸びた黒い銃身は、驚いて蠕動《ぜんどう》する襞に招かれ奥へと向かう。冷たくて硬い。穿《うが》たれたものの存在感に、飲み込んだ尻が震える。市居は『あっ、あっ』と奥を突かれる度に声を上げ、ベッドに背中を擦りつけるように身を悶えさせた。

追い出そうと締めつけるほどに存在感は増し、口を開けた入り口をクチュクチュと捏ねられると、もう我慢できずに泣き言が零れる。

「わっ、悪かった…から、疑って……わる、わるかっ……やっ、もうそれっ……」

頼むからやめてほしいと懇願した。

「中、もう欲しかったんじゃないのか？　こいつでイクのもアリかもな……」

「やめ…っ、やめてくれ……こ、怖い…っ……」

「ああ……弾は抜いておいた。まぁ一発目は入ってないし、安全装置もかかってるんだけど」

ならばどうしてわざわざ弾を抜いたのか。こんなことをするために枕元に置いたんじゃないかなんて、一瞬疑いが過ぎったけれど、溶かされた身の奥を掻き回される市居は満足に考えることもできなかった。

「どうする？　こいつでこのままイクか……ちょっと仕置きのつもりだったのに、ここ、きゅんきゅんしてる。俺はもういらなそうだな。エリート刑事さんは銃が大層お好きみたいだ」

言葉で責め立てながらも、汐見は面白くなさそうな顔をしていた。

チラチラと反応を窺う視線が、物言いたげだ。

――こいつって奴は。

どうしても俺にそれを言わせたいらしい。

普段の勢いがあれば無視できたかもしれなかった。けれど市居ももう限界で、冷たく無機質なものに弄ばれ続けた場所は、熱を欲して喘いでいる。

「……いる……おまえが、いるっ……だから、はやっ……早く、寄越せ…っ……」

胸を激しく上下させて告げた市居は、男の頬が嬉しげに緩んだのを目にした。

市居の中を蹂躙《じゅうりん》していた凶器がズルリと引き抜かれる。いやらしくぬめって光る銃を、汐見は用をなくした玩具《おもちゃ》みたく捨て去った。

ゴトリと床で重い音が響く。

揃えた二本の指で撫で摩られた入り口が、期待に喘いでヒクついた。

「ひぁっ……」

宛がわれたもので穿たれる瞬間、市居は息を飲んだ。

汐見が入ってくる。銃身などとは比べものにならない雄々《おお》しさのものが、きゅっと窄まろうとする内壁を掻き分け沈み入る。反射的に肩を押し戻そうとした市居の手首をシーツに縫い止め、汐見はじわじわと侵略を続けた。

「全部、挿《い》れていいか？　つか、挿れる……おまえのせいで待たされ続けてもう限界」

「おまえっ…が、余計なことして…っ、あっ……あぁっ！」

半分ほど入ったと感じたところで、一気に貫かれた。

抵抗する術《すべ》もない。慣らされた場所は陥落し、市居の慄《おのの》きとは裏腹に押し広げられるまま従順に口を開けた。擦れる傍から、経験のない悦楽が湧き起こり、市居は混乱させられる。

セックスなんて、もう知らないことなどなに一つないと思っていただけに衝撃だった。

どうしたらいいか判らない。女みたいに喘いで、腰を振ったらいいのか。欲しがったくせに、理性が鎌首《かまくび》をもたげる。受け身になって男のもので感じている状況が受け入れ難い。

「う……う、ふっ……」

いつの間にか目の上に張った水分の膜が盛り上がり、ぽろりと目尻からこめかみを伝い落ちた。

「……痛い…か？　初めてだもんなぁ」

情けない。笑われると思ったのに、汐見は掴んでいた市居の手を解放すると、零れた涙を指先で拭った。

優しい仕草だった。信じられなかった。問いかける低い声も、情欲を滲ませ艶《つや》めいてはいるものの、身勝手ではなく市居を気遣ってくる。

「少し……我慢しろ。どこだっけ……ココか？」

「う……あっ……」

身を分ける熱い昂りがゆっくりと蠢いた。先端で市居の感じる場所を探り、擦り上げる。汐見は今夜触れたばかりのその場所を、もうちゃんと覚えていた。

押されるのが気持ちいい。突いて責められると、腰が甘く蕩けてしまいそうな愉悦を感じる。

「……まだ痛むか？」

「痛い…んじゃ、な…っ……ん、んぅ…っ……」

ダメになると思った。傲慢《ごうまん》な男に返り自分を傷つけてくれなくては、自分はもう二度とこの悪夢から醒《さ》めなくなる。

汐見に、溺れてしまう。

「気持ち…よく、なってきたか……瞳也？」

初めて男が自分の名前を呼んだ瞬間、市居の胸には切ない痛みが過ぎった。

「……いい……いいっ…ぁっ……あぁっ……」

抗えない。心の奥まで犯される。

市居は腕を絡みつかせた。男の綺麗な締まった体に腕を回し、掻き抱いた。

「……しお……みっ……」

身を責め立てる熱が、悦びの淵《ふち》へ引き摺り込んでいく。

堪らず腰を突き出すように揺らめかすと、腹に押しつけてしまったものに汐見は指を絡めてきた。

「……女じゃないもんな。ココだけじゃ物足りないか……さすがにエリートは頭いいね、もうおねだりの仕方まで覚えたのか？　大丈夫、ちゃんとイカしてやっから……」

「ちがっ……あっ、やめ……バカっ、あぁっ……出ちまっ…う」

「まだダメだ…ろ、もうちょっと我慢、してからな」

男は微かに笑う。前と後ろと、二重に与えられる愛撫に市居は啜り喘いだ。

張り詰めた性器を弄ばれ、敏感になった内側を硬い屹立《きつりつ》で擦り立てられる。

射精感が限界を極めそうになる度、巧みにはぐらかされ、いつまでも達することができずに快楽はどろどろに市居の中で渦巻き続けた。

「深いな、おまえ…っ…女じゃないんだから、底がないのは当たり前か」

互いの息が唇を掠め合う。うるさいほどの息遣いは、どちらのものか判らない。熱いのは汐見に絡みつく自分か、汐見自身なのかも。

まるで一つに混ざり合っているみたいだ。

甘い責め苦。突き上げられていると思ったのに、いつの間にか自らも天を突くように腰を揺さぶり、快感を貪《むさぼ》り合う。狂おしい時間は永遠に続くかに思われるほど長く感じられた。

「あっ……あぁっ！」

蕩けそうな愉悦の果てに、激しく奥を突かれて市居は達した。

同時に、抱いた男の背中が微かに震え、熱い迸《ほとばし》りを体の深いところで感じた。

「凄い、いい……」

乱れた息遣いのまま汐見が口走る。過去形でないのに気づく余裕は、市居にはなかった。

事切れそうに上がった息と鼓動を整えるので精一杯だった。

「……うっ……」

やがて限界まで収まった強張りが、ずるっと動く。体の奥に放たれたものが下りてくるのを感じ、市居は顔を顰《しか》めた。

けれど、そのまま終わって抜き出されるとばかり思ったものは、たっぷりと濡れた市居の中を味わうように戻ってきた。

「ちょ、ちょっと、おまえっ……」

「はぁ……嬉しいね、おまえとはやっぱり相性がいい」

「相性いいって……」

「本番はこれから、だろ？」

終わったんじゃないのか。アンコール。つまりは二回目、ということらしい。

やや張りを失ったように感じるが、まだ熱い汐見のものが卑猥な音を響かせる。

「あっ……動かす…なっ！　もう終わりに決まっ…て……だいたい、おまえっ……ゴムだって着けずじまい、じゃないか！」

「おまえがいらないって言うからだろ？」

「いらな…いなんて、言って…なっ……あぅっ」

「俺を疑って態度で示しやがったくせに」

根に持っているのか、汐見は荒っぽく揺さぶる。

達したばかりで鋭敏になっている箇所を突かれて、市居はヒッとなった。

「動かすなって、言ってっ……も、抜…けってば！」

「しょうがないだろ、箍《たが》が外れちまったんだもんよ。ダメダメになったんだよ、俺は」

「勝手にダメになってろ……んぅっ！」

罵りはキスで封じ込められた。

巧みなキスで撃破され、籠絡《ろうらく》させられかけたところへ男は囁いた。

「三年間禁欲してたんだ、そりゃ溜まってるに決まってるだろ？　責任、取れ」

◇◇◇

捜査本部には、全員朝の八時半には詰めなくてはならない。捜査会議とまではいかないが、朝礼的な簡単な説明があり、各捜査員はそれから分担された仕事に散るからだ。

翌朝、市居は捜査本部の設置された所轄署に時間ぎりぎりに辿り着いた。ほっと一息つこうとしたのに、玄関口にはもっとも顔を合わせたくない男が待ち構えていた。

「今日は来ないいんじゃないかと思いましたよ。昨日のことといい、市居さんは油断なりませんからね」

丸谷は市居の顔を見るなり、不満も顕わに言った。目が据わっている。

さして怖くはないが、怒り出すとねちねちとしつこい男だ。顎で使われる部下のようでいて、実のところキャリア相手にも物怖《ものお》じしない男なのではないかと、最近感じ始めている。

一日中車の助手席で嫌味を聞かされたんじゃ堪らない。

市居は胡散《うさん》くさい言い訳を並べた。

「ああ、えっと……昨日はそう、また具合が悪くなってさ。頭痛の後は腹痛、腹痛の後は吐き気で、あと眩暈《めまい》に高熱が……そりゃもう怒濤《どとう》のように押し寄せてきて……」

「同じスーツ」

丸谷はぼそりと低い声で言うと、ビシリと市居のスーツを指差す。

「昨日と同じだ。ネクタイも！　市居さん、いつもどんなにこれでもかってほど忙しくても、スーツ替えますよね。泊まり込みのときは何着も持ってきて、僕のロッカーにまで押し込んでクローゼット扱いにしますよね！　なのに同じスーツ……」

おまえは俺の嫁か、恋人か！

まるでダンナのワイシャツの襟に口紅の痕でも見つけた妻だ。丸谷は目を吊り上げている。理由においては当たらずといえども遠からずで、ここは鋭いと誉めておくべきところなのか。女の元ではないが、男の部屋からご出勤の市居だった。

「だから！　具合が悪くてそれどころじゃなかったんだって。ああ、今朝も気分がすぐれない……うっ」

市居は口元を押さえてみせる。

「そういえば、なんか歩くの辛そうですね。『うっ』って吐きそうなんですか？　バケツ借りてきましょうか!?」

構ってくる丸谷の手を、市居は煩《わずら》わしげに振り払った。

「い、いいから、ベタベタ触るな」

「あれ……市居さん、いつもとトワレの匂いが……」

「気のせいだ！」

目だけじゃなく鼻も利くのか。侮れない男だ。

市居は少しでも丸谷から離れようと廊下を急ぎ歩いた。本部に使われている二階の会議室に向かう。

匂いが違うって……今日はなにもつけていないし、当然借りてもいないが、移り香ぐらいは残るかもしれない。一晩中、ベタベタと身を寄せ合っていたのだ。

汐見は三年間禁欲してたとかなんとか言ってたが、あれは本当だろうか。事実であっても驚かない、しつこいセックスだった。相手が汐見なだけに、口から出任せの睦言で、単に絶倫男なだけでも不思議はないけれど。

なんにせよ——極上のセックス、だった。

欲望の欲するまま乱れまくり、何度目かからは自分から乞《こ》い、シーツはぐちゃぐちゃのどろどろ……交換せざるを得なくなった。

今朝は今朝で、記憶を消去したい思いで素っ気なくしてたら、汐見が後ろから抱き竦めてきて、『嫌んなったか？』とか言って甘えてくるものだから、なし崩し的にそのまま——

だるくて堪らない腰の奥が、思い返すともぞりとなった気がして市居は息を詰める。

「市居さん、気分よくならないですか？　顔、赤いですよ？」

「なんでもない！　もう、大丈夫だ」

首を振り、辿り着いた会議室のドアに手をかける。

「捜査本部も今日までですかね。被疑者捕まったし、あっという間でしたね」

丸谷は、墨書きで事件名の書かれたドアの傍らの立て看板を見る。事件が解決すれば、捜査本部は解散。派遣の市居と丸谷はお役ごめんで、警視庁に戻ることになる。

「ああ、そうだな」

今度こそ、本当の平穏無事な日々が戻る。犯罪は年中無休。どうせすぐに新たな事件が回ってくるに決まっているが。

ドアを開けると、中には粗方の捜査員が集まっていた。しかも、予想に反して異様にざわついている。雑談に花が咲いているのとは違い、どの顔も険しく笑みはない。

事件解決後の本部内とは思えぬ空気だった。

「おはようございます、どうかしたんですか？」

丸谷が入り口の傍の長テーブルについた所轄署の班長に声をかけると、中年の男は顔を向けた。

「ああ、おはようございます。それが、どうもまずいことになってきてるみたいでしてね」

「まずいこと……と言いますと？」

「昨日捕まえた尾石《おいし》です。例のサイトの管理人がね、どうも事件とは無関係みたいで……」

「え？　無関係って、金受け取りにきたんでしょ⁉　裏も取れてましたよね？」

丸谷は声をひっくり返らせ、市居はその隣で目を見開いた。

「金は受け取るには受け取ってるんですが、尾石は端から殺しなんか実行する気はなかったって言うんですよ。事件当夜のアリバイもしっかりしてるし、ようするにただの詐欺師みたいで……」

「じゃあ、八十島さんは偶然誰かに撃たれたと？」

丸谷の言葉に、黙って話を聞いていた市居が隣から口を挟んだ。

「そんな偶然はあり得ないだろう。そのサイトを見た傍観者がやったと考えるほうがまだ自然だ」

サイトに辿り着いてしまえば、誰の目にもつく掲示板だ。そこに、何度も何度も八十島の素性と罪状を書き込み、『殺してくれ』と懇願する。それを見た人間は、膨大な数に上るだろう。

「まぁ、そうなんですけどね……しかし現実、マルガイの息子の告発を誰かが信じたとして、金もらわずに実行しようとする人間がいますかね？　捕まればどうなるかぐらい判ってるでしょ。タダ働きですよ。愉快犯にしちゃ、マスコミに犯行をひけらかすでもなし……最近の犯罪にはお手上げですね。動機からして読めないってんだから、お宮の予感がしてきましたよ」

事件が未解決のまま捜査本部が解散する『お宮入り』を匂わせ、男は溜め息をもらした。

サイトのアクセス者はごまんといる。皮肉なことに、背徳的なサイトほど人の関心を引き、徒《いたず》らにアクセス者数は多い。そのくせ、アクセス元はネットカフェだったりと一人の素性を追うだけでも難しい作業だ。

　まだ迷宮入りだと決まったわけでもないのに口にした男は、少しばかり気まずそうな顔になり、丸谷がフォローするかのように続けた。

「それでも、救いは八十島さんが生きてるってことですよ。死んだらみんな終わりですが、生きていればやり直せますからね」


　朝の捜査本部の集まりは、サイトの管理人である尾石の供述内容についてで終始した。

　午前中、市居は一人で八十島のいる病院に向かった。

　なにか捜査で確認したい事柄があったわけではない。ただ、息子の話を聞いてから病院は訪ねておらず、事件も結局すっきりと解決とはいかずで、気がかりになった。

　病室を訪ねると、以前とは八十島の個室は大きく様相が違っていた。いつもパジャマで出迎えていた男はポロシャツにズボンの外出できる身なりをしており、ベッドの上にボストンバッグを載せて荷物を纏めていた。

「ああ、どうも」

　開け放たれた戸口に顔を覗かせた市居に八十島が気がつく。

「もう退院できるんですか？」

「ええまぁ、後は通院でなんとかなりそうです」

相変わらずぶっきらぼうな口調の男だ。

捜査状況からすると不機嫌でも無理はない。また捜査員の接触がダブって煩わしいと憤っている可能性もある。息子のことが判明してからは、当然ながら事情聴取は一層繰り返され、長時間に及んだ。

「すみません、もう三田東《みたひがし》警察署からなにか連絡がありましたか？」

「犯人、インターネットの管理人とかいう奴じゃなかったみたいですね」

「それは……今裏を取っているところです。捜査はまだ終わったわけじゃ……」

「ありがとうございます」

重ねたタオルを黒いボストンバッグに押し込みながら男が口にした一言に、市居はなにを言われたのか判らなかった。

「え……？」

「おかげで息子と話し合う機会が持てました」

荷物を纏める手を止め、八十島は戸口から数歩入ったところに立つ市居を見る。

「ずっと判ってはいたんです。あの子が私をなにか疑っているらしいことも、表面だけ繕っても父親とは言えなくなっている関係も。でも認めるのも嫌でしてね、仕事を理由にどうも向き合うのを逃げてました。その結果がこれです」

「八十島さん……」

「半分は私のせい……いや、すべて私のせいですよ。あの子からちゃんと早くに話を聞こうとしていれば、こんなことにはならなかった」

俯く男に、市居はどう声をかけていいのか判らずに尋ねる。

「あれから息子さんはどうですか？」

事件の経緯については包み隠さず話しているが、その後の親子関係までは判らない。

「どうでしょうね。話はしましたが、私の言葉をどこまで信じてくれたものか……信じてもらえないのも、私が父親として信頼できる関係を築いてこなかったからでしょう。これからどこまで歩み寄れるか判りませんが、話し合っていこうと思ってますよ」

八十島の言葉からは、苦悩が感じ取れた。それでいて言葉は相変わらず淡々としていて、ぶっきらぼうにさえ感じる。基本的に不器用な男なのだろう。父親としての威厳はあっても、これでは息子に誤解されるのも無理はない。

男は再び荷物を纏め始め、市居はベッドの端に積まれた衣類を取って渡した。

「ああ、どうも」

「退院なのに息子さんは今日はこられないんですか？」

「今日は土曜で学校は休みですけど、友達と約束があるみたいでしたからね。まぁ体もこのとおり順調に回復してきてますし、荷物もタクシーで帰ろうと思ってますんで……」

ふと八十島が話すのを止め、戸口《や》のほうを見た。

つられて振り返り見た市居は、そこに今日は来ないと説明されたばかりの少年が、普段着姿で立っているのを目にした。

「父さん」

「史裕……」

「今日が退院ならなんで言わないんだよ！」

叱咤《しった》する声に、八十島がまごつきながらも嬉しげな眼差しを向けたのを、市居はベッド越しに見つめた。


長いこと河原を歩き回っていた男は、ある一点で立ち止まり屈み込んだ。

一面に溢れる、特徴もなく同じに見える河原の小石。上流から流されるうちに、なだらかに丸くなった石の間に手を伸ばした。

正午にはまだ少し早い。午前中の優しい日差しを浴びてキラキラと輝くごく小さなもの。石の間で光るそれを指でつまみ上げる男に、市居は背後から声をかけた。

「俺が刑事になったのは親父がほかの選択肢を与えなかったからだ」

張り上げ気味の声に、立ち上がった汐見が振り返り見る。

河原に立つ男の姿を市居が見つけたのは、レンタルビデオ店近くの川に沿って延びた歩道を歩いているときだった。

「瞳也」

「家にも事務所にもいないから、ここだと思ったよ。証拠隠滅に早速来たのか？」

「なんだ、まだ俺を疑ってんのか？」

背丈ほど高い位置にいる市居を、汐見は振り仰いでくる。

「昨日捕まった被疑者はな、ただの詐欺師野郎だったよ。捜査はどん詰まりだ、おかげさまでな」

河原へ続く石段を下りながら、市居は言う。

男は『ふーん』と興味なさげに返した。

「へぇ、また事件がお宮か。だらしないもんだ、近頃の日本警察は」

「理由が判った」

市居は汐見の傍に辿り着くと、まっすぐに向き合う。

「へ……？」

「おまえが急所を外し、八十島を殺さなかった理由だよ」

惚けた顔を崩さない男に、市居は挑みかかるように言った。

やはり事件の犯人は汐見しかいない。自分が事務所の机で見た銃は、オモチャなんかではなく、犯行に使われた本物だったのだ。恐らくはもう処分してしまっただろう。

そして、汐見は初めから八十島を殺すつもりがなかったのだ。

何故なら、八十島は生きている。自在に銃を扱える汐見が意図的に外さなくては、生き長らえているはずがない。すぐに退院できるほどの負傷ですむわけがないのだ。

汐見には八十島が未必の故意の殺人犯ではないと断定できたのだろうか。

ただはっきりしているのは、白であれ黒であれ、あの息子は父親の死を望んではいなかったということだ。あの子は泣いていた。憎しみと、家族としての一言では断じられない情の狭間で揺れていた。父親が実際に撃たれて、ようやくあの子は目が覚めたと言った。

汐見は教えようとしたんじゃないだろうか。

誰かが本当に父親に手をかけ、引き返せない不幸と絶望に、まだこれからの未来を抱えるあの子供が飲まれることのないように。

なくしてから判ったと、汐見も言っていた。

失ってみて初めて、それまで隣にいた人間の大切さに気づいたと。

弾丸は、汐見からのメッセージ——

「まぁだそんなこと言ってんのか。いつまで俺を疑うつもりだ？　理由ってなんだよ、そんな大層な理由ならお聞かせ願おうか」

汐見は苦笑し、左手で髪を掻き上げる。

男の長い指には、あの色褪せた指輪はない。引っかかるもののない指の間を、黒髪がすり抜けていく。

市居はそれに気がつき、目を奪われそうになる。

「人を撃つのに正当な理由なんてあんのかね」

どこか渋く苦み走った男の声に、我に返った。

「正当だと思うか？　理由ならおまえが一番よく知ってるだろ？」

「知るわけないだろ、犯人でもないのにさ」

大仰に肩を竦める仕草が白々しい。市居はにこりとも笑わないまま続けた。

「さっき言ったが、俺は刑事なんてなりたくてなったわけじゃない。親父が無理矢理ならせたようなもんだ。今は俺のポストが上がるのが、隠居暮らしの親父の楽しみだ」

自分にも父親への反抗心はあったのかもしれない。思い当たる節はいくつかある。べつにほかにやりたいことがあったわけじゃなかった。警察庁のエリートの肩書きには概《おおむ》ね満足している。けれど、ふらふらとした仕事ぶりで、親父の望むポストにつくことを避けるかのような行動ばかりしてきた。

「俺はずっといいかげんな刑事だったけど、今おまえが逮捕できなくて悔しい。こんな気持ちになったのは正直初めてだ」

「瞳也……」

市居は男の顔を見つめる。美しいと誰もに言われる眸を細めて魅惑的に笑むと、不意をついてバッと汐見のその右手を摑んだ。だらりと下ろされていた拳を、がしりとその上から握り締めた。

「捕まえたぞ。これはなんだ？」

汐見はなに食わぬ顔で応える。

「パチンコ玉」

「嘘つけ、弾丸を拾ったんだろうが！　見せてみろ」

放すまいとする市居の手ごと、汐見は自分の元へ拳を引き寄せた。

包んだ市居の手の甲へ、ちゅっと音を立てて口づける。それでは足りないと判断したのか、べろりと舌で舐めた。

「なっ……なにしやがる！」

思わず怯んで放した手に、市居はしまったと思った。

汐見の腕が空を切り、大きく横に弧を描く。広げられた手のひらの中から、キラリと輝くものが川面《かわも》に向かって飛んでいく。

「あぁっ！」

上げた声も虚しく、小さな輝きは川面を滑るように跳ね飛び、三つの水紋を作って川床に沈んでいった。

「ああ、惜しい！　もう少しで四つ作れたのに」

汐見はチッと舌を打つ。

「パチンコ玉があんなに弾むか！」

「投げたことあんのかよ、パチンコ玉。おまえなぁ、マジでいいかげん俺を疑うのやめたらどうだ？」

「疑わしいから疑うんだろうが！」

怒鳴りつける市居を前に、男は笑っている。

唯一の物証を失ってしまった。呆然《ぼうぜん》としつつも、市居はどこかホッとしたような複雑な気分だった。

こんな刑事失格の気持ちにさせる男が恨めしい。

市居は憎たらしくて堪らない男を、見据えて宣言した。

「……覚悟しろよ？　絶対に俺はおまえを捕まえてやる」

汐見はいけしゃあしゃあと返した。

「なに捕まえんだ？　俺のハートか？」

「違うわ、このバカ！　逃がさないからな、一生つき纏ってやるからな！　地の果てだろうが、天国地獄だろうが、追ってやる！」

突きつけた市居の指の先を、秋の爽《さわ》やかな風が吹き抜ける。飄々《ひょうひょう》と笑い続ける汐見の、楽しげな声が風に乗って河原を漂う。

男は悪戯《いたずら》っぽく目を輝かせ、そして言った。

「すげぇ告白だな。熱烈だね。じゃあ一生この俺を追いかけてもらいましょうか？」

空さわぎのドア

『今の、なんの音？』

激しい音だった。

足先でドアを閉じた音は電話の向こうにも聞こえたらしく、耳に押し当てた受話口から返ってきた怪訝《けげん》な声に汐見は応《こた》える。

「ああ、洗面所のドアの音。今両手が塞《ふさ》がってるから、足で閉めたんだ」

女は小さく『そう』と納得して話を続けた。

『征二《せいじ》さん、それで今どうしてるの？』

「今？　髭剃《ひげそ》ってる。素っ裸。風呂入るところだったんだ。テレビ電話とかだったら、理佐《りさ》子《こ》さん卒倒してるとこだな」

携帯電話を肩口と耳元で挟んだ汐見《しおみ》は、手のひらに溜《た》めたシェービングフォームを口の周りになすりつける。

洗面台の広い鏡の中には、裸の自分の姿が映し出されていた。相変わらず死んだ魚のような目をしている。ニイっと口角を左右に広げて歯を見せると、白い泡に包まれた口元は笑顔を作り、その顔は他人に見えた。

『……「今」って、そういう意味で訊《き》いたんじゃないのは判《わか》ってるんでしょう？』

少し間を置き、溜め息混じりの女の声が返ってくる。

「律儀だなぁ、理佐子さん。十二月には必ず電話をくれる」

『もう義姉《ねえ》さんって呼ばないのね』

「そりゃあ……あなたと俺はもう他人だから」

肌の上を滑らせたカミソリの刃は、この数日間で目立ち始めていた無精髭を剃り落とすと共に泡を掃いていく。受話器の向こうは沈黙し、汐見は続けた。

「俺が知佳子《ちかこ》のことを忘れたみたいで不服？」

『だったら電話なんかしないわ』

「どういう意味？　知佳子の命日が近いから十二月は電話をくれるんだとばかり思ってたけど」

『そうよ、貴方《あなた》が心配でね。思い出させるためじゃないから。だってあなた、知佳子のことは四六時中思い出してるんでしょ？　お願いだから妹のことはもう忘れて、参るお墓だってないんだから、あの子も望んでないわ』

長い間会ってはいない義理の姉だった女性の声は、久しぶりに聞く度《たび》『ああ、こんな声だったか』と思う。

もう会うことも望めなくなったその妹……かつて愛したはずの女の顔は、どんな顔だったのか。はっきりと思い出せるようでいて、鮮明には思い出せない。その輪郭も体の感触も、たしかに記憶の中に存在する。けれど、どこにも描き出せない。

記憶はもどかしいものだ。形ないものに命を与え続ける。幻と違《たが》わぬものを輝かせ続けようとする。

汐見は初めてまともに言葉に応えた。

「お墓ね……あれでよかったのかって俺は疑問だよ」

『よかったのよ。妹が望んだことだもの。あの子はそういう子よ……変わり者であなたには苦労させたわね。我《わ》が儘《まま》で気ままで、自由奔放で……征二さん、よく知ってるでしょう？　そういう子よ、だからあなたのことも恨んだりしてない』

「俺は恨まれてるなんてこれっぽっちも思ってないよ。忘れられないでいるのは、理佐子さんのほうじゃないかな」

『……そうね、あの子をいなかった人間にはできない。苦しみはゼロにはならない。でも少しずつ気持ちを消化して、ゼロに近づけていくことはできる。そう思ってなきゃ、生きていけないわ。なのに……あなたはずっと昔のまま、忘れずに生きていかなきゃいけないって思い込んでる気がする』

ふっと汐見は息を零《こぼ》す。鏡の中の他人のような顔が、また笑った。

「俺ってそんなに真面目《まじめ》だった？　買い被《かぶ》りすぎてるな。もう忘れたよ、随分前から俺は変わった」

『嘘《うそ》』

「嘘？　あなたに嘘ついてどうすんの。俺に会ってないから知らないだけだよ。今どうしてるかって訊いたね？　ちょっと前から探偵事務所やってる。まぁ、まだ閑古鳥鳴いてるけど、お気楽なもんだよ。迷い猫捜しに浮気調査……探偵なんて実際大した仕事ないしさ。小難しい犯罪に頭悩ませる必要もないし、煩《うるさ》い上司もいない。一人で楽しくやってる。理佐子さん、時間は流れてるんだ、俺だって変わるよ」

　受話器の向こうで息を飲む気配がして、しばらく彼女は沈黙した。

『嘘よ。あなたは変わってない』

　やけに断定的な言葉に汐見が再び困ったように笑っても、彼女の声のトーンは変わらなかった。

『知佳子のことで私、判ったの。不幸を背負うのは、死んだ人間じゃないって。知佳子の不幸は三年前に終わってる。でも征二さん、あなたはまだ不幸でいなきゃいけないと信じてる。気づいてないって言うなら、それを認めて変わろうと努力して。あなたにはもっと自分のことを考えて生きてほしいのよ』

「嫌だな、俺はいつだって自分のことしか考えてないけど？」

　彼女はまるで汐見の言葉を聞いていないようだった。

『お願いだから、忘れて』

　そう何度も言い残した。通話は終わった。いつの間にか手を止めていたことに気がつき、カミソリを握ったままの右手を素早く動かす。

「……ちっ、やっぱ安物はダメだな」

汐見は舌打ちした。最後の泡が顎《あご》から消えた瞬間、微《かす》かな痛みが走った。三本幾らかの安値で買ったT字カミソリには、セーフティーワイヤーなんて肌を甘やかすものはついておらず、乱暴に扱った途端に薄く皮膚を裂いた。

カミソリの柄《え》と指を伝って落ちる白い泡が、微かに赤く色づく。汐見は勢いよく蛇口を捻《ひね》り、洗面台の泡とひりつく顎を洗い流した。

寒い。体が震える。暖房もない洗面所に裸で突っ立っていれば当たり前だ。

バスルームのガラス戸を開け、一目散に湯船に体を沈めた。広いラブホテル仕様のバスタブから、汐見の体の体積の分だけ湯が溢《あふ》れる。ザバリと音を立て、バスルームの乾いた床を叩《たた》く。足を伸ばして肩口まで浸《つ》かると、水音はやがて立たなくなり静かになった。

無音だ。周囲は静寂に満たされ、鼓膜が音を探す。『忘れて』と電話越しに聞いた声が傍《そば》で響いた気がした。

汐見は首まで身を沈めた。再び溢れる水の音が鳴る。そして止まる。耳にどこまでも残る声を煩いと思った。休みない音を求め、さらに鼻先まで湯に浸かった。

『忘れて』

閉じた目蓋《まぶた》の上で水面《みなも》を波打たせる。

『忘れて』

ついには頭のてっぺんまで浸かり込む。

髪の先がユラユラと湯の中で揺れる。汐見は軽く閉じていた目蓋を躊躇《ためら》いもなく開けた。

熱を目で感じた。バスタブの底から光に満ちて揺れる天井を見上げると、紺色のバスタブに囲まれて切り取られた視界はまるでドアの間口のように見えた。

明るい水の外の世界。暗く沈んだ水の中。いっそ閉じるドアがあればいいのにと、汐見はぼんやりと考えながら、薄く開いた唇の間から泡を上げ続けた。

規則的に上げ始めた気泡は、やがて不規則になり止まる。肺の中は空《から》っぽになる。

息はできない。

汐見は身動き一つしなかった。

『忘れて』

煩い。このままここでじっとしていれば、扉は閉ざされたも同じだ。

暗い水底へ落ちて行く。二度と這《は》い上がれない深い深い深淵《しんえん》の暗がりへと。

無意識に目蓋を閉ざし、光を阻もうとしたそのとき遠くでドアの開閉する音が聞こえた気がした。

続いて、確かな声が響いた。

「なっ……なにやってんだ、おまえっ！」

湯の中に伸びてきた手が肩を摑《つか》む。腕を、体を。バスタブから引き出されて、汐見は大きく息をついた。濡《ぬ》れた髪から湯が滝のように流れ落ちる。鼻から気管支へ、急激に吸い込んだ空気と一緒くたに湯は入り、汐見はゲホゲホと激しく咳《せ》き込みながら応えた。

「水死体ごっこだ」

市居《いちい》は呆気《あっけ》に取られた顔をする。

「あ……悪趣味な遊びをするな！　驚くだろうが」

「びっくりはこっちだ。刑事が不法侵入か、いい根性してるな。しかも風呂場を覗《のぞ》き行為とはな、俺の裸は高くつくぞ？」

「おまえの裸なんぞ一文にもなるか！　ノックならした、何度もな。ドアベルもない部屋に住んでるおまえが悪い。よくこんな悪趣味な場所で暮らせるな……つか、鍵《かぎ》くらい閉めろよ。玄関、開けっ放しだったぞ？」

「ああ、今のドアの音……おまえだったのか」

「鍵、かけといたぞ。ったく、無用心な。野郎だからってな、安全に暮らせるような時代じゃもうな……げっ、ズボンまで濡れたじゃないか！　どうしてくれんだ！」

バスタブの脇に立つ市居は飛び跳ねた。靴下はもちろんのこと、スーツのスラックスの裾《すそ》まで濡れて色が変わっている。注ぎ込んだ金が窺《うかが》える高そうなスーツだ。

「二言目には服が服がって、濡れたぐらいで女の腐ったような奴《やつ》だな」

汐見は笑った。バスルームに自分の笑い声が反響する。つい今しがたも電話に向かい何度か笑ったはずなのに、久しぶりに自分の笑い声を聞いた感じがした。

ははっと体を揺らして笑いながら汐見は言った。

「……タイミングの悪い奴。しかも、おまえは……ドア開けて勝手に入ってくんだな」

「はあ？　どういう意味だ？　しょうがないだろ、おまえが反応しないから中に入るしかなかったんだよ」

当然のように訳が判らないでいる男の返事に、バスタブの縁に腕を投げ出した汐見はまた少し体を揺らした。

髪の毛から飛び散る雫《しずく》が、明かりを反射してキラキラと光る。とっくにスーツは濡れているのに、市居は滑稽《こっけい》なまでに飛び退《の》く仕草を見せ、汐見に何度も笑い声を上げさせた。

「……くそっ、最低だ……生まれてこの方、おまえみたいな嫌な奴に俺は……会ったことない」

市居瞳也《とうや》は不意に悔しさを覚え、唇を噛《か》んだ。

現在置かれた状況が、ひどく理不尽であることに気がついたからだ。

人は第一印象がよすぎると、付き合ううちにさほど気の合う相手ではなく思えてきてがっかりすることもある。相手がよほど上手《うま》く猫を被っていたのか、期待値の高さゆえか。過大な期待はお互いにとってよくない。

では、第一印象が最悪の人間はどうだろう。地を這う期待の低さであれば、これ以上は印象も下がりようがなく、あとは僅《わず》かばかりでも浮上するのみだろうか。

「汐見、判ってんだろうな？　おまえ、最低だ」

「ふうん、俺より嫌な奴に会ったことないって？　随分と薄っぺらい人生送ってんだな。温室育ちのエリートだもんな、瞳也ちゃんは。俺と出会って、対人関係に深みも生まれてよかったんじゃないの？」

「ちゃんづけ……やめろ。とにかく、俺はおまえが嫌いなんだよっ……最初も、今も……これ、からもっ……」

「嫌い、ねぇ……説得力ないと思わないか？　こんなことしながら言われてもさ」

「……あっ……あぁっ……！」

腰をぐいと摑み寄せられ、市居は悲鳴に似た声を上げた。

体を揺さぶられ、素肌の下のシーツが波打つ。市居は素っ裸だった。バスルームで濡れたスーツもシャツも、もう下着一枚すら身には残っていない。それどころか無防備にも女のように股《また》を開いて寝そべったベッドの上で喉《のど》を反らせば、目に映るのは他人の部屋の見慣れない天井と壁際に悪趣味に並ぶスポットライト。ラブホテルを間借りした住まいは、自分をリアルタイムで組み敷いている男の部屋だ。

最低最悪、本来顔を見るのも嫌なら口をきくのも嫌、触れられるなど言語道断……のはずの男と折り重なり、体を繋《つな》げているとは如何《いか》に。

数時間前の予定はこんなはずじゃなかった。今日こそしっぽを捕まえ、件《くだん》の事件の真相を吐かせてやると仕事帰りに出向いたはずが、何故《なぜ》かベッドの上。相変わらず予測どおりに動かない男に、いきなりバスタブに沈むなんて奇行を見せつけられ、出鼻は見事に挫《くじ》かれた。

あれよあれよという間に言い包《くる》められ、籠絡《ろうらく》され、この有り様。

「あっ、バカ、やめっ……んぁっ……」

穿《うが》たれたものが甘く痺《しび》れたようになっている場所を突き、予期せぬ声が出る。

口元を手で押さえ、潤んだ目で懸命に睨《にら》み上げる市居に、汐見は微かに笑った。

「痛くないだろ？　散々慣らしてやったからな」

耳に吹き込まれる低い声音《こわね》に、不本意にも背筋はぞくんとなる。

「……んな気持ちいいこと、一緒にできる相手を、最低と罵《ののし》るとはね。おまえはさ、相手が嫌いな奴でもいいほど……こんっなに、感じられるインランなわけ？」

「まっ、腰動かす…なって……あっ、ちがっ……違う、俺は淫乱《いんらん》なんかじゃ…っ……」

「だったら、言ってくれてもいいんだけどな？　好きとか、愛してるとか……あなたのためにお味噌汁《みそしる》作りたいの、とか……言葉はさ、いろいろあるだろ？」

——途中からなんか違ってないか？

どうしてこの男はこうもふざけた物言いをするのだろう。こんな場面ですら本音を見せない。誰が淫乱なものか。相手を選ばないほど飢えちゃいない。そう反論を思い浮かべるほどに、では何故汐見を受け入れてしまうのだろうと思う。

ふざけた男の言葉が的を射ていることに気づかされる。

もう少し思い詰めた声の一つでも出して真剣に問われたなら、自分は——

恨みがましく見上げた目の眦《まなじり》を、汐見の薄い唇が掠《かす》める。もぞりと男が体を動かすのに合わせて身の内で蠢《うごめ》いたものに市居は息を詰め、悔しげに噛んだ唇を、男はぺろっと無邪気な子犬のような仕草で舐《な》めた。

唇が触れ合わさる。市居が閉じる気配を見せなくとも、汐見は目蓋を静かに伏せた。目蓋を縁取る睫《まつげ》は案外長い。重ねる薄い唇が思いのほか柔らかいのはもう知っている。ちゅっと音を響かせ、何度も汐見は市居の唇を吸った。まるで機嫌を直してくれ、とでも言いたげな仕草。いつも自ら機嫌を損ねるような言動を繰り返して台なしにするくせして、馬鹿じゃないかと思う。

でも、優しいキスだ。本気と信じてしまいそうな口づけ。

こんなキスができるのなら、最初からそうすればいい。いや、初めにそうされたから……バスルームを出てすぐの口づけが本気を匂《にお》わせたから、こうしてベッドで絡《から》み合っているのに、どうして言葉だけが伴わない。

「汐見、もしおまえが……」

封じられたままの唇を動かす。

睫が僅《わず》かに揺れ、汐見はゆっくりと目蓋を開いた。

「なんだ？」

「……おまえが俺のこと、どう思ってんのか言うなら……俺も……言ってやらなくもない」

黒い眸《ひとみ》が自分を凝視する。どうにも無視できない眸だ。絶え間なく冷めているように見えて、ときに熱っぽい。冷酷のようでありながら優しくも見える不思議な眼差《まなざ》し。嘲笑《あざわら》っているようにも哀《かな》しげにも映る。印象の定まらない謎《なぞ》めいた目は興味を引いてやまず、ついには自分の心を奪い去った。

男はふっと目を細めると、苦笑した。

「だったら……こうするか？　同時に言ってみるってのはどう？」

「同時に？　せーので仲良くか？　アホか、子供じゃあるまいし」

「お互い言わないんじゃ、にっちもさっちもいかねぇからな。どうする？」

それでも譲歩のつもりなのか。そう思いながらも頷《うなず》いたのは、なにを置いても自分が汐見の本音を知りたかったからだ。

了解して、言葉を頭の中で探る。決めかけたところで汐見が言った。

「……いや、やっぱやめとくか」

額《ひたい》に落ちる生乾きの髪を掻《か》き上げ、不意に神妙な表情を見せる。ふらりと自分の顔の上を彷徨《さまよ》った視線が憂いを帯びて見えたのは、天井の明かりが逆光であるせいだけだろうか。

「おまっ、おまえな、自分で言い出したんだろうが」

「後悔……するかもしれないぞ？」

「こ、後悔ってなんだよ？」

「さぁ、なんだろうな。よく判んないな……後悔するのは俺なのかもな」

本当に判らないのか、また煙《けむ》に巻こうとしているだけなのか。

「ご……ちゃごちゃ言ってないで、もう決めたんだからさっさと言いやがれ」

急《せ》かすように胸を小突く。

「ほら、言うぞ」

『同時に』と念を押して口を開いた。汐見のほうが一瞬だけ早かった。

「……すき……」

幻聴じゃない。そう自分に囁《ささや》きかける男の声を確かに聞いた。

やや遅れながらも約束どおりに市居も口を開く。

「す……」

最初の一文字を発する。汐見の言葉をなぞるだけに等しい二文字。

瞬《またた》く間に吐き出してしまえる短い言葉を、言い切ろうとして飲んだのは、もう汐見という男を熟知し始めているがゆえの反射神経だったのだろう。

「……やきうどん」

続いた汐見のセリフに、市居はしばし沈黙した。喉の辺りにつかえた、伝えようと用意した二文字が消えるのにそう時間はかからなかった。

——スキヤキウドン？

一見意味をなさないかに思えた言葉の羅列は、すぐさま食品名に変換される。寒い冬には至上の一品。卵はかかせないアレだ。稀《まれ》に弁当屋でも売っているが、自宅で鍋の残りに麵《めん》を入れて作るのもいい。

体温まる一品の名に、市居はぶるっと身を震わせた。

もちろん寒いためではない。体は温まるが心までは温めないその品を耳にして、怒りでわなないたからだ。

蹴《け》り上げた。両腕だけは愛《いと》おしげに抱き寄せた男の腹に、長い足の膝頭《ひざがしら》をめり込ませる。

あらん限りの力で膝蹴りを食らわせ、市居は飛び起きた。繋がれたままだったものが抜け落ちるずるっとした感触に衝撃を覚えたが、そんな状況にも構うどころではない。

「……言うと」

シーツの上で握った拳《こぶし》は、声に合わせて細かに震えた。

「言うと思った。おまえのことだからな、汐見」

言葉で人に呪《のろ》いをかけてしまえるものなら、今一分の迷いもなくかけたに違いない。押し殺した声の市居の形相《ぎょうそう》に、甘さなども う微塵《みじん》もなかった。

汐見は蹴られた腹を押さえて軽く呻《うめ》きつつも、飄々《ひょうひょう》と応えた。

「……判っててご立腹なのか？　ああ……瞳也ちゃん、綺麗《きれい》な顔が台なしだ。目吊《つ》り上がってんぞ、おまえ」

「…………」

「そう怖い顔するなって。さては読めてなかったろ？　ちょっと冗談言ってみただけ……」

肩を竦《すく》める男の顔に拳を放つ。汐見のほうは動きを完全に見切っており、するっとかわされて渾身《こんしん》の一撃は頬《ほお》を掠めただけに終わった。怒りは膨《ふく》れこそすれ静まりようもない。

「汐見、俺はな、そういう冗談が大嫌いだ。くだらない冗談も、おまえもな！　安心しろ、金輪際くだらない冗談は言えないようにしてやる」

「どうやって？　俺の口はヤンチャだからなぁ、俺にも思いどおりにならなくて困るってのに……」

「もう二度と会わない。おまえの面《つら》は見ない」

市居はベッドから足を下ろすと、床に山を築いた衣服を拾い上げ始めた。

「って、天国地獄まで追いかけてくれるんじゃなかったのか？　おい」

「知るか。おまえの期待どおりにはならない」

「人を煽《あお》るだけ煽っといて『さようなら』か？　夜はこれからだってのに、そんな臨戦態勢で帰れんのかよ、おまえ」

どこまで本気なのか、引き止める汐見を市居はきっちり無視した。指摘されなくとも、スラックスに通そうとした足が縺《もつ》れる。どうにか服を着こんで立ち上がろうとして、奇妙に腰が引け、熱のこもったままの自分の体に腹が立つ。

すっ転びそうにふらついたのを、汐見が笑ったのかどうかは判らなかった。背後で聞こえた息遣いは、笑いだったのか溜め息だったのか——立ち去る決意をした市居には、もうどちらでも同じことだ。

ボタンを上手くはめることのできないシャツの前を苛立《いらだ》たしげに掻き合わせ、市居は部屋の戸口まで歩いたところで振り返った。

手を突き出す。ベッドに取り残された男を指さし、捨て台詞《ぜりふ》を吐いた。

「一人でマスでもかいてろ！　このクソったれ！」

中指を立てなかっただけ、お上品にすましたつもりだった。

くそ、くそっ、くそっっ!!

世の中には越えてはならない一線がある。それは極個人的な拘《こだわ》りで、他人から見ればどうでもいいところに引かれていることもある。

翌日の市居は不機嫌だった。

『すき焼き』までは許す。あの汐見だ、勢いでぽろりと言いかねないと頭の隅で判っていた。けれど、のん気に『うどん』までつけたのは許せなかった。

——なにがすき焼きうどんだ、ふざけやがって。

思い起こす度にノートパソコンのキーボードを叩く指も荒れる。

「あれ、市居さん、今日はまだ帰らないんですか？」

荒っぽいキーボードの音を響かせているところに話しかけてきたのは、島端の机を陣取る市居の右斜めの席にいる丸谷《まるや》だった。

夜の八時を迎えた警視庁本部庁舎内の捜査一課は、まだ昼日中のように人が多い。捜査員はこぞって夕刻から戻ってくるからだ。残業上等の刑事稼業。フロアの人口密度も高まっていく中、丸谷は市居が居残ることに関してだけは訝《いぶか》しんでくる。

所轄の捜査本部に派遣されていた事件が一つ片づき、今は警視庁詰めに戻ったばかり。手の空《あ》いたはずの市居が喜び勇んで帰宅しないのはおかしい、とでも思っているに違いない。

「報告書が溜まってるんだ」

「後回しにしてばかりいるからですよ。毎日少しずつ書き溜めていけばなんてことないのに。市居さん、夏休みの宿題は最終日に焦《あせ》ってやるタイプだったでしょ？」

母親のような小言を言う丸谷を一睨みする。

「俺の宿題のやり方までどうこう言われる筋合いはない」

「まだ時間かかりそうなんですか？　僕、今から出前でも頼もうと思ってんですけど、市居さんもいりますか？」

なんだかんだと文句を言いつつ世話を焼きたがるところまで母親にそっくりの男は、机に身を乗り出すと出前のメニュー表を広げた。

「たまには和食もいいか。コンビニ弁当にも飽きた」

頷いて受け取った市居はお品書きに目線を走らせる。

「前に天丼が美味《うま》いって市居さんが言ってた店ですよ。寒くなってきたし『鍋焼きうどん』もいいかも……ああ、秋冬の限定メニューにはたしかすき焼き……」

甲斐甲斐《かいがい》しくもご丁寧に説明。お品書きを指す丸谷の指を見ていた市居の頬は、ヒクリと引《ひ》き攣《つ》った。

「……言うな」

「へ？」

「俺の前で今後『すき焼きうどん』と口にしてみろ、おまえを撃つ」

「はぁっ!?」

理不尽どころか意味まで不明な言葉に、丸谷はメガネの奥の瞳を白黒させる。暴君極まれり、エリートだろうと階級が警視だろうとこれではただの我が儘男だ。

「……射撃ヘタなくせに。ていうか、撃って……ったく、言うことが時々子供なんだから。そういうとこがまぁ憎めないっていうか、取りようによっては可愛《かわい》い……」

「なんか言ったか？」

ブツブツとなにやら独り言を呟《つぶや》き始めた男を見ようとして、市居は視線をスーツの胸ポケットに向けた。音を発しているのは携帯電話だ。着信メロディを耳にするやいなや、飛びつく勢いで電話を取り出す市居に、丸谷は呆《あき》れたようにぼやいた。

「なんだ、帰らずにいると思ったら、女からの電話待ちですか」


丸谷の予想と違《たが》わず、市居に電話を寄越《よこ》してきたのは女だった。

けれど、約束をしていたわけじゃない。人恋しくなって、久しぶりに連絡をしてきたらしい。

以前は時間を見つけてはデートを繰り返していた彼女は、市居が二番目に気に入っていた女友達だ。セックスもするフレンドだった。スレンダーなボディで色香には乏しいけれど、ドライな性格は互いに気が向いたときだけ会うには心地よく、こうして急な誘いを受けることも珍しくはなかった。

「なに瞳也、難しい顔しちゃって。久しぶりに会えたってのに嬉《うれ》しくないんだ？」

「え？　難しい顔なんかしてないだろ」

「してるわよ。さっきからココ、皺《しわ》が寄りっぱなしだもの」

褐色の甘い酒、チンザノ・ロッソで満たしたグラスをキッチンで用意してきた彼女は、からかうように笑って市居の眉間《みけん》を指先で撫《な》でた。呼ばれて彼女の家を訪ねた市居は、ソファに腰を下ろしていた。

テーブルの上に載せた携帯電話をふと見る。

一時間ほど前、捜一のフロアで丸谷にぼやかれつつ電話を確認した市居が感じたのは、軽い落胆だった。

チラついた男の顔を思うと、自己嫌悪に眩暈《めまい》がする。期待でもしたのか。あの男が『昨日はごめんね、許してくれる？』なんて可愛げのある電話を寄越すとでも、少しは思っていたのか。

自分の愚かさが憎い。『白状したいことがあるならかけろ』と言って、汐見に番号を教えたのはたしか一カ月ほど前。汐見は『そんなこと言って、デートの誘い待ち？　自分から番号教えるなんて、結構積極的なんだな』などとくだらない戯言《ざれごと》を言って笑った。『まぁ、近いうちにデートなら誘うからさ』なんて軽口をつけ加えることも忘れずに。

もうすぐ十二月も終わる。今年も残すところ僅かだ。つつがなく終わるはずの一年は、たった一人の男との出会いでコロリと一変した。

出会って数カ月、件の事件が迷宮入りの様相を呈してから二カ月余り。汐見には度々会っているが、全て市居が仕事帰りに出向いたからだ。服を剝《む》かれそうになったのも、剝かれて抱かれたのも何度かあるが、汐見から近づいてきたためしはない。

思えば——いや、頭の隅ではずっと気づいていた。

自白どころか、近いうちにと言ったデートの誘いももちろんないことに。

一度たりとも電話を寄越さない男は、自分から接触したりはしない。

捨て台詞など吐かなくとも、簡単に途切れてしまう程度の関係。あのクソ男は煩い刑事がつき纏《まと》わなくなったと今頃ほくそえんでいるかもしれない。実は思う壺《つぼ》で、それこそが狙《ねら》いで自分に甘い顔を見せていたのだろうか。

「ちょ、ちょっと瞳也、それ私のお酒！　飲めないんじゃなかったの？」

テーブルの端に置かれたグラスを引っ摑み、呷《あお》ろうとした市居はソファに並び座った彼女に押し留《とど》められた。

「あ……間違えそうになっただけだ」

「下戸《げこ》なんだから、こっちのウーロン茶で我慢しときなさいよ。久しぶりに会ったのに、介抱させられるなんて嫌よ？　なにか嫌なことでもあったの？　上《うわ》の空だし、さてはナンパで可愛い子にでも振られた？」

ウーロン茶のグラスを手にした彼女は、冷たいグラスの縁で市居の唇を撫でる。艶《つや》っぽい仕草でグラスをそのまま傾けられ、流れ出てきた液体を口に含んだ市居はコクリと喉を鳴らして応えた。

「ナンパなんてずっとしてないよ」

「嘘、酒癖と女癖は直らないものよ。死んだおばあちゃんが言ってたもの」

「本当だって、最近は真面目に仕事してるし……」

信じていないのか、彼女は笑う。

過去の行いを顧みるに、疑われても仕方がない。けれど、本当だった。ナンパどころか、一番のお気に入りだった女にもとっくに振られ、生きがいは仕事のみ。犯罪の検挙率を上げるにはちょうどいいかもしれないが、まるで侘《わび》しい独り身の中年男のような生活を送らせてもらっている。

その原因になった男はといえば、『すき焼きうどん』で縁が切れたも同然——

間違っている。どこから歯車が狂ったのか、こんな生活は自分らしくもない。

「真面目に？　じゃあ、これからまた仕事に戻る？　刑事さん」

綺麗に整えられたネイルの指先が、少し長く伸びてきた市居の前髪を掬《すく》う。するすると指どおりのいい髪を弄《もてあそ》ばれ、市居はその指を手で摑んだ。

あのクソ男のことばかり考えているから、枯れ果てた生活になるのだ。

元の自分を取り戻せば、汐見のことなんて忘れる。きれいさっぱり、欠片《かけら》も思い出せなくなる。事件だって怪我《けが》をきっかけに八十島《やそじま》は息子との和解を果たし、もはや誰も苦しんでいないのだから、自分一人が証拠も皆無の男を追い回したところで意味はない。

もしも、もしも再び汐見に類似の犯罪を起こす可能性があるというのなら、そのときに逮捕すればいい。そうだ、ずっと効率がいい。確実にあの男を牢屋《ろうや》にぶち込める。

もう一度、汐見がその手を汚したとき——

何故か、バスタブに沈んでいた男の顔が頭を過《よ》ぎった。

まるで死んでいるかのようで、ぞっとした。救わなきゃと、救い出さなければと自分はスーツが濡れるのも顧みず、両手を湯の中へ突っ込んだ。

濡れた体を抱き起こした感触まで思い起こしそうになり、市居はぶるりと頭を振る。

戻るんだ。今までどおり、仕事の合間にはナンパ……いや、ナンパの合間に仕事だったかもしれないが……どっちでもいい。そんな自分らしい、日常へ。

「真面目に仕事する俺のほうが好みになった？」

微笑《ほほえ》んで彼女の右手からグラスを奪い取る。

調子が戻ってきた。

「さぁ、どっちでしょ」

彼女の唇は鼻先を近づけると口紅の匂いがした。ほっそりした体に腕を絡みつける。緩いカーブを描いたセミロングの髪が首筋を撫で、くすぐったい。懐かしいような感触を腕に覚えながら、市居は身を傾けた。

そして二人して同時に『あっ』と声を上げた。ソファに転がり、市居が彼女の持っていたグラスをテーブルに移したときだった。カタリとグラスの底がテーブルを打つ音が響いたと同時に、タイミングを狙いすましたかのように部屋が真っ暗になった。

ＢＧＭ代わりでしかなかったテレビも沈黙した。部屋を暖めているはずのエアコンの音も失《う》せ、明かりと一緒にすべての音は掻き消えた。

「……やだ、ブレーカー落ちたの？」

沈黙し暗転した部屋の中で、市居は身を起こすと伸び上がった。

なに気なく目をやった窓の外は、月明かりがぼんやりと満たすのみ。遠くの繁華街のネオンも、向かいのマンションの数あるはずの明かりも、すべてが夜空に溶け込んだように消えている。

「違う。停電だ」

「停電？　雷も鳴ってないのに、どういうことよ……」

「すぐ戻るって。電力会社のブレーカーでも落ちたんだろ」

「電力会社のブレーカー？　こんなときに馬鹿言わないでよ、もうっ」

電気に頼り切った暮らしに慣れた現代人には、停電は不安なものだ。くだらない冗談の一つでも言って、誤魔化したくもなる。あははと彼女は笑って胸元を小突いてきて、市居も乾いた笑いを漏らした。

けれど、『すぐ』のはずの電力は一向に戻ってこない。明かりを失った部屋の中で、時間の感覚も麻痺《まひ》してくる。どのくらい経《た》ったかも判らない。

「うちロウソクなんてないんだけど……あ、懐中電灯ならたしかクローゼットに……」

「明かりならどうせ消すつもりだったんだから、なくても一緒、だろ？」

ソファで向き合い、停電が終わるのをじっと待っているだけなんてマヌケだ。指先の感覚だけを頼りに、彼女の頬を撫でる。

「ホント調子いいんだから、瞳也って。相変わらずねぇ」

「しょうがないだろ、だって暗がりでできることっていったらほかにない……」

暗がりでやれることといえば、ほかにはない。

自分にそれを教えたのは誰だったのか。

市居はハッとなった。からかうように言った男の声が頭に蘇《よみがえ》る。

「……あいつ……どうしてんだ？」

「え……誰のこと？」

彼女の上に覆《おお》い被さろうとしていた市居は、がばっと身を起こした。首を捻ってもなにも見えず、ましてや汐見がどうしてるかなど判るはずもないのに、暗い部屋の中で思わず辺りを見回した。

なにも見えない、聞こえない。真っ暗だ。闇《やみ》に満たされている。

この部屋も、街も——もしかすると汐見の部屋も。

汐見の住んでいるラブホテル街は隣の区だ。同じ状態とは限らない。けれど、窓から見える範囲のすべてが暗く、停電は広範囲にわたっているのを示していた。

光を失えばどうなるだろう。あの極度の暗所恐怖症男が平然と過ごしているとは思えない。

「……俺の知ったことかよ、そんなの」

市居は頭を一振りすると、目の前の彼女に触れた。

すぐ戻る。たとえ東京二十三区全滅してようが、ニューヨークの大停電じゃあるまいし、何時間もこのままなんて有り得ない。

「瞳也?」

——けど、明かりが点《とも》れば、汐見はどうなる?

暗がりに目が慣れれば慣れるほど、恐怖を感じると言っていた。光が戻るその一瞬が、一番怖いのだと……その原因は、かつて妻だった女性の哀しい死に様。汐見は思い出せば今も震えるだろうか。あの悪趣味な部屋で。

一人きりの、部屋で。

「瞳也……ちょっと、苦しい」

胸の膨らみを撫で回すつもりが、市居は彼女のブラウスを握り締めるだけになっていた。

「……くそっ」

市居は呻いた。世話が焼ける。目の前にいてもいなくても、あのクソ男は自分に迷惑をかけるのだ。

「ごめん、あとで連絡するから」

「え……ど、どうしたの？」

「暗いの怖くて泣いてるかもしれない男がいてさ」

汐見のために立ち上がる自分を馬鹿だと思ったが、動き出した体は止まらなかった。

「暗くて泣いてって……男の子？　子供？　ちょっと、瞳也！」

コートを探して拾い上げた。暗い部屋の中を手探りで歩き出した市居に、彼女は呼びかけてくる。

「このお詫《わ》びは必ずなにかするから！」

市居は謝りながら、汐見を確かに子供みたいだと思った。

ラブホテルを間借りした部屋は賑《にぎ》やかだった。

つけっぱなしのテレビは、室内に笑い声を響かせている。壁際の小さなテーブルに向かった男にもそれは聞こえていたが、耳は素通りしていた。元々見る気もなくただ点しただけのテレビだ。

「ちっ、やっぱ写り悪いか。あのオヤジ、こんな写真じゃまた依頼料値切ろうとするんだろうな」

汐見は背中を丸め、デジカメからプリンターで打ち出した写真を見ていた。A4のフォト用紙には、ホテルから若い男と人目を忍ぶように出てくる女の姿がいくつも写しだされている。男の体に遮《さえぎ》られ、女の顔はどれも鮮明には写っていなかった。

「……浮気ねぇ。あのオヤジに嫁がいるほうがミステリーだな」

放《ほう》った紙はテーブルの上を音もなく滑った。

汐見はふと左手を頭上に翳《かざ》してぼんやり見つめる。しばらくは感じていた薬指の違和感は、もう忘れる日が多くなった。長い間指の付け根を拘束していたリングのあとは今もうっすらと残っていたが、目立たなくなっている。やがては消えるのだろう。外れるときはあっけないものだ。

『一人でマスでもかいてろ！　このクソったれ！』

昨夜、怒り狂って部屋を出て行った男の後ろ姿を思い返し、汐見はくすりと笑った。

気が強い。プライドが高い。甲高《かんだか》い声でキャンキャン吠《ほ》える血統書つきの犬みたいな男だ。うるさいと思う。けれど、うるさいところがいい。構われたくない振りして、もっとこっちを見ろと騒いでいるようなところが自分にはちょうどいい。

なにかを思い返して笑う。ただそれだけのことが、随分長い間忘れていた感覚だった。

もしかして……構ってほしいと思っているのは、自分のほうなのだろうか。

——さすがに昨日の今日で連絡は寄越さないか。

根比べをする気はなかった。パンツの尻《しり》ポケットに押し込んだままの携帯電話を汐見は取り出した。市居が勝手にメモリーに入れた番号を画面に出す。

通話ボタンを押そうとして急に指が止まった。ボタンに親指を載せたまま、汐見は不意に躊躇いをみせた。

押せば、変わる。変化が訪れる。

そう考えると、ほんの少し指先に力を入れるだけのことが、何故かできなくなった。自分の意思をなにかが制御する。もう一人の自分、無意識下の自分なのかもしれなかった。押せない。押してはいけない。それは、強力な暗示のように指先を支配し始める。

汐見は息を深く吸い込み、ゆっくりと吐き出した。大したことじゃない。押せる。

指先を凝視したまま勢いづけるように上体をやや前にのめらせ、携帯電話の小さなボタンを押し込もうとしたそのときだった。

ヒュンッと張り詰めた鉄線が切れるような音が鳴った。背後のテレビが消えた音だ。同時に、部屋の隅々まで夜通し照らし続けるはずの照明が消灯した。

一瞬にして部屋の光景は様変わりした。

闇に落ちた部屋の中で、汐見は目を瞠《みは》らせる。

テーブルの角に腰を打ちつけるのも構わずに、ベッドの上に飛び乗る。枕の傍にあるパネルを闇雲に叩いた。触れたスイッチが照明か、テレビか、空調か、どれなのか判らない。どれだったとしても結果は一緒だった。明かりは戻らない。音も、なに一つ。マズイと思った。

飛びついた窓の向こうにも明かりはなく、停電と悟った汐見は気を落ち着ける方法を探した。

ただの暗がりだ。部屋の中はなにも変わっていない。自分にそう言い聞かせ、ベッドの角を覆う柔らかな布団の端に手のひらを滑らせながら室内を歩いた。

家具の配置も部屋の温度も変わりない。ここはいつもの部屋、ベッドの端から数歩歩けば壁に突き当たる。造りつけの棚の上のテレビの画面は、まだ生暖かい。棚の下には嵌《は》め込まれた小さな冷蔵庫。汐見は扉を一撫でして開き、真っ暗な庫内を探った。食料らしいもののほとんどない冷蔵庫の中は、探るまでもなくすぐに目当てのものを探り出せる。

缶ビールのプルトップを押し上げ数口飲んだ。

一気に残りを喉に流し込もうとしたところで、それはやってきた。

「……くそ、きやがった」

最初に感じるのはいつも息苦しさだ。それから体が冷たくなる。手の先、爪先《つまさき》、意思とは無関係に震え出す。息をついても、いくらついても苦しく感じるようになる。

子供の頃、金縛りに悩まされた時期があった。体が自由にならないその感覚は恐怖だったけれど、何度目かからは事前に予期できるようになった。本格的に陥《おちい》る前に無理矢理にでも体を動かし、目を覚ますことによって金縛りは回避できた。

けれど、今体を襲う異変は違った。予知はできても逃れる術《すべ》がない。

汐見は胸を喘《あえ》がせながら暗闇を凝視した。その黒いくっきりと男らしい眉根を寄せ、部屋の闇を睨み据えた。

記憶の残像が、頭のどこかに映写機でも備わっているかのように闇の中に映る。

『バカじゃないの、征二』

耳慣れた声が鼓膜を揺らした。あり得ない光が部屋の中で躍っている気がした。キラキラと光る木漏れ日。あの光だ。キッチンの傍の大きな窓から、いつも部屋を照らしていた光。

『どうかしてるわよ。この年でそんなもの買っちゃうなんて』

白く長いカウンターテーブルに女は片肘《かたひじ》をつき、煙草《たばこ》を吸っていた。長く真《ま》っ直《す》ぐに伸びた髪を耳にかけなおしながら女は話した。

『買ってくれないとクビに？　バカね、セールスの口車に乗せられてどうすんのよ。だいたい赤の他人が生活苦になろうが知ったことじゃないでしょ。お墓なんてあたしは嫌よ、死んでまで土地にしがみつくなんて』

あはは、と女は笑った。汐見は前を見据えたまま、呻くように言った。

「……俺も想像力が逞《たくま》しくなっちまったもんだな。喋《しゃべ》るなよ、知佳子」

幻聴だ。この部屋は、あの部屋じゃない。

女は応えない。ただ記憶どおりの言葉をなぞる。

『ちょっと、煙草取り上げないでよ。あのね、煙草とお酒は法が許した嗜好品《しこうひん》なの。ほら、征二も吸ってみる？　少しは性格変わるんじゃないの？』

「……黙ってくれ」

『どうしてそうお人よしのマジメなの。四角四面って征二みたいな人のこと言うんだわ』

笑う女の声が聞こえる。耳元で、部屋の隅で。そこら中で。

女は自分をからかいながら楽しげにくすくすと笑う。

「うるさいんだよ、知佳子！　黙れって言ってんだろうがっ!!」

ガツリと床で鈍い音が弾《はじ》けた。飲みかけのビールの缶を、汐見は力任せに床に叩きつけた。

零れたビールの泡の弾ける音が女の笑い声と入り混じり、黒色に塗り潰《つぶ》された宙を舞う。

濡れた床を踏みつけ、汐見は窓辺に駆け寄った。カーテンを掻き分け、回転窓のノブを探った。

息ができない。吐き気がする。まるで喉の手前になにか大きな塊《かたまり》がつかえて吐き出せないでいるかのようだった。掴んだノブをガタガタと揺らす。ただ九十度に回すだけのことが自由にできなくなっていた。

正気を失っていく自分を感じた。

「俺がそんなに憎いのかよ。俺を死ぬまで解放しないつもりか、知佳子！　死ぬまで……」

窓が大きな音を立てて開いた。押し開いた窓の向こうに乗り出した体を、冷たく冴《さ》えた夜風が撫でる。遠い地面は見えない。

ただ風だけが、まるで汐見を優しく『おいで』と誘い込むように包んだ。


市居の目に映る外は薄ぼんやりと明るかった。

月明かりがこんなにもありがたいと感じたのは初めてだ。車がこれほど他の電力に左右されない、頼もしい存在だと知ったのも。点ったヘッドライトは眩《まぶ》しいほどに光を放つ。市居は彼女のマンション近くの駐車場に停《と》めていた車を出した。

けれど、快適に走り出したのは住宅街の間だけで、大きな通りに出た途端、渋滞に巻き込まれた。時刻は十時手前、まだ人も車も街から捌《は》けきれない時間に、多数の信号機が停電でガラクタに変わったのだ。

国道の交差点はどこから電力を得ているのか普通に点っていた。けれど、小さな交差点となると消灯したままで、警官が懸命に交通整理に出ている箇所もあったが、焼け石に水だった。道路は毛細血管でも詰まったような状況で、どこものろのろした車の流れだ。不思議な光景だった。闇に沈んだ街中でも自家発電のできる駅だけはぽつんと明かりを輝かせ、誘蛾灯のように人を集めている。

全てが混沌《こんとん》としていた。街だけでなく、市居の頭の中も。

汐見の家の近所は停電していないかもしれない。行く必要はないと思う気持ちと、確かめずにはいられない気持ちがハンドルを握る市居の頭の中で交錯する。

自分を温かく迎える優しい女の胸と、皮肉屋の屈折した男。秤《はかり》にかけても汐見を選ぼうとするなんて本当にどうかしている。

今まで自分は誰かを執拗《しつよう》に追い求めたことなどなかった。

それが何故、汐見なのか。判らない。時折寂しい眼差しを見せるあの男を無視できない。

市居が自分を殺してまで手を差し伸べたいと思ったのは、汐見が初めてだった。

街灯も点らない道を車でひた走る。汐見の部屋のあるラブホテル街も明かりはなかった。

雲の中に月が消えると、ぼんやりと薄明るかった周囲にも黒いベールがかかったようになり、気が急いだ。

駐車場に車を停め、ホテルに入る。エレベーターは動いていないから、徒歩で階段を十階までだ。気が遠くなった。

息を切らして辿《たど》り着いたフロアの廊下をそろそろと歩いていると、どこからともなく女の細い嬌声《きょうせい》が聞こえる。たまに隣近所の部屋の声が聞こえると汐見が言っていただけあって、見た目ばかり小綺麗な壁の薄いホテルらしい。停電しているとも知らず、情交に耽《ふけ》っているカップルがいるならおめでたいかぎりだ。

「うわ、ホント に外も真っ暗！」

目指す通路の先で扉が口を開け、市居はびくりとなる。

どこか楽しそうに言う女とともに男が現われ、市居はその覚えのある背格好にカッとなった。

黒髪の長身の男は近づく不穏な空気に気づかず、女の腰に手を回す。

――人が楽しい夜を犠牲にしてきてやってるというのに、自分は女で気を紛らわしてましたってか。のん気に部屋に連れ込みか！

市居は憤怒《ふんぬ》の表情を浮かべた。認めたくもない、醜い感情に突き動かされる。

つかつかと歩み寄り、男の腕を取った。女を引き寄せようとしていた腕を引っ掴むと、男の腹の辺りに腰を入れ、片足で膝を払い上げる。警察学校の術科で体得した柔道技だ。不意を打たれた男はあっけなく市居の上体の上を舞うようにして通路に転がった。

汐見にしては、呆気ない。

そう思ったときには、もう男の体を床に押さえつけた後だった。

「だ、だっ……誰だよ、おまえっ!?」

聞いたこともない声。隣で女が悲鳴を上げる。目を凝らして見下ろした先では、見知らぬ面貌《めんぼう》の男が脅え顔で自分を仰いでいた。

汐見じゃない。通路が暗くともそのぐらいは判った。

「……すまない、人違いだった」

「人違いですまされるか、警察呼ぶぞ！」

騒ぐ男の体の上から飛び退く。眼前に位置するドアをふと見れば、男が出てきた部屋のルームナンバーは9から始まっていた。階段を上り続けるのにうんざりしていた足は、一つ階をサバ読んだらしい。

汐見に関わるとロクなことがない。なにが哀しくて刑事が警官を呼ぶと脅されなければならないのか。男はケーサツと馬鹿の一つ覚えみたいに喚《わめ》き立てる。

「ああ、判った判った。『ケーサツ』ならここにいる。俺が警察官だ、見えるかほら。ほら、見ろ！」

市居はベージュのスーツのポケットから、手帳を探り出した。警察手帳を男の顔に張りつくほど突きつける。

「逃げ込んだ被疑者を追ってるんだ」

嘘八百とはこのことだ。まるで汐見みたいなデタラメぶりだ。

「な……なんだって？　だからってな、間違えたですまされると……」

「けどおまえ、やっぱり似てるな。身長百八十ちょっと、黒髪、黒いコート……やっぱおまえじゃないのか？　ちょっと、署までご同行……」

「彼は関係ないわよ！　ねぇ早く行こ、行こうったらっ！」

女が男の袖《そで》を強く引く。男はまだなにか言いたげだったが、腕を引かれて階段室のほうへ去っていった。

ホッとしたのは市居のほうだ。下りていく二人の足音が小さくなるのを待って、十階に向かった。

ノックしたその部屋のドアの鍵は開いていた。

汐見はいつも部屋のドアに鍵をかけない。部屋にいてもいなくてもだ。『盗まれるようなもんねぇから』と言っていたが、鍵をかけないのは貴重品がないからではなく、盗《と》られても構わないと考えているからに決まっている。

あの男は、大切なものなんか持たない。

もう、作る気もないのか――

「……いっ、痛っ……なんだよ、もうっ！」

返事のない部屋に入った途端、市居は不平を零す。室内の段差に躓《つまず》き、転んで脛《すね》を打った。数段とはいえ、部屋の中にいきなり段差なんて妙な構造なのに加え、石素材の床材だ。尖《とが》った角に脛をしたたか打ちつけた市居は激しく呻いた。

呻きながら前に進もうとして、今度はなにかに横っ腹を打ちつけた。

開きっぱなしの冷蔵庫の扉だ。

「なっ、なんで冷蔵庫が開けっ放しに……」

小さな冷蔵庫の少し先には缶が転がっている。気づかなかった市居に爪先で蹴り上げられ、カラカラと缶は音を立てた。びしゃり、嫌な音が立つ。土足の部屋で靴裏に濡れた感触を感じた。屈《かが》んで近づけた鼻先を、アルコールの匂いが掠める。

「酒？　ビールか？　おい、汐見っ！　いるんだろ、出てこい！」

暗い部屋の中に向けて叫ぶ。キッチンもない二十畳ほどの部屋は、所在を確かめねばならないほど広くはない。けれど、汐見の居所は判らなかった。暗いからだけでなく、気配すら感じ取れない。

本当にいないのか。明かりを求めて最寄りの駅にでも避難したのだろうか。

からっぽの部屋。薄いカーテンだけが風に揺らいでいた。ふわりふわり。部屋を泳ぐボイルカーテンに合わせ、カーテンレールがカタカタと細かな音を立てている。まるで寒さに歯を鳴らすように。

コートを車に残してきた市居も、吹き込む冷たい夜風にぶるっと身を震わせた。

開いたままの窓に歩み寄る。回転窓のノブに手をかけ、市居は閉じようとしてふと手を止めた。九十度に開いた窓の向こうに、バッと首を突き出した。

煌《きら》びやかな夜景も月も失せた寂しい夜の闇は、部屋の中とさほど区別がつかない。まるで、窓の向こうにもう一つの広い部屋でも広がっているようだった。

床のない部屋。まさかと思った。

市居は身を乗り出し、眼下を覗き込んだ。下はホテルの裏路地のはずだったが、十階からではなにも見えない。底のない深い闇の淵《ふち》にしか見えなかった。

寒い。凍える風が吹き抜ける。

まさか。少し酔ったぐらいで、そんなバカなことをする男か。

いいかげんでくそったれで、人をおちょくってばかりいる男。身勝手で嘘つきで、あいつは——

気密性の高い回転窓は扱いづらくて、ただ閉じるだけに四苦八苦した。

ばくっと大きな音を立てて窓は閉じる。室内が風だけでなく屋外の音からも遮断された瞬間、市居はひっとなった。

足元でぼうっと輝く赤い灯火がある。煙草の臭《にお》いが鼻を掠め、それが吸い差しに点った炎だとようやく判った。

「し……汐見？」

ベッドと壁の間の狭いスペースに、蹲《うずくま》る人影がある。

煙草の火とは暗がりではこれほど激しく赤く光るものなのか。小さな炎は前ぶれもなくぼろっと崩れ、うろたえた市居は足を踏み鳴らし、床に落ちた火を靴底で消した。

「汐見！　おい、汐見……」

人影は騒々しい音にも、声にも反応を寄越さない。膝を抱えた指先には燃え尽きた煙草のフィルターだけが残っていた。

「大丈夫なのか？　おい？」

膝に埋《うず》まる頭に手を伸ばす。触れた髪は恐ろしく冷たかった。覗き込もうと屈んで手をかけた肩は、震えてはいなかったが置物のように硬直していた。

雲が切れ、谷間に月が再び顔を出す。窓から気紛《きまぐ》れに射《さ》し込んだ月明かりに照らされた汐見の姿は、本当に闇に怯《おび》える子供みたいだった。小さく丸まっている。両足を抱いた男は、動かぬ棒切れになった一方の手でなにかを固く握り締めていた。

携帯電話だった。青白い月の光に照らされて鈍く光った電話に触れた市居は、汐見を馬鹿だと思った。

「……助けてほしいなら、さっさと……すればいいだろ、バカ」

屈んで静かに身を寄せ、そろりと冷たくなった体に手を回した。苦笑しながらも頭を抱いた市居の声が、その耳にちゃんと届いたかは判らない。

開いたままの電話の画面はよく知った番号を並べていた。

市居の携帯電話のナンバーだった。

汐見を抱きとめていたのは五分か十分だったように思う。

そう時間は長くなかったはずだ。失われたときと同様、唐突に明かりは戻った。停電は解消し、眩《まばゆ》い光が部屋を包む中で男の背は大きく震えた。市居はただ回した手に力を込める。

光を見るのを拒んだ汐見は、市居の胸に深く顔を預けたままだった。

腕の中で男の荒くなった息遣いが穏やかになっていく。

汐見が初めて発したのは、怯えていた男とは思えない、いかにも汐見らしい言葉だった。

「……おまえの『もう会わない』はたった二十四時間だったのか」

皮肉としか取れないが、不思議と腹は立たなかった。

「会えて嬉しいなら、素直に嬉しいって言えばいいだろう？」

それが言えない男だと知っている。汐見は一時沈黙し、それから顔を起こした。

「あんだけ昨日は仰々しく出て行ったわりに、随分お早いお帰り……」

最後まで言い終えずに、汐見は目を瞬《しばた》かせた。

市居がその頬に手を這わせたからだ。無言で市居は顔を傾け、そろりと唇を押し当てた。

触れるか触れないかの、掠め取るような口づけをする。乾いた汐見の唇は、少しかさついて感じられた。

短いキスの後、顔を覗き込むと汐見はたしかに驚いた目をしており、それだけで数々の暴言への溜飲《りゅういん》が下がる思いがした。

許すのは簡単だった。

一度水が流れを作った場所は、どんなに干上がっても再び雨が降れば川となる。

「おまえ、もう……俺に連絡寄越さないんだと思ってたよ」

汐見の言葉はただの確認なのか、それとももっと深い意味を孕《はら》んでいたのか。

返事を待たずに言葉を封じられた市居には問いかけようもなかった。離れかけた唇を、汐見はぎゅっと押し潰す。重ねた唇のあわいから伸ばし合った舌が絡んだ瞬間、湿った音が微かに響き、その音は上がりかけた熱を一気に煽った。

欲しい、そう思ったのは自分だけじゃなかったはずだ。ネクタイの結び目にかかった指は、もどかしげに外しにかかる。

「ここ……で、するのか?」

ベッドならすぐ脇にある。返事はなかった。シャツのボタンを外そうと探ってきた手は、なにを思ったのか喉元のボタンを一つ二つ外したのみで引っ込み、代わりに上着を引き毟《むし》らんばかりの勢いで開いた。しっかりと縫い留められたスーツのボタンは弾け飛びはしなかったが、市居は途端に声を荒らげる。

「バカ、破れたらどうしてくれるんだ! 高かったんだぞ、このスーツっ……」

詰《なじ》ろうとして息が詰まった。シャツの上から汐見が胸の一点に噛みつく。

「……スーツなんかどうでもいい」

「い、いいわけあるか、俺の服だ。ケダモノかよ、おまえはっ……あっ、ちょっ……やめろ、バカ……あっ……」

歯先がシャツの下の尖りを弾くように擦《こす》り上げる。逃げ退こうとする市居の腰を、抵抗させまいとするように腕ごとがっちりと抱き留め、汐見は顔を埋めた。

さっきまで自分に抱かれてしおらしくしていた同じ男とは思えない。

硬い歯先は執拗に市居の乳首を嬲《なぶ》った。柔らかく布越しに噛まれる度、痺れるような感覚が走る。時折舌で舐められ、何度も繰り返されるうちにシャツがじっとりと濡れてくるのが判った。

市居は自由に動けない手で、男の白いシャツのウエストの辺りを摑んだ。

「あっ、ふ……服、濡らす……なっ……もぅ……」

「……なんか甘い匂いがする」

「な……なに……？」

不意に漏らされた低い声に、市居はぼんやりした頭で首を傾《かし》げる。

「女の匂いだ。おまえ、女とやってきた後か？」

問われて意味が判った。よく覚えていないが、彼女は香水ぐらいはなにかつけていたかもしれない。

「ちが……ひ…ぁっ……」

一瞬遅れた返事は聞き入れられず、シャツの下で立ち上がり、存在を主張し始めた小さな膨らみを嚙まれた。乳首をきつく嚙み締められて身が竦む。丸めた肩を震わせ、市居は潤みそうになる目を吊り上げた。

「違うって、言って……るだろっ。す、少し会っただけで……」

「ちょっと会ったぐらいで匂いが移るもんか。昨日の今日でもう女作ってきたのか？　本当にどうしようもない女好きの淫乱だな、おまえ」

聞きようによっては嫉妬《しっと》めいた言葉だ。僅かでもジェラシーを覚えるのなら、繫ぎとめる努力の一つぐらいしろと腹立たしく思った。

「女は作り損ねた……からここにいるんだろうが。さっきまでガタガタ震えてビビってたくせになんだよ。停電なんかしなきゃ、俺はおまえのことなんか……」

「俺のことなんか、なに？」

汐見のひどく押し殺した声に思わず言葉を飲む。

凄《すご》んでみせたのは作り声だったのか、市居の耳元に唇を寄せると今度は打って変わっていつもの揶揄《やゆ》るような声で囁いた。

「我慢のきかない奴。昨日途中で終わっちまって欲求不満だったとか？」

「そんな……こと、あるわけなっ……」

「ない？　感じやすいくせに。ココ……尖ってんの、透けて見える。おまえ、女にはいつもどうしてもらってんだ？　こんなに感じるのに弄《いじ》ってもらえないんじゃ切ないだろう。もしかして、『お願い、乳首舐めて』とか、『嚙んで』とか男のくせに言っちゃってたりする？」

「バカ、言わな…っ…ぁっ、ひ…ぁっ、はぁっ……」

絶対に嘘だ。濡れたぐらいで透けるほど安っぽい薄っぺらなシャツは着ていない。そんな情けない要求をしたためしもない。

そう頭で考えても言葉にできない。湿って胸に貼りついたシャツが言葉どおりに尖った場所を擦る。指に弄ばれ、唇から零れるのは単語の一つにすらならない息遣いだけだった。

触れられる傍から、悪い熱が降りてくる。体の中で膨張して出口を探し始める。力が抜け、へたりと落としてしまった腰で市居は床の冷たさを感じた。寄り集まった熱に、ずくんと昂《たかぶ》ったものが疼《うず》く。

「あっ……」

たまらず捩《よじ》って床に擦りつけた腰に、汐見は含みのある笑いを零した。

「もっとしてほしい、俺に？」

腰の中心を撫でられる。乾いた服の下で下着だけが膨らみに重く纏わりつき、昂っているだけでなく濡れていることを知らされた。らしくもなく激しい羞恥《しゅうち》を覚え、耳の辺りがカッと熱を持って、自分でも赤らんだのが判る。

「したっ……いから、させてくださいの間違いだろ……」

市居は俯《うつむ》き、悔し紛れに憎まれ口を叩いた。

それを後悔したのは、言ってしまってからほどなくしてだった。


「や……やめ、もう早くっ……」

何度同じことを言わされたか知れない。

「もう？　んなに早く終わったら、女は満足させられないだろ？」

嫌味ったらしく言う男は、濡れそぼった市居の性器を緩慢な仕草で扱《しご》き立てる。欲望を解き放とうとする度、煽る指の力はこれみよがしに緩んだ。

後ろから半裸の体を横抱きにされ、市居は転がった床の上で水から掬い上げられた魚のように身をひくひくと弾ませていた。

イカせてくれない。知りすぎるほどに知り尽くしているが、底意地の悪い男だ。憎まれ口を叩いた仕返しか、露《あら》わにした市居の性器を、その手で指でいつまでも翻弄《ほんろう》する。体をくねらす度、半端に脱がされた衣服が腕や膝元に塊を作って纏わり、手足は拘束されたように身動きが取れなくなっていく。

スーツはたぶん皺だらけだ。その惨状に頭を巡らせる余裕は今の市居にはなかった。

包んだ手のひらが根元から尖端《せんたん》へ、尖端から根元へと行き交う度、濡れそぼった淫《みだ》らな音が静かな室内に響き渡る。

転がった狭い場所はベッドが部屋の明かりを遮ってくれてはいたが、それは申し訳程度の影で気休めにもならない。体の後ろから伸びた汐見の手が蠢くのに合わせ、張り詰めた尖端から物欲しげな雫が溢れるのがはっきりと目に映った。

羞恥に頭の奥が痺れる。

肩口に顎をのせて自分を嬲る男も、きっと同じ光景を見ている。

「しお、みっ……な、もうっ……」

「イキたいなら……腰、振ってみせろよ。まさか女に振ってもらって出してるわけじゃないだろう？」

「う……」

「ほら、どうやっておまえが女を煽ってんのか知りたいんだよ。女に不自由しないぐらいだ、よっぽど巧《うま》いんだろ」

女、おんな、オンナ——よっぽど匂いをつけてきたのがムカツクのか。

「お…まえ、本当はものすごくっ……嫉妬深い…ん、だろっ？」

「……さぁな。どう思う？」

耳元に吹き込むように囁かれ、耳朶《じだ》をかぷりと噛まれて腰が揺らぐ。

「ん……っ、あ……」

なんの強制力もない言葉に従うと決めたのは、この蛇の生殺しのような状況から抜け出したいからにほかならなかった。

自身を包んだ汐見の手の中に、市居はゆっくりと腰を入れた。動かない手のひら相手では、快楽は自分で追い求めるしかない。深く根元まで沈め、そして抜き出す。しとどに溢れた先走りが汐見の手指をぬるつかせ、羞恥を覚えると同時に快楽も深まる。躊躇っていたのは最初の数回だけで、後はもう、もっともっとと甘い蜜《みつ》でもねだるみたいに快感を追った。

腰を規則的に揺さぶるうちに頭がぼんやりとして、思考が停止する。気持ちいい、早くイってしまいたい。そんな雄の本能的な欲望しか頭には残らなくなっていく。

「ふ…ぁっ、あっ……」

甘えた吐息に鼻が鳴った。

「……もう出そうか？　いっぱい濡れてきてる」

「や、あ…っ……いや、だ……」

からかう声を嫌だと思うのに止《や》められない。

気が変になりそうだった。汐見の手の中に恥ずかしく猛《たけ》った性器を抜き差しし続ける。擦りつけているのは、女の襞《ひだ》のように柔らかくも繊細に絡みつきもしない男の手でしかないのに、今まで誰にも感じなかったほどの興奮を覚える。

自分はどうかしている。

「……も……あっ、あ…っ……」

何故、こんな戯れを許してしまうのか判らない。プライドの傷つくことは、もっとも嫌いな行いのはずだった。

広い胸に預けた背中が熱い。自分を抱擁する腕が心地いい。体を揺する度、腰の後ろに触れて感じる汐見の熱に頭が火照《ほて》ってぼうっとなる。

「あ、や…ぁっ……」

市居は細い悲鳴のような声を上げた。あと少し、ほんの少しで目的を果たせそうだった性器の根元を、きつく絡んだ指に塞《せ》き止められる。

「……頼むから俺を置いていくなよ、瞳也」

ぞくっとする声だった。低くて、どこか甘くて、浮ついた調子のない男の声。

どんな表情で言ったのか。汐見の顔を確かめたくとも、その余裕が市居には残っていなかった。

「なに……言ってっ……」

首を捻って振り仰ぐ余力もない。下腹の辺りは吐き出したくてたまらない熱が、どろどろになって渦を巻いていた。膝元に絡まったままのスラックスを、足から下着ごと引き抜かれる。汐見は自ら服を脱ぐ傍《かたわ》ら、なにやら頭上のナイトテーブルの引き出しをガタガタいわせたが、見る気も起こらなかった。

「もう、俺……あっ……」

我慢は限界を過ぎている。堪《こら》えきれずに自身を慰めようと指を伸ばせば、あと少しのところで引き剝《は》がされ、身を捩らされた。

「しお、み……」

うつ伏せになった尻の狭間《はざま》に、冷たく水っぽい感触を覚えた。水ではないらしく、指で開かれた谷間をそれはゆっくりした速度でじりっと伝う。

「……冷た……い」

「冷たい？　変だな、温熱効果があるっていうのにしたんだけど……ローションだよ。いつも少し痛がってんだろう、おまえ？　だからこういうのがあったほうが楽なんだろうなって、さ」

塗り広げるように窪《くぼ》みの縁を指が撫でる。ぬるつく感触にぞくぞくと背筋が震え、やがて未知の感覚が湧《わ》き上がってきた。

温熱効果というのは嘘ではないのか、塗られた部分がじんわりと熱を持った気がした。

熱い。もどかしさが触れられたところから芽生える。

「これでもおまえに気ィ使ってんだぞ？　コレ、買うの恥ずかしかったのなんのって……羞恥プレイだなあれは。ほら、痔《じ》の薬買う気分？『男のケツの穴をセックス用に慣らすのにいいものありませんかね？』って、薬局のお姉さんに訊いてさ」

「嘘つ、けっ……そんなこと言わな……あっ、あぁっ……」

ぬるんと抵抗もほとんどなく入ってきた指に腰が震える。早くも快感と捉《とら》え始めている自分が悔しい。市居は額をひんやりした黒曜石の床に擦りつけた。

「まぁ、ホントはネットショッピングで買ったんだけどな。あんまり届くの遅いんでサギられたかと思ったね。あと二、三日遅かったら警視庁の相談室に電話するところだった」

「ふざけ…んっ…な、おまえサイテー……」

前髪を擦りつけて悶《もだ》えながらも訴える市居に、汐見は苦笑して言った。

「だって届いたらデートに誘おうって思ってたんだからな。こなきゃ始まらないっての」

デート――あの言葉は嘘じゃなかったのか。

甘く響いた囁きをどこまで信じていいのだろう。考えても判らない。この男に訊いても、たぶん教えてはくれない。

「デートって、体……目当て、かよっ……」

「最初のデートは映画でも見て食事して、公園でキスしてさようならがよかったか？　俺とおまえで今更それもどうかと思わないか？」

「あっ……んぅ……そ、それ…っ…あ……」

言葉は浮ついたり本音を匂わせてみたり。けれど、汐見の指は一貫して慈しむように動いた。優しく暴かれる。二本に増えた指を奥で開かれ、拡《ひろ》げられていく体に市居は息も絶え絶えに腰を揺らした。

躊躇いをよそに飢えた身は汐見を求める。

その手が真実を語っているならいいのにと、願わずにはいられない。

「……し、おみっ？」

硬く冷たい床に押しつけられ貫かれる。そう思った瞬間、男は市居の体を抱き上げた。

ヒョイと抱え、寝転がった自分の身の上に市居を跨《また》がせる。

「床よりはいいだろ？　ほら、挿《い》れてやるから、腰下ろせ」

すぐ傍にベッドがあるのにと思いつつも、半端に気を回されて言う気を削《そ》がれた。

汐見の体の上は温かかった。無機物の石のように硬くもない。

尻の狭間をぬるりと滑った男の屹立《きつりつ》に市居は息を弾ませる。ぶるっと頭を震わせると床に擦りつけて乱れたままの前髪を、見上げる男が優しい手つきで撫でてきた。

「じゃなかった……挿れさせてください、って言えってか？」

汐見は黒い目を細める。

からかう声がもっと冷たければよかった。もっと非情に振る舞い、力だけで自分を屈服させ蹂躙《じゅうりん》してくれれば、きっとこんな想いに囚《とら》われやしなかった。

「どうした、瞳也？」

汐見はずるい。絶え間なくずるくて、巧みだ。

甘い声で名を呼ばれれば胸が震える。秘めたままでいようと押し込めた想いが膨らむ。

たまらない胸苦しさに襲われてしまう。

「……誰でもいいんだろ？」

考えないでいようとしていた疑問が、瞬く間に形になり口から零れ落ちた。

「こうして慰めてくれるんなら、本当は誰でもいいんじゃないのか？　汐見、おまえは俺じゃなくても……」

汐見は不幸な男だ。もしもさっきみたいな状況で、誰かの救いを求めるとしたら、差し出される手は自分でなくともいいのではないか。通りすがる誰かが気づいて差し伸べれば、弱った男は迷わずその手を取るだろう。

たまたますべてのタイミングが符合した相手が自分であっただけ。

「なんだ、ナルシストのくせして、案外卑屈なこと言うんだな。小さい頭でそんなことばっか考えてるわけ？」

「小さい……は余計だ」

「本当だろう？　こんな小さな顔してよく言う」

引き寄せられ、頭を撫でられる。それから這い下りた指は顔に触れた。隆起を確かめるように頬を撫で、唇の膨らみの上をなぞった。

「おまえ……ホント綺麗な男だよな、瞳也」

今までは他人に言われて喜んだはずの言葉も、なんの施しももう市居の胸に与えない。

汐見から欲しいのはそんな言葉じゃない。

「……んなこと、俺が一番よく知ってる。そうじゃ…なくて…っ……あ、くそっ……誤魔化そうと…するなっ……」

狭間を突いていた熱の塊が、柔らかくなった入り口を割る。開かれる衝撃に何度繰り返しても慣れない市居は、喋るどころではなくなって思わず息を詰めた。腰を大きな手で左右から囚われ、引き下ろされる。一気に奥まで穿たれると思ったのに、じわりとした動きで汐見は市居を奪った。

張り出した先端を飲んだ口が切なく喘ぐ。濡れそぼった場所は吸いついて汐見を包み込み、戸惑いとは裏腹に早くと促すように蠢く。

「もう…っ……」

もぞつく腰を市居は無意識にくねらせた。

汐見はどこか恨みがましい声音で言った。

「誰でもいいなら三年も禁欲するかよ」

「きん…って、え…っ？　あっ、あう…っ……」

「こんなこと、俺はするのは三年ぶりだっての。言いたくもないこと言わせやがって……年

中サカってたおまえには想像もつかないか？　メスの匂いなんかプンプンさせて来るぐらいだもんなぁ、ホント油断も、隙《すき》もねぇ……」

「あっ、待っ……ああっ……」

ぐっと引かれると、自らの体重も加えて落とす羽目になった。

肌と肌を打つほどに体が重なり合う。穿たれたものが、熱く自分の身の奥深くで脈づいているような錯覚。

「奥……まだ、キツいか？　すご、もう蕩《とろ》けて……具合がいいのに、ほらっ……」

「……や、あっ……それっ、あぁ…っ……」

「足りないなら、一緒に……言うか？」

「えっ、なに……あっ、なにっ…を……？」

きゅっと収縮しようとした奥を突いて開かれる。貫かれ、暴かれながらぶわりと体の奥が蕩けて、溢れ出してしまうような感触を覚えた。抱いた腰を回すように捻られ、揺さぶって泣かされる市居は、堪え切れずに啜《すす》り喘ぎながらも、汐見の言葉を懸命に追う。

「昨日のやり直し……俺もあれから大人になったからさぁ……」

いい年した大人が、せーので仲よく本音を言うはずだった。

けれど、あれからと言われても、たったの二十四時間しか経っていない。それでなにが変わるというのか。相手が汐見でなくとも、信じるほうがどうかしている。

「そんなっ…こと……」

「さっさと言わねぇと……下の口のほうが先に、漏らしちまう」

下品なことを口にして、汐見は先を促す。

「ほら、言うぞ」

『同時に』と今夜は念は押さなかった。

けれど、口を開いたのはほぼ同じタイミングだった。

「……すき」

二人は声を揃《そろ》えた。昨夜は言えなかったたったの二文字。小さな声だったけれど、互いに届かせるのに距離は必要ない。体は繋がれており、言葉を紡ぐ唇はすぐそこに、身を屈めればすぐにも触れてしまえるところにある。

ふらりとそのまま顔を近づけようとした瞬間、汐見が微かに笑んだ。

「……やきうどん」

ぽつりと言ったのは汐見ではない。

反射的に続けたのは市居のほうだった。

男の笑みによからぬ気配を感じてしまったのか、意思とはほぼ無関係に唇は動いた。

言ってから『あっ』となる。仰ぐ男は驚きにやや目を瞠らせた。

「ちがっ、今のは……おまえが言うと思って…っ……」

「ひでぇな、瞳也ちゃん」

「だから、ちが…っ…てか、おまえっ……俺が言わなかったら、絶対言うつもりだったろ？」

「あ、人のせいにすんなよ。悪い子にはお仕置きだな」

「あっ、だから……もうっ……」

仕置きは早速実行に移され、緩慢になっていた抽挿がまた始まる。ぐっと嵩《かさ》を増したようにも感じる昂りで入り口から最奥まで擦られ、市居はろくな言い訳もできずに身悶えた。腕を引っ張って寄せた上半身に長い腕を回され、抱き寄せながらも揺さぶられる。

「つくづく気が合わねぇけど……こっちは合いそうだから、まぁいいか？」

意味深に囁く男は、市居の細い腰を身の上で上下に揺らし、もう言葉はおしまいとばかりに唇を重ねた。

走る疼きは行く先を定めたように一目散に高まっていき、二人が達したのは汐見の宣言どおりに同時だった。


車を降りて表に出ると、冬の日差しは弱々しかったが吹きぬけた風は少しだけ暖かかった。

広々とした敷地の隅々まで敷かれた芝は季節柄くすんだ色をしているものの、綺麗に刈り揃えられていて、手入れのよく行き届いた施設であるのが見てとれる。

「ママ、おばあちゃんのお墓どこ〜？」

小さな花束を手にした少女が、後ろから来る両親のほうを振り返り見ながら、市居の脇を駆け抜けていく。足早に追い越す若い家族の後ろを、市居と汐見は並んでゆっくりと歩き続けた。

『明日が休みならデートするか？』

昨晩疲れきって寝ようとしたベッドで、そう言い出したのは汐見だった。寝物語、ピロートークだ。どうせ朝になればそんな約束は忘れ、汐見は自分をよそに惰眠でも貪《むさぼ》るに決まっている。

そう考えた市居の読みは見事に外れた。眠い目を擦って起き上がったときには、汐見はもう出かける支度を整えていて、車の鍵まで用意していた。

しかし、デートの場所に霊園というのはどうだろう。市居は車の中で行く先を告げられたときも思ったが、口には出さなかった。

汐見が連れて行こうとしているのが、誰の墓であるか判った気がしたからだ。

「ここだ」

車を降りてからずっと口数の少なかった男は、一つの墓の前に立つと言った。

周囲の墓とは違う白っぽい石の墓だった。まだできて数年と思える美しい霊園は、墓石はどれも西洋風だ。入ってすぐは『墓まで時代は洋風か』と呆れた気持ちも少し芽生えたけれど、低い墓碑は芝生に覆われていることもあって開放的で、その明るい雰囲気に『眠りにつくならこんな場所がいいのかもしれない』と思い直した。

墓碑に名前は刻まれていない。これも海外の影響なのか、スズランに見える花の絵柄となにか英字で文字が刻まれていた。

ここに汐見が失った女性が眠っているのだろうか。今一つピンとこない。

けれど、市居はその死を思うと自然と手を合わせずにはいられなかった。

なにを考えているのか、突っ立ったままの男はただ墓をじっと見ていた。広大な敷地を吹き抜ける風に、男の黒い髪がゆらゆらと揺れる。優しい午後の陽光を受けて、髪も黒い眸も静かにきらめく。

「行くぞ」

市居が見つめていることに気がつくと、汐見はぶっきらぼうに言った。

「あ……ちょっと待て、俺はもうちょっとここにいる」

「変な奴。そんなにこの墓が気に入ったのか？　じゃ、俺は車で煙草でも吸ってくっかな。好きなだけ見て、飽きたら戻ってこい」

後ろ髪を引かれる様子もなく、汐見は歩き去っていく。夫婦仲は悪かったと言っていたが、あんな旦那では無理もない。照れ屋なのかなんだか知らないが、あれでは伝わる誠意も伝わらないに決まっている。

再び市居は手を合わせ祈った。

「……花の一つでも持ってくればよかったな」

日に照らされて白く光る墓碑を見つめ、呟く。

「つか、用意しようと思わないのかあいつは……だいたい、手の一つも合わせないでさっさと帰るってどういう……」

だんだんと腹が立ってくる。ぼやき始めたところで、市居はふっと墓碑の下部に目を留めた。

祠《ほこら》のようになった部分の引き戸の石が隙間を空けている。納骨用のカロートとかいう空間だ。洋風でも日本で土葬ができるはずがなく、納骨は従来の墓と同じ方法らしい。

雨でも吹き込んだら大変だろう。石戸を閉めようとして、市居はなんとなく戸を開いた。中を確認してみるなんて悪趣味な行動を起こしたのは、予感があったからかもしれない。

市居は目を瞬かせた。屈んで狭い空洞をもう一度確認し、首を傾げる。

市居の時間はしばらく止まった。

扉を閉じると、おもむろに立ち上がり、わなわなと身を震わせた。

一目散に駐車場へ向かった。汐見の車の元へ辿り着く頃には、手を合わせたときの哀悼の気持ちなどどこぞへ吹き飛んでいた。

——まただ。またやられた。自分は一体何度あの男に騙《だま》されれば気がすむのか。

「汐見っ！　おまえって奴は、どこまで性根が腐ってやがるんだ！」

「はぁ？」

車のボンネットに腰を預け、煙草を燻《くゆ》らせていた男は市居の剣幕に解せない顔をする。

「はぁ、じゃねぇ！　俺をまた騙しただろ？　どこが彼女の墓だよ、俺をからかうのがそんなに楽しいか!?」

カロートの中身は空だった。骨壺どころか、塵《ちり》一つも転がっていない綺麗なものだった。してやられたのだ。探偵事務所の空っぽの引き出しや帳簿と同じで――

「彼女？　なに言ってんだ、おまえ」

激昂《げっこう》して顔を真っ赤にした市居に、男は惚《とぼ》けた風な声で応える。

「死んだ奥さんの墓に連れてきたんじゃないのかよ」

「知佳子の墓？　そんなもんねぇよ、あいつは『私が死んだら、骨はカリブの青い海にでもばら撒《ま》いて』って言ってたからな」

「カリブの……青い海？」

質《たち》の悪い冗談としか思えなかった。

「そう。だから望みどおりにしてやった。あいつ、絶対本気で言ってたからな。俺が墓買ったときなんか、『そんなくだらないもの買うなんて、バカじゃないの』って散々罵りやがって……カリブまで行くほうが金かかるっての。沖合いまで行くのに船チャーターして、こそこそ灰撒いて、危うく異国で手が後ろに回るところだ」

「じゃあさっきの墓は？　誰の墓だよ？　おまえ、なんのために俺を連れてきたんだ？」

神妙な顔して案内したのはなんだったのだ。

ムカつきを隠さない市居に、汐見は肩を竦めてみせた。

「だから、俺が買った墓だって。なんのため……って、なんだろうな。久しぶりにここに来てみたくなったんだよ」

首を捻り髪を掻き上げると、困ったように頭を掻く。市居がじっと探る眼差しを向けているのに気づいた男は、いつもの人の悪い笑みを浮かべた。

「そうだ、将来あの墓に一緒に入るってのはどうだ？　そのためにおまえに見せたのかもしれないな、うん。たぶん俺の深層心理はそんなとこだろう」

「どこが深層心理だ。ふざけやがって……だいたいな、おまえが墓なんか買うような奴か？『私が死んだらカリブに灰を撒いて』なんて言う嫁もいるもんか」

「いるんだって、嘘じゃねぇよ。思い出して夢にまで見るくらいなんだ」

──どうだか。

昨夜聞いた言葉だって怪しく思えてくる。自分が『すき焼きうどん』に変えてしまいさえしなければ、確かに耳にしたはずの二文字の告白。疑い始めたらきりがない。

用をなくした場所から帰るべく、荒い足取りで車の助手席側に回りながら、市居は不満げに言った。

「汐見、おまえはどうしてそう不真面目なんだ？　『いいかげん』っておまえみたいな奴のこと言うんだな」

咥《くわ》え煙草の男は、車のドアにかけた手を止めた。乗り込もうと身を傾げた姿勢のまま、チラと視線を起こし、上目遣いにこちらを見やった。

「不真面目ね……あいつと正反対のこと言うんだな」

「正反対？」

「いや、なんでもない。さて、どこ行くかな……せっかくだし、このままドライブってのはどう？　俺のハンドル捌《さば》きに惚《ほ》れ直してもらうとするか」

「ドライブ？　嫌だね、これ以上おまえの車に乗ってたら寿命が縮む」

市居は眉を顰《ひそ》める。汐見の荒い運転にはここまで辿り着く間も冷や汗を覚えたほどだ。

「ドライブは嫌って、じゃあ昼間っからホテルか？」

「なわけあるか！」

睨みつけると汐見は車のルーフに腕を投げかけ、楽しそうな笑い声を響かせた。

「運転ぐらいでびびっててどうするよ。旅は長いってのにさ」

「旅？」

「天国地獄までの旅だよ。一緒に行くんじゃなかったか？　墓も決まったことだし、将来安心だな」

むっと唇を尖らせたままの市居に、男は笑い続けている。汐見が車越しにふざけて寄越した投げキッスを、市居は手で払う仕草で叩き落とし、助手席に乗り込んだ。

やがて駐車場にエンジン音が響く。

点在する植樹の木漏れ日の中に車は走り出して行った。

光射すドア

季節は秋だった。

西暦二〇一二年の秋の終わり。

その年も、いつもとさして変わらぬ一年で、幸不幸はより合わせた縄だか紐《ひも》だかのように代わる代わるに世界に訪れ、そして暮れようとしていた。

「ちょっと前まで一面真っ赤で綺麗《きれい》だったんだけどな、あれよあれよという間に葉が落ちちまってとうとうそれ一枚に」

病室のベッド脇の窓から見えるのはハナミズキの木だ。無粋《ぶすい》にも傍《そば》に情緒のない外灯が立っているが、二階からはずっと季節に合わせて様変わりしていく樹木の様子が見えていた。

秋の初めにはまだ夏を惜しむかのような緑が、そして十月の後半には黄色から赤へと日に日に色を変え、落葉していく姿が。

まるで輝き、燃え尽きていく命の営み。毎日目を楽しませていた木が葉を散らすようになったのはいつからだろう。

十一月の終わりの今はもう、たった一枚のくすんだ赤い葉が枝先にしがみついているだけだ。

今にもはらりと落ちてしまいそうなその葉を、汐見《しおみ》征二《せいじ》は毎朝確認していた。

今朝はもう落ちたか、今日こそ落ちるんじゃないかと、病室のベッドで目覚める度《たび》に——

「あの葉が落ちるとき、俺も一緒に終わるんじゃないかって……ふとそんな気がしたりしてな」

半身を起した汐見がじっと窓に目を向けると、傍《かたわ》らに立っていた市居瞳也《いちいとうや》はそちらへ近づく。

まだ夕暮れ前で日は高い。たった一枚の葉が風に揺れるのもよく見てとれたが、閉じた窓に手をかけた男が表を眺めて口にしたのは、ハナミズキの感想ではなかった。

「汐見、なにが言いたいんだ？」

こちらに向いた顔は、明らかに険を含んでいる。

汐見は口角を上げ、神妙だった顔に人の悪い笑みを作った。

「おや、瞳也は『最後の一葉』って話知らない？　有名なんだけどな。病《やまい》を患った画家が、病室の窓から見える蔦《つた》の落葉に死期が迫るのを感じ、最後はいつまでも落ちない一葉に励まされて一命を取りとめるんだ。本当に知らないの？　刑事も仕事ばっかりじゃダメだぞ、少しは文学にも触れねぇと……」

「オー・ヘンリーの小説ぐらい知ってる。そんなことより、おまえは俺に言うべきことがあるだろうって言ってるんだ！」

久しぶりに会うなりご機嫌斜めだ。それもまぁそのはずで、原因は胸に手を当てなくとも判《わか》っている。

「汐見、どうして二カ月近くも入院してるのに、俺に教えようとしなかった。来週、もう退院だそうじゃないか」

「骨折ぐらいで、もうすぐ警視正になろうというキャリア様を煩《わずら》わせるのは気が引けてな」

出会ってそろそろ七年になる市居は、現在三十四歳。順調に刑事生活を送っており、キャリアらしいエリートコースに乗っかっているが、三年前から東京を離れていた。

都道府県警に雇われている通常の警察官と違い、警察庁所属のキャリアは転勤も多い。市居も二度の転勤の末、現在は静岡県警の捜査二課長だ。日本全国どこに飛ばされてもおかしくないことを思えばまだ近いが、多忙で東京へは度々出向いてくるわけではない。

今こうして顔を合わせたのも二カ月と半ぶりになる。

若い課長には違いないものの、昔のように市居は組織の中で浮いた感じがしなくなった。年を重ねたのもあるが、仕事への取り組み方が変わったからだろう。今は昔に比べてどうやら随分と真面目《まじめ》だ。

スーツ姿もファッションではなくしっくりと嵌《は》まるようになった男は、落ち着いた声で応《こた》える。

「まだ昇進する予定はないよ。やっと年明けに警察庁に戻るのが決まったばかりだ」

「帰ってくんのか？　やったじゃねぇか、おめでとうさん」

汐見が素直に祝いを口にすると、一瞬はにかんだ顔を見せかけたが、すぐに表情を引き締め直して険しい眼差《まなざ》しで続けた。

「それよりおまえだ、汐見。逮捕状が出ている」

「逮捕状〜？」

「罪状、住居侵入罪。九月二十八日の午後、杉並《すぎなみ》区の戸建て住宅に不法に侵入し、土足で歩き回った上、帰宅した主婦に見つかりそうになって逃走。その際、二階の長女の部屋の窓から転落……おまえ、この怪我《けが》はその際のものだな」

ベッドの布団の上に投げ出した汐見の左足には、膝下《ひざした》にギプスが装着されている。さらに、右手にもギプスだ。

市居が軽く叩《たた》くと、足のそれは無機物らしい間抜けな音を立てた。

「仕事で捜してた猫が迷い込んだんだよ。一週間捜してようやく見つけたところだったもんだから、つい」

「つい、じゃないだろう。いい大人がやっていいことと悪いことの区別もつかないのか。よくこの足で逃げられたもんだな」

「上手《うま》いこと逃げたと思ってたのに、俺だって判るとはなぁ」

「最初は近辺に出没している空き巣《あす》とみていたようだけどな。聞き込みするうちに、ちょっと前から近所を猫捜しと言ってうろついていた不審者が情報に上ったらしい。汐見征二、おまえだ」

指を差された汐見は溜《た》め息《いき》をつく。

「なにも盗んでねぇのに、細かい家主だなぁ」

「細かいですむか！　普段だったら一人娘の長女のほうが学校から先に帰宅するから、鉢合わせるところだったと、ご家族は怯《おび》えてたそうだ。それにおまえが落ちて荒らしたせいで、丹精込めて育てたガーデニングの花々がダメになったと大層お怒りらしい」

「ガーデニングね。花壇は土が柔らかいからしめたもんだと思って飛び下りたのに、変なとこにレンガブロック並べてるもんだからバランス崩して足首ボキッとやっちまったんだよな、くそ」

「怒れる立場か！　おまえの怪我は日頃の行いの罰が当たったんだろう。俺はとばっちりで余計な仕事が増えた」

「仕事？　俺がヘマやったからって、静岡県警に出向中のおまえに関係はないだろ。まさか、久しぶりに顔を見ると思ったら、俺を逮捕しに来たのか？」

仰ぎ見れば、勢いよく責め立てていた男はどういうわけか口籠《くちごも》った。

「……それは俺の仕事じゃない。担当所轄の署員の仕事だ」

「そうか、ならよかった」

「よかったって……なんだ？　汐見、この手は……ちょっ、な、なに考えて…っ……」

入院生活ですっかり鈍って動かすのも億劫《おっくう》な体を動かし、ベッドの足元のほうに立った市居の腕を汐見は引《ひ》っ摑《つか》む。

「なに考えてって、エロいことに決まってんだろ。久しぶりに恋人のご尊顔を拝したってのに、このまま帰すほど俺はまだ枯れちゃいないんでね」

「こっ、恋人って……」

お互い往生際が悪いと思うが、未《いま》だにはっきりと事実関係を確認し合ったことはない。

たった今それを実行に移してると言えなくもないが。

「男と女だって七年も一緒に住んでりゃ内縁の妻だろ」

「俺はおまえと一緒に暮らしてはいない」

「じゃあなにか、七年も付き合っておいて、ただのセックスフレンドってか？　俺はそれでもいいけど、そっちのほうが警察官として体裁の悪い関係だと思わねぇか？　だからもうこの辺でいいだろ」

「『もうこの辺で』ってなんだそれは。いいかげんにもほどがあるだろう。それで俺が納得して笑顔で頷《うなず》くとでも思って……」

「悪かった、悪かった。今のは失言でした。だっておまえが二カ月半ぶりだってのに冷たいんだもんよ。せっかく人目を気にせずイチャつける個室だってのにさ」

汐見の病室は贅沢《ぜいたく》にも一人部屋だ。六階建ての総合病院は病床数も多く、外来の待合室から入院病棟まで常に患者で溢《あふ》れている。個室が余っているとは考えがたいが、希望も出していないのに入院早々に大部屋から料金据え置きで移された。

「普通は個室のほうが希望者殺到で空きがないもんだと思うんだけどな。不景気のあおりで格安の大部屋を取り合ってるんだとしたら、随分世知辛い話だ。なぁ瞳也、そう思わないか?」

現金にもスーツの男の腕を手繰《たぐ》り寄せながら、汐見は言う。

近づいた市居はベッドの端に腰をかけたが、まだ戸惑いを見せる。いい年して往生際が悪い。

「汐見、俺はまだ許すと決めたわけじゃ……」

「住居侵入罪だかなんだかで逮捕されるってんなら、その前にいい思い出作らせてくれたって罰は当たらないと思うぞ」

「おまえはもう充分いい思いしてきてるだろうが」

睨《ね》めつけてくる眼差しをものともせず、ぽすりとスーツの肩に額《ひたい》を乗っけると、汐見はくぐもる声で一言告げた。

「泣くぞ」

「え?」

「こんな手足だからな。本気で逃げられたら、俺はおまえをどうにもできない。片手片足で捕まえられるほど刑事さんはヤワじゃないだろう?」

押してダメなら引いてみろ……ではなく、甘えてみろだ。出会った頃には我《わ》が儘《まま》なエリートとばかり思っていた市居だが、案外情に脆《もろ》いところがあるのを知っている。

「泣くってなぁ、おまえ子供じゃないんだから……」

「欲求不満って辛《つら》いんだぞ。俺も最近どうもそっちは衰えてきたなぁなんて思ってたのに、気のせいだったみたいでさ。三十代後半なんて、まだまだこれからって感じなのな。病院で三食昼寝つきの健康生活送ってたら、元気いっぱいになっちゃって、息子が辛い辛いって夜中に泣くんだよ。近頃はついに枕元におまえが立つようになってきて……」

「勝手に人を殺すな！　愚息を人の手に押しつけようとすんな！」

肩に頭を乗せるに留《とど》まらず、さり気なく取った手を股間《こかん》に持って行こうとすると、油断も隙《すき》もないとはねのけられた。

今では落ち着きを身につけ、以前とは違うベクトルでスカした態度の市居も、こんな会話になると昔に戻ったみたいだ。

汐見は思わず肩を揺らして笑った。

「しょうがないだろ。飢えてるところにおまえが見舞いに来るなんて、檻《おり》にブロック肉放《ほう》り込まれたみたいなもんでさ」

「ブロック肉って……ほ、ほかにたとえようがあるだろう」

「え、ほかって……バラ肉か？　モモ肉、ムネ肉、どれならいいんだ？」

「普通はウサギとか子羊とか言うところじゃないのか？」

大真面目な顔で市居は指摘する。汐見は目を瞬《しばたた》かせ、チャコールグレーのスーツの男の頭から足のほうまでじっくりと見回した。

「三十四歳でウサギ扱い希望ってちょっと痛くないか？　たとえてほしいんならそうするけど」

「勘違いするな、今のは一般論で……」

「遠慮すんなよ、瞳也。大丈夫だ、おまえは今でも充分可愛《かわい》いウサギだ！」

「おい、目が笑ってるぞ……あっ、だから人の手をどこに……」

どさくさに紛れて摑んだ手を、自らのパジャマの腰に導く。冷ややかな表情をしていた男の顔に赤みが差した。薄っぺらな衣服に覆《おお》われただけの汐見の中心は、軽いタッチでも判るほどに平静を失っている。

「……本当に無駄にエキサイトしてるんだな」

「お世話できる右手も使えないもんだから不遇でさ。可哀想《かわいそう》だと思わないか？　箸《はし》も持てない、鉛筆も握れない、息子は上手く慰めてもらえない」

先から指の覗《のぞ》くギプスを汐見はひらひら……というより、棒っきれのようにぎこちなくぶんぶんと揺らした。ブルーのパジャマの生地を浮かせているものを市居にぎゅっと摑まれ、反射的に腰が引ける。

突っ撥《ぱ》ねられるとばかり思っていた汐見は、逃げずに触れてきた手のひらに少し驚いた。

「う、くっ……お手柔らかに頼むよ？」

「しょうがない奴《やつ》。まぁ、メロンも桃も持って来なかったしな……見舞い代わりだ。放っておくと、看護師に無理難題言ってセクハラしないとも限らないし」

「俺はそんなケダモノじゃないよ。相手ぐらいちゃんと選ぶ」

「ブロック肉でもよかったんじゃないのか？」

よほど気に入らなかったのか、むすりと市居は言う。白くて少しひんやりとした指は、看護師が下《しも》の世話でもするみたいに色気なくパジャマを掻《か》い潜《くぐ》ってきた。

しかし、刺激に飢えていた息子は正直だ。義務的な手の動きだろうと素直に喜び勇む。その手を懐かしくさえ感じるほど、長い間のご無沙汰《ぶさた》だった。二度三度と上下に手を動かされるうちに、擡《もた》げた頭を自らパジャマの縁から覗かせ、さらなる刺激をねだる。

ドクドクと幹を取り巻く血管が脈打つ感じがした。ぐんと嵩《かさ》を増したものに一瞬手を放されそうになり、汐見は左手を重ねて続きを求める。

もっと近くに来るよう促すのも忘れなかった。

「……なぁ、そんなとこ座ってないでこっち……こっちに来てくれよ。おまえの右手だけで満足するにはオカズが足りない」

「お、オカズって……」

「もっとロマンチックな言葉がいいか？　オードブルとか……メインディッシュ？」

「全部食べ物じゃないか」

呆《あき》れた声を上げながらも、市居はもぞもぞとベッドに上がってきた。背後のドアをチラチラと気にしているのが、体裁に構う男らしい。

まぁ、よほど神経が太くない限り、こんなところは人に見られたくないだろうけれど。

「大丈夫だって、まだ夕飯の時間には早いし誰も来ない。ここ、静かでいいだろ？　一番奥の角部屋、おかげで夜もぐっすりだ」

「おまえ、よく眠れてるのか？」

「ああ、慣れたら快適なもんで……それがどうかしたのか？」

「いや……ならよかった。病院って落ちつかないからな、俺は苦手だ」

ようやくベッドの上で向かい合えた。

汐見は布団の上にギプスの足を伸ばしており、市居はその間に膝立つようにして近づいてきた。ちょっと腰が引けているのがおかしい。汚すまいとしてか、スーツの上着の袖《そで》を捲《まく》り上げたのも笑える。間近で眺めた眸《ひとみ》が、落ち着きなく揺れ始めたのは——

「俺の服、汚したら承知しないからな……」

今から不服そうに言う男の言葉を無視し、汐見は小首を傾《かし》げると、顔を寄せてその唇を塞《ふさ》いだ。

揺れる眸は、正直綺麗だ。

「オカズ、くれるんだろう？」

口づけに目を瞠《みは》らせた市居に、唇を緩く触れ合わせたまま情欲の滲《にじ》む声音《こわね》で言う。

「オカズって……」

「続けてくれよ。せっかくの熱が冷めちまう」

手淫《しゅいん》の再開を促しながら、汐見は唇を尖《とが》った頤《おとがい》へと移した。多忙で痩《や》せたのか、以前より肉づきが薄い。首筋は血管が透けて見えるんじゃないかと思うほどに白く、色をつけてくれとばかりに汐見を誘う。

首元に唇を落とすと、意図を察したように市居がぶるっと肌を震わせた。

「あ、痕《あと》つけたりするんじゃないぞ。俺は仕事があるんだからな」

「……了解」

代わりにべろっと舌で舐《な》めた。仕返しのように、キツく昂《たかぶ》ったものを包んだ市居の手が上下に動いて、汐見は眉根《まゆね》を寄せつつ吐息を零《こぼ》す。

気持ちいい。触れられているところもだが、触れているところも。鼻先を埋《うず》めて久しぶりの匂《にお》いを嗅《か》ぎ取る。市居はトワレの類《たぐい》をつけていることが多いが、今日は病院への見舞いだからか匂わない。それでも深く息を吸い込めば、微《かす》かな甘い体臭を感じた。市居自身が放つ香りだ。

確かめて満足するどころか、嗅ぎ取るともっと欲しくなった。その滲む匂いも肌の感触も。

左手をスーツの上着の中へと彷徨《さまよ》わせる。さらさらしたシャツの上から、痩身《そうしん》の感触を楽しんでいたが、しばらくすると胸に浮いた粒を探って悪戯《いたずら》を始めた。

「……んっ、汐見……」

抗議の声は、敏感に感じているのを教えてくれるだけだ。

布越しに掻いたり、さすったり、すぐに足りなくなってシャツをスラックスから引っ張り出した。中へと忍ばせた手で尖らせたものをやんわりと摘《つ》まむ。

「し、汐見っ……あっ、ひ…ぅっ……」

震えた男の指の腹が、先走りを滲ませた亀頭をぬるりと滑る。カリ首から裏っ側を摩《さす》りながら根元へと、市居が懸命に上下させる手のリズムに合わせるように、汐見は指で挟んだ乳首を扱《しご》いた。

小さく柔らかかった粒はしっかりと芯《しん》が通り、じっくりと弄《いじ》って感じさせるには充分な大きさだ。触らせてくれなくなっては困るから言わないでいるが、出会った頃よりだいぶ膨《ふく》らみが大きくなった。

セックスの度に弄っているから、調教したも同然だろう。

そろそろ教えてやるのもいいかもしれない。感じやすくなっているから、恥ずかしくとももうきっと拒めない。体は欲望には正直だ。

「あぁっ……」

強く摘まむとぶるっと身をくねらせる。

嫌がっているというよりも、もどかしそうな仕草だ。

「反対側も弄ってほしいか？」

耳元に唇を押しつけながら問うと、市居は首を振って「いらない」と応えた。

「相変わらず意地っ張りだな。こっちは素直に応えてくれるってのに」

片方だけ贔屓《ひいき》しては可哀想だ。主人が求めずとも、汐見はもう一方の乳首も同じように時間をかけて愛撫《あいぶ》を施してやった。シャツに隠れて見えないが、きっと赤く色づいている。ピンと尖って、粘膜みたいに淫《みだ》らに色を変えて、そうなるとシャツで擦れただけでも感じるはずだ。

「……っ、うっ…ぁ……」

吐息を漏らしながらも市居は汐見の屹立《きつりつ》を扱いているが、本来の目的を失ったようにその手の動きは緩やかになっていた。気持ちはいいけれど、これでは到底達することはできない。

汐見は抗議するでもなく、指を市居のスラックスのベルトにかけた。

慣れた手つきで前を寛《くつろ》げる。案の定、下着を濡《ぬ》らすほどに性器は勃起《ぼっき》していた。

「あ……」

指でずり下げたボクサーショーツの下から飛び出したものに、市居は弱くなった声を上げる。長い指を絡みつけても嫌がらなかった。もう欲しくてしかたがないのだろう。先端は先走りを滲ませており、張りを確かめるようにゆるゆると手を動かすと、腰をくねらせ長く尾を引く震え声を発した。

「あぁ…ぁっ……」

「おまえもご無沙汰だったみたいだな。もうすっかりこっちも擦《す》り切れないようになってるし……」

根元のほうをくすぐりながら、下生えを指に絡《から》める。

昔は摩擦行為がお盛んだったらしいが、もうずっとなりを潜《ひそ》めている。本当に仕事中心の生活を送っているのだ。

「下品な…こと、言うな…っ……」

「セックスに上品も下品もないだろ」

汐見は少し笑い、節張った指をしっかりと絡ませて、今度は焦《じ》らさずキツめに扱いた。腰を捩《よじ》って「嫌だ」と口にしながらも、従順な中心は硬く張って高まりを見せる。ぬるぬるに滑るようになった性器をさらに扱くと、拒絶の代わりにぐずぐずと泣き喘《あえ》ぐような声が響き始めた。

「やっ、しお…み、やめろっ…て、もう……」

「先にイッちゃいそうか？　もっとこっち来いって……しっかり抱かせろ」

汐見は空いた右手を背に回した。

悶《もだ》える男を引き寄せる。もぞつかせて浮き上がった腰は、少し性器への愛撫を緩めると前後に揺らいで続きをねだり、行為に夢中になってきているのが判る。

するっと背中に右手を走らせ、スーツの裾を捲り上げた。今にもずり落ちそうに浮いたスラックスの縁から、手のひらを滑り込ませる。臀部《でんぶ》の柔らかさを確かめるようにやんわりと撫で、指先をその狭間《はざま》に滑らせると、なにがなんだか判らぬまま快感に身を任せていた市居が怪しむ声を上げた。

「ちょっ…と……なんで、おまえの手……こっちに……」

目を向けたのは、二人の傍らに転がるギプスだ。

汐見が右手を置いているのではない。汐見の右手は現在、よからぬことを企《たくら》み、秘めた場所に忍んでいる。包帯も解《ほど》けたギプスの中身は空《から》だった。

「なっ……なに、これ……」

「それさ、処置室で拾ったんだよね。おまえが見舞いに来てくれるってのに、びっくりもなしじゃ悪いと思って……俺の手はほら、もう元気元気」

左足の骨折は本当だが、右手は負傷してはいなかった。悪戯をするほど元気なのを示し、尻の肉を揉《も》んでみせる。

「おまえまたっ……また騙《だま》したのかっ？　不自由で、息子が夜な夜な泣いてるんじゃなかったのか？　いつまでガキっぽいこと…っ……あっ、くそ……」

悔しげに睨《にら》みながらも、もう昂るものはどうにもならないところまで来ているらしい。汐見の手の動きに合わせて市居は腰を揺らす。

互いの欲望を果たすには服が邪魔だった。

「し、汐見っ……」

スラックスを脱がせようと、下着ごと下ろしてしまえば、睨んでいたはずの眼差しが不安そうに揺らいだ。クールになったように見えて、こんなところは以前と変わらずだ。

かえって情欲をそそるのに気づいていないのだろうか。

背後のドアの様子をちらりと窺《うかが》った男に、汐見は苦笑して告げた。

「誰も来ないと言ってるだろう。足以外は健康そのものの患者だから、俺放置されてるし……この部屋なら、ちょっとぐらい騒いでも大丈夫だし」

「けどっ……あっ、こんな……昼間っから、おまえ…っ……」

狭間に先走りに濡れた指を滑らせる。慣らすべく、まだ固く閉じた入り口を指の先で揉み込むように弄った。ぬるつく指の腹で撫《な》でて、突いて。じわりと力を込めると、そこはむずかるように蠢《うごめ》いて侵入を拒もうとしたものの、馴染《なじ》んだ男の指を次第に口を開けて受け入れていく。

汗ばんで甘い匂いの強くなった気のする市居の首筋に顔を埋め、汐見は熱い息を零しながら言った。

「……夜なら好きにしていいのか？　じゃあ今日はこのまま泊まって行ったらどうだ……俺

は歓迎だぞ、次いつ会えるか判らないんだしな」

「と、年明けにはこっちに、帰ってくる」

「ああ、そうか警察庁……戻るんだったな。こっちで社宅暮らしはしないんだろう？　なんなら、一緒に住むか？」

「え……？」

「ラブホも老朽化が進んで客足も鈍いし、取り壊して土地ごと売っぱらうつもりらしくてな……ついでだから、俺も静岡辺りに越そうかと思っていたところ」

告げると同時に市居は息を飲んだ。快感のスポットを探って押したからなどではないだろう。

市居の中は、いつも熱い。冷やりとした肌よりもずっと温度が高く感じられる。温かく濡れていて、ここに早くすっぽり包まれたいと、指を行き交わせるうちに内心焦れてしまうのは自分のほうだ。

「静岡って、またっ……調子のいいことを」

「本当だって、この俺が嘘《うそ》なんてついたことあったか？」

「たった今、ついただろっ……ギプス……ていうか、おまえは、ふざけてばっかりでっ……」

目くじら立てている顔もそそるなんて、絶対に目の前の男は知らないだろう。もちろん伝えればややこしくなるだけだから言わないけれど。

慣らす指を抜き取った。仕草だけは飢えていない素振りで、邪魔なスラックスと下着を脱がせながら宥《なだ》める。

「まぁ、そう怒るな。最近は年のせいか本当のことも言う」

「ふつ…うは、年取らなくても本当のこと言う……んっ……あっ、ちょっとそれ……待て……」

「待ってたら看護師来ちまうぞ」

「さっき来ないって…っ……」

足を折っても両手が無事でよかった。汐見は市居の腰を両手で抱えるようにして自分の胴を跨《また》がせると、狭間に反り立ったものを行き交わせる。ヒクつく口に先走りを時間をかけて塗りこめたものの、深い挿入には市居は辛そうな表情を見せた。

なにしろ久しぶりのセックスだ。

「……やっぱ、これだけじゃ濡らしたりないみたいだな」

「……っ、あっ……」

「大きく動かすのは無理か……これなら、平気だろ？」

「あっ、や……やめっ、なか……あっ、あっ……」

剛直を飲み込ませた尻《しり》をゆっくりと揺さぶる。両脇から腰を掴んで回すように動かせば、身の内を捏《こ》ね回された市居が啜《すす》り喘いで頭を振る。

大きく口を開けた縁が、切なげに汐見を締めつけた。苦しいだけでないのは、パジャマの腹を打つ性器が示している。

浮き上がる雫《しずく》は溢れて幹を幾重にも伝っていた。

「おまえの可愛いな……イイとこ、当たってる？」

「いや、やっ…ぁっ、あっ……」

「……ヤじゃないって、ほらこっちがトロトロに溶けてきた……退院したら、今度は後ろもトロトロにしてしような？ おまえの好きなローション、たっぷり使って……奥までいっぱい突いてやっから……」

甘い睦言《むつごと》のつもりだったが、市居はいやいやと首を振っていた。

病室に響く二人分の荒い息遣いが途絶えたのは、それからしばらくしてからだ。達したのはほぼ同時だった。


「あら、汐見さん、病院食はもう飽きた～とか言ってらしたのに、今日は随分お腹《なか》が空《す》いてたんですね」

夕方六時、夕食時間で病棟がもっとも騒がしくなる時刻。病室のベッド用テーブルでややがっつき気味に食事をしていると、馴染みの看護師の女性が顔を出し声をかけてきた。

スプーンを咥《くわ》えた汐見は、さも上機嫌そうにニッと笑う。

「まぁね、いい運動したからさ」

多少恥知らずではあるが、セックスと応えるほど羞恥心《しゅうちしん》が皆無ではない。

『もう少しいれば？』と言ったのに、市居は仕事があるからと帰ってしまった。それなりに気を使い、市居がスーツを汚さぬよう自分のパジャマを犠牲にしたのに、後始末をつける間も判りやすく怒っていた。

けれど、汐見は看護師から悟られるほど機嫌は悪くない。

「運動って……リハビリにはまだ早いでしょ。まずはギプスが取れないと」

崩れた布団の端を直しながら言う彼女は、思い出したように続けた。

「ああ、そういえば今日はお見舞いの方がいらしてたんですって？　汐見さんにお見舞いなんて珍しいから、ナースの間でちょっとした話題になってましたよ。てっきり女の人かと思ったら、男性だったって」

見舞客情報なんてプライバシーじゃないかと思うが、毎日顔を合わせる彼女は遠慮もなしに言う。汐見は目くじらを立てるでもなく、飄々《ひょうひょう》と応えた。

「そう、男だけどなかなかの美人だよ。高田《たかだ》さんにも会わせたかったなぁ。刑事なんだけどね」

「刑事さん？　その人って、もしかして……」

屈《かが》めた身を起こした彼女は、不思議そうな顔でこちらを見た。明らかになにか問いたげだったにもかかわらず、汐見が見つめ返すと慌てたように首を横に振る。

「あ、ごめんなさい、勘違いだわ。汐見さんの話じゃなかったかも！　やぁね、担当患者さん多いから混乱しちゃって。えっと……じゃあ、食べたらトレーはいつものようにお願いしますね」

作り笑いを浮かべてそそくさと出ていく。

怪しすぎるが汐見は無理に引き留めようとはせず、味付けの薄い鯵《あじ》の南蛮漬けを箸で突っつく作業に戻った。

がっついた食事は普段より少し早く終わり、看護師に言い渡されたとおり、廊下に置かれたカートにトレーを出す。家に帰っても生活が不便なだけなので入院を続けているが、ギプスももう外れる予定で、松葉杖《まつばづえ》で歩き回れる程度には回復している。

夜はいつものように談話室で爺《じい》さんの話し相手になったり、笑えないバラエティ番組の流れるテレビを横目に本を読んだり。病室に戻ったのは消灯の三十分ほど前だった。

病院の夜は早い。しかし、近頃は九時半という消灯時間にもすっかり慣れた。

そして、大人《おとな》しくベッドについた汐見が、残り二十ページほどになった文庫本を読み切ってしまおうと枕を背凭《せもた》れにして開いたときだった。

部屋の明かりが急に落ちた。

蛍光灯でも切れたのかと汐見は傍らのスタンドライトを点《つ》けようとしてみたが、明かりは戻らなかった。パチパチと何度かボタンを押して、停電であると気づかされる。

なんの前触れもない。天気は好天、雨粒どころか風も穏やかな夜。消灯時間も無視して真っ暗となった部屋に呆然《ぼうぜん》となる。

せっかくのいい夜が台なしだ。

窓のすぐ先にある外灯も消えており、月明かりだけが開いた文庫のページを白く浮き上がらせていた。到底文字を読めるほどの照度ではなく、まだ目も慣れない。

部屋の暗がりを見据え、じっと目を凝らした汐見は病棟の微かな騒ぎを耳で感じ取った。動揺して、廊下に出た患者たち。慌ただしく廊下を行き来しながら、部屋に戻るよう促している看護師たち。揺れる懐中電灯の明かりが、突き当たりの汐見の病室の磨《す》りガラス窓にまでチラチラと時折伸びてくる。

「汐見さん！」

血相を変えた看護師が懐中電灯を手に飛び込んできたのは、十分ほどが過ぎてからだ。

「高田さん？」

夕食時に来た彼女だった。冷静に返す汐見に対し、彼女のほうが気が動転しているのかと思うほどどうろたえていた。

「大丈夫ですかっ⁉　発電機がすぐ作動したんですけど、こっちの病棟までは電気が回って来なくて！」

病院には電力が落ちれば命取りになる患者もいる。しかし、汐見のいる入院病棟には、そういった機器の必要な患者はおらず、どうやら発電機のサポートの範囲外らしい。

「なにが原因だって？」

「今確認してるとこです。この辺り一帯が落ちてるみたいで……って、汐見さん、あなた大丈夫なんですか？　暗所恐怖症は⁉」

淡々と会話に応じるベッドの汐見に、傍らまで近づいてきた彼女は問う。汐見が目を瞠らせると、表情まではよく見えていないはずなのに、看護師は焦《あせ》った様子で沈黙した。

足元に向けられた懐中電灯が細かに揺れる。彼女の表情もまたよく窺えないにもかかわらず、失言にうろたえているのが手に取るように判った。

「誰からその話を？」

彼女はやはりなにか知っている。

「えっと……口止めをされてるので」

「もう言ってしまったも同然だろう？　教えてくれないなら、ほかの人にも訊《き》いて回らなければならなくなるけど？」

看護師の前でもいつも冗談が多く、なんでも適当に笑ってすませることの多い汐見だが、このときばかりはにこりともしないで問い質《ただ》した。

「……刑事さんです。静岡県警の」

答えに驚いた。知る者は限られているとはいえ、昔通っていた医療関係者からの情報かなにかで、まさかそう来るとは思わなかった。

「市居瞳也？」

「ええ、汐見さんが入院してすぐの頃に連絡があって……あなたが病気を抱えているから、配慮をしてほしいと。この部屋に病室を移すことになったのもその方に頼まれたからです」

余計に話が拗《こじ》れるのを恐れたのか、彼女は包み隠さず話し始めた。

「移すって、個室になったのが？」

「はい。消灯しても暗くならない部屋がいいと。表の外灯に近い部屋は個室しかないとお話ししたら、料金の差額は払うと言われました。汐見さんに内緒ではできないと断ろうとしたんですけど……」

「はっ、随分無茶なことをしてくれたもんだな」

病院を従わせるからには、職権を乱用したに違いない。

「あの、これって問題になりますか？」

「君と俺が黙っていれば、ややこしくなることはないんじゃないかな。彼には来たら俺から話しとくよ」

「え、来たらって……またお見舞いに来る約束でも？」

驚いたように問う看護師に、汐見はようやく相好《そうごう》を崩して応えた。

「約束はしてないけど、近いうちに来ると思う。すごくすごく近いうちにね」


看護師の出て行った部屋で、汐見はろくに読めもしない文庫本を開き続け、月明かりを反射させていた。

一度戻ってきた看護師の情報によると、停電は発電所の送電トラブルらしく、ぶっとい送電線でも切れたのか、三十分が過ぎても電力が戻る気配はなかった。

汐見の本のページを押さえる手は震えてはいない。取り乱すこともなく、かといって眠るでもなく、ただ近いうちに来るであろう男の到着を待った。

数ページしか進まなかった本を閉じたのは、引き戸に人の気配を感じてからだ。

「やっぱり来ると思った」

「汐見？」

「ご丁寧に部屋まで変えてくれるんだもんなぁ。停電になったらきっと飛んで来てくれるんだろうってな、瞳也」

「おまえこの部屋……平気なのか？」

夕方出て行ったときのまま、スーツ姿で入ってきた男は歩み寄りながら言った。走ったのか、軽く息が切れているように感じる。

「汐見、もう恐怖症は治ってたのか？」

「……みたいだな。自分でもいつの間にって思ったけど、気づいたのは去年だ。俺も変わったらしいな……あれからもうそんだけ時間が流れたってことだ」

両手を掲げて手のひらを見つめても、指先すら震えることはない。

暗がりにも、明かりの戻る瞬間にも。

自分は確かに変わった。

けれど、自分を変えたのは時の流れだけではない。

「瞳也、仕事があったんじゃないのか？　わざわざ俺の様子見に来るなんて、おまえも物好きだな。部屋の話も聞いたぞ。入院したことすらおまえに話した覚えがないってのに、どういうことなんだか」

メールで何度か伝えようかと思ったが、止《や》めた。昼間言った理由に裏なんかない。煩わせるのもどうかと思い、言わなかっただけだ。

なのに、こいつはずっと前から、すべて知っていたのか。その上で、いつまでも告げようとしなかった自分を試しかけるかのように昼間は怒ってみせたのだ。

「おまえの動向はお見通しだ。家に帰らず入院したことぐらい、数日もすれば判る。刑事も十年やってれば、それなりに情報集めに役立つ人脈もできてね」

「人脈ね……俺を監視してるのか？」

「おまえは俺にとって今も被疑者だ。たとえ証拠が皆無になってもな。傷害罪の時効が十年なのは知ってるだろう？　八十島《やそじま》の事件はまだ迎えていない」

「執念深いねぇ……そのわりに俺を助けようとしてくれたり、複雑ドロドロの愛憎劇ってところか？」

窓辺にはハナミズキの木に添い立つ外灯。今は暗く沈んでいるが、毎晩眩《まぶ》しいほどに病室を照らしていた明かりだ。

部屋を暗がりが包まぬよう——

軽口にも笑わない男は、スーツのポケットから紙切れを取り出した。

「ドロドロついでに逮捕状だ。住居侵入罪のな」

「逮捕状って……所轄が持ってくるんじゃなかったのか？」

穏やかでない音が薄暗い病室に響く。縄ならぬ手錠をかけに来たのかと思いきや、市居はおもむろにそれをビリビリと破り始めた。

「瞳也、おまえ……」

「被害者が被害届を取り下げた。九月二十八日午後、杉並区の戸建て住宅に不法に侵入し、おまえは土足で歩き回った。二階の部屋に煙が上がっていたからだ。恐らく猫を追って塀にでも上って気がついたんだろう」

市居の話を耳に、月明かりに白く映る紙切れが小さくなっていくのを汐見はただ驚きの眼差しで見つめる。

「言っただろう、汐見？　おまえのやることなんてお見通しなんだよ。丸谷《まるや》が裏を取ってくれて、今夜俺も確認して処理してきた」

「丸谷って……ああ、警視庁の」

市居に出会った七年前、ちょろちょろと腰巾着《こしぎんちゃく》のように傍にいた警視庁捜査一課の刑事だ。

「今じゃあいつも警部補で班長だ。あんまり手を煩わせたくなかったんだけどな。余計な仕事を増やす奴がいるから……汐見、おまえが住居侵入を犯したのは火を消し止めるためだ。高校生の長女はたまたま帰宅が遅くなったりはしてない。ちゃんとその日も家に帰ってた。それで親の目を盗んで喫煙をしてうっかりボヤ騒ぎを起こした、そうだろう？」

まるで見てきたかのような詳細な説明は、その場にいた誰かの証言がなくてはできない。

「あの子がそれを？」

「長女を問い詰めたら、全部話してくれたそうだ。黙っていてほしいとおまえに頼み込んだともね」

問わずとも結果から判る疑問を、汐見はあえて口にした。

「あの子は親にも話したのか？」

「でなきゃ、被害届の取り下げにはならないだろう。おまえが本当に約束守って逃げてくれた上に、捕まりそうになってると知って罪悪感が膨れたそうだ」

「……そっか」

「もし罪悪感を持つような子じゃなくて、このままだったらどうした？　おまえは黙って逮捕されるのを待つつもりだったのか？」

市居は眉を顰《ひそ》めた気がした。

小さくフンと鼻を鳴らし、汐見は笑い飛ばすかのように応える。

「そこまで俺がお人よしだと思うか？　あの子は結局話す気がしていたしなぁ。所詮《しょせん》、喫煙なんて思春期の子のちょっとした反抗だ」

「俺にはおまえが未だに判らない……そう思いたいが、どちらかというとお人よしに見える」

「それは困ったもんだな。希望と状況が一致しないか。それで、ただの住居侵入じゃないと疑ってしまったのか？」

「調書に目を通した瞬間から違和感を覚えた。おまえが平常時に侵入するなら、足跡の残る土足で上がったりはしない。無駄に犯行の痕跡を残すだけだからな。それくらいの小賢《こざか》しい計算はする」

問いに応える市居の表情は真剣だった。

月が一層傾いたらしく、さっきよりもずっとベッドの傍らに立つ者の表情が判る。白く照らされた顔は凛《りん》としていて、七年前よりもずっと年を重ねたはずなのに、美しくさえ見えた。見つめ返そうとして、汐見はついと視線を逸《そ》らした。顔をやや俯《うつむ》け、布団に包まれた腿《もも》の辺りに置いた手元を見据えると、小刻みに肩を揺らし始める。

「汐見、なにがおかしい？」

零した笑い声に、市居は咎《とが》める声を上げる。

「いや、もう敵《かな》わないんだと思ってさ」

「え？」

「おまえに敵わない。いつの間にか形勢逆転だな。七年の間に俺も年を取ってモウロクでもしちまったかね、おまえは相変わらず元気なウサギだってのに」

先読みされただけでなく、いつの間にか自分はこの男に守られている。

悔しいとは思わない。元々勝負なんかではなかった。自分はすべてに対し、勝ちたいとも得たいとも思っておらず、ただ自棄《やけ》になって生きていた。

なにを失っても構わないと、その場の感情に揺さぶられるままに行動していた。

市居に出会ったのはそんな時期だった。

「なぁ、さっきの話……十年の時効を迎えたら、おまえはどうするつもりなんだ？　そこでバイバイか？」

七年前の出会ったときには自ら何度も去ろうとした。正直言えば惹《ひ》かれていくのを感じて怖くなった。そんな話をしても、一向に目の前の男は信じようとしないけれど。

もう一度、大切なものを得るのはずっと怖かった。

再び失うときを恐れたからだ。

暗がりから光を浴びるその瞬間に怯え続けたように。

その自分が、今は極自然にこんな問いかけを市居にしている。別れるのは嫌だと含みを帯びた質問に、市居は迷う素振りもなく応えた。

「俺には、おまえが二度とくだらない事件を起こさないよう監視する責任がある」

「責任でずっと見張ってるってこと？ 俺としては願ったり叶《かな》ったりだけど……ここは一つ、素直に俺を愛してるから離れないとでも言ってほしいね」

「ふん、言ってほしいなら先に言え」

ほぼ予想どおりの返事がきて、汐見は笑った。

心からの笑いだ。

もう悪夢にうなされる夜もない。暗がりに射《さ》す光に怯えるのではなく、安堵《あんど》できる。痛みを忘れたわけではないけれど、扉を開くことができた。

汐見はするりと言った。

「瞳也、愛してる」

どうせ負けるなら、意地を張るのも負けたほうがせいせいする。そんな負け惜しみも身に沁《し》みついた癖で少しは頭の端に思い浮かべたけれど、発した言葉を取り消そうとは思わなかった。

負けたのは自分なのに、受け止めた男のほうが絶句している。

「え、えっと……」

「先に言ったら言ってくれるんじゃないのか？」

市居は判りやすく視線を泳がせていた。ベッドの上の汐見は首を捻《ひね》ってその目線の先を追い、二人揃《そろ》って偶然目にしたのは窓の外の光景だった。

「あ……」

思わず声を揃える。

月光を浴びたハナミズキ。枝先に一枚だけしがみつくように残っていた最後の一葉が、風に吹かれた様子もないのにはらりと落ちた。

赤い葉は、右へ左へと揺れながら視界から失《う》せていった。

偶然の流れ星でも目にした気分だ。

「まるでおまえが来るのを待ってでもいたみたいだな、瞳也」

「淋《さび》しがりの子供が病室にいるから、一人ぼっちにならないように誰か見舞いに来るまで待ってくれてたんだろ」

「子供って、俺のことか？」

そういえば前にも子供扱いをされた気がする。

さっきの言葉の返事はうやむやにするつもりかと思ったら、それ以上の殺し文句が返ってきた。

「汐見、おまえがもし死にそうになったら、俺が最後の一葉を描きに来てやる」

小説の中で命がけで壁に描かれた、けして落ちることのない蔦の葉。

弱気になる者の心を支えた奇跡——

「絵心はないけどな」と続いた言葉に、汐見は目元を隠すように覆って笑ってみせた。

みなさま、こんにちは。初めましての方がいらっしゃいましたら、初めまして。

今回は「シークレットでやっちまえ！（旧題）」を文庫化していただきました。

新作ではないのに、いつも以上に緊張しつつお届けです。旧作といってもデビューしてすぐの作品ではないので、比較的まともに違いない……と恐る恐る読み返してみてびっくり、まともじゃありませんでした。いろんな意味で！

過去の記憶は美化されやすいという話は本当です。いつも昔のほうがまともな話が書けていた気がしてならないのですが、文庫化していただく度に『そうでもない』ことに気づかされます。少なくとも文章に関しては、昔のものは『ものすごく説明をすっ飛ばしてる！』と驚愕することしばしば。そんなわけで、思い出補正のかかっていた作品を、どうにか自己補正いたしました。いかがでしたでしょうか？

内容も当時は勢いのままに書いたところがあり、どこまで手直しするか迷いました。

一度本として発表させていただいたからには、話の筋に関わるような部分を直してはいけないのでは……と悩んだんですけども、迷った末に、過去の形にこだわらず今の時点で自分が最良だと思える形に近づけていくことにいたしました。そのため、エピソードをいくらか増やしたり、セリフを変更したりしています。

現在の警察事情に合わせて変えた部分もあるので、『前のほうがよかった！』という方ももしかするといらっしゃるかもしれません。前のほうがある意味はっちゃけていました。

警察事情、実はすごく世情を表わすものだなと思います。いや、現実のおまわりさんはなにも変わっていません。でもフィクションの中では、刑事がジーパン姿で「なんじゃこりゃあ！」と叫びながら殉職したり、サングラスにダークなスーツで銃を振り回しつつイカしたジョークを飛ばしながら犯人逮捕するコンビがいたり、「事件は会議室で起こってるんじゃない！」と上司に嚙みつく刑事がヒーローになったり。その時々で時代を反映したスタイルが！　まるで女子高生の制服の流行りのようです。日頃はぼんやりなにも考えずに刑事ドラマなどを観ている私も、改めて自分の十年前に書いた話を読み返してみたら、「無理！　このままでは古すぎて無理！　直してもいいですか⁉」と絶叫しつつ涙目に。悪あがきでその辺りもリアルにちょっとだけ近づけました。

タイトルのほうも思い切って改題させていただき、こちらにつきましては本当に申し訳ないです。改題をすると、前の作品をすでにお読みの方が気づかずに購入してしまう確率が上がってしまうのではと思うんですけども、すみません。

今回のタイトルの「Fuckin' your closet!!」は、雑誌の小説アイスさんに掲載していただいたときのものです。当時ノベルズ化するにあたり、『もっと伝わりやすい日本語で』という話になったんですが、なかなかしっくりくるタイトルが思いつかず、「シークレット〜」で発行してからも少々引っかかりを覚えていました。なので、今回変更を希望した次第です。

「Fuckin' your closet!!　ってどんな意味？」と問われると、ちょっと私も返答に困ります。

「返答に困るタイトルに戻したんか⁉」なわけですけど、クローゼットは服にこだわる市居であり、汐見の秘密でしょうか。

そして、書き下ろしは七年後の現在です。

成長した二人の関係を書けたらと思っていました。ちょっとは成長してましたでしょうか？　キャラクターと一緒に私も成長できているといいな……なんて淡く夢見ています。

イラストは今回も金ひかる先生です。カバーを描き下ろしてくださるということで楽しみです。ありがとうございます！　こちらは七年後ではなく、本編のままの二〇〇五年の二人になりそうですが、久しぶりの市居と汐見です。今過去のノベルズのイラストを拝見してもカッコいい……二人が対峙したり惹かれたりするイラストを、読んでくださった方にもドキドキしつつ見てもらえたら嬉しいです。

この本にお力添えをくださった皆様、ありがとうございます。おかげさまで再び日の目を見させてもらうことができました。書き下ろしも含め、内容的にもよい形でお届けできていればと願うばかりです。

手に取ってくださった方、本当にありがとうございます！　破天荒でありデリケートでもある二人のストーリーですが、どうか楽しんでいただけていますように。

２０１２年６月

砂原糖子。

Fuckin' your closet!!

Fuckin' your closet!!

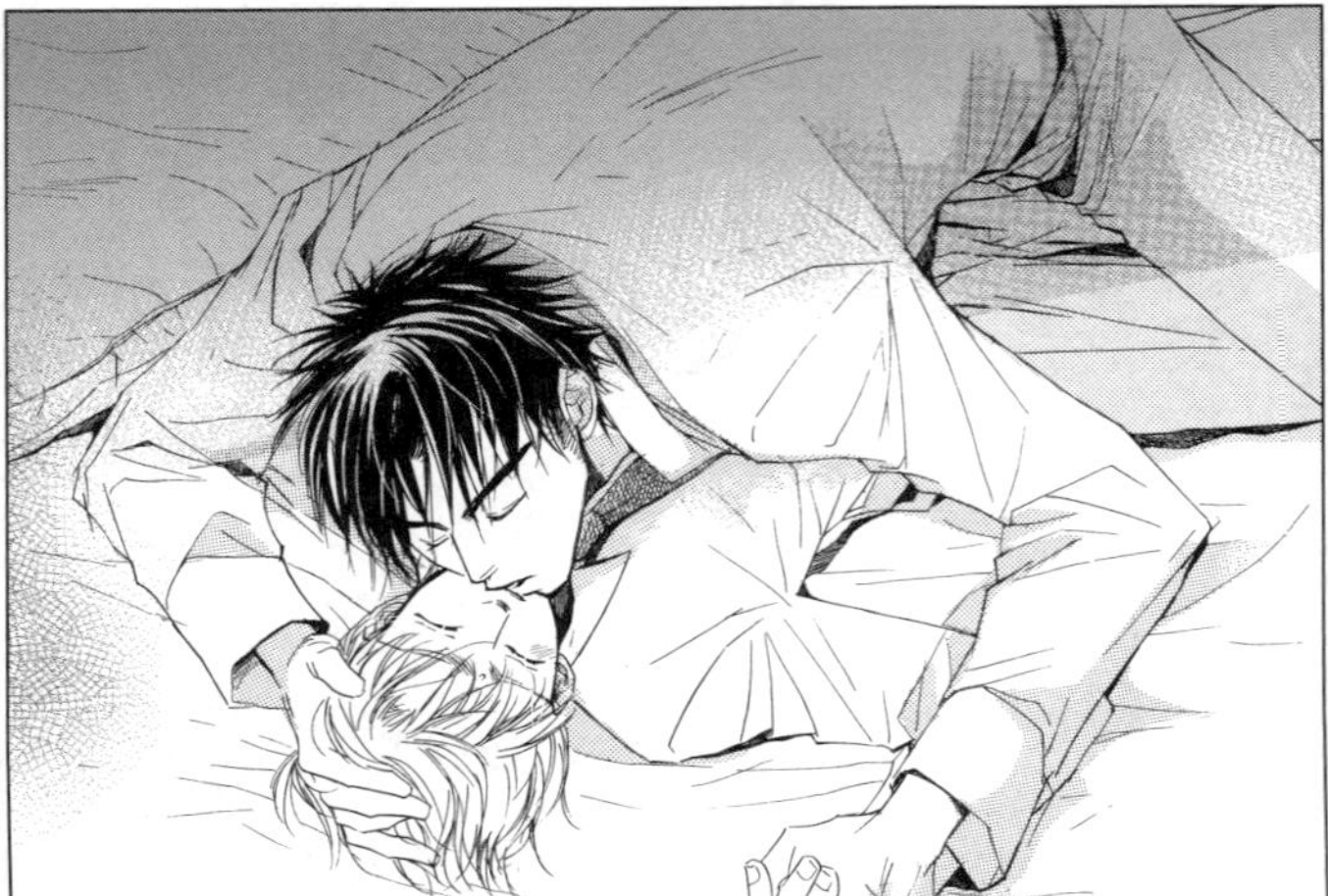

Fuckin' your closet!!

Fuckin' your closet!!

✦初出　Fuckin' your closet!!　………小説アイス2002年11月号・2003年1月号
空さわぎのドア……………………アイスノベルズ「シークレットでやっちまえ！」(2003年12月)
光射すドア…………………………書き下ろし

砂原糖子先生、金ひかる先生へのお便り、本作品に関するご意見、ご感想などは
〒151-0051 東京都渋谷区千駄ヶ谷4-9-7
幻冬舎コミックス　ルチル文庫「Fuckin' your closet!!」係まで。

幻冬舎ルチル文庫

Fuckin' your closet!!

2012年8月20日　　第1刷発行

✦著者	砂原糖子　すなはら とうこ
✦発行人	伊藤嘉彦
✦発行元	株式会社 幻冬舎コミックス 〒151-0051 東京都渋谷区千駄ヶ谷4-9-7 電話 03(5411)6432[編集]
✦発売元	株式会社 幻冬舎 〒151-0051 東京都渋谷区千駄ヶ谷4-9-7 電話 03(5411)6222[営業] 振替 00120-8-767643
✦印刷・製本所	中央精版印刷株式会社

✦検印廃止

ISBN978-4-344-82569-7　C0193　Printed in Japan